DRACHENWÄCHTER

DIE GEFÄHRTEN DER DRACHENWANDLERIN

#1

EVA CHASE

INK SPARK PRESS

Drachenwächter

Die Gefährten der Drachenwandlerin Buch 1

Erste Digitale Ausgabe, 2017

Übersetzung: Anja Maria Lermer

Lektorat: Nadja Uebach

Umschlaggestaltung: Covers by Juan

Ebook ISBN: 978-1-990338-32-8

Print ISBN: 978-1-990338-33-5

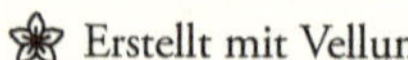 Erstellt mit Vellum

1

„Wartest du auf jemanden, Süße?", fragte der Barkeeper.

Es war eine berechtigte Frage, denn ich saß bereits seit zehn Minuten auf einem der gepolsterten Ledersitze an der Bar, ohne etwas zu bestellen. Wenn der Laden voller gewesen wäre, hätte er mich wahrscheinlich schon viel früher gefragt. Aber es war nur ein weiterer Gast am Tresen, ein griesgrämiger Kerl, der auf sein Bier und das dröhnende Footballspiel konzentriert war, sowie eine Handvoll Leute, die an den Holztischen im Raum verteilt saßen.

Ich hatte mir diese Bar aus genau diesem Grund ausgesucht. Wenn sie wirklich kommen würde, dann irgendwohin, wo es nicht zu laut oder überfüllt war. Zumindest dachte ich, es sei eine gute Idee. Schließlich hat sie sich noch nicht hier blicken lassen.

„Nicht wirklich", sagte ich zum Barkeeper und stützte mich mit den Ellbogen auf den Tresen. Der Geruch von

Holzlack und Schnaps kitzelte in meiner Nase. „Und wenn du mich irgendwie nennen willst, nenn mich Ren." Wenn mich in den letzten sieben Jahren jemand „Süße" genannt hat, waren meist unangenehme Blicke und Fummeln gefolgt.

Der Barkeeper reagierte jedoch nicht beleidigt, sondern grinste nur. „Kein Problem, Ren. Kann ich dir etwas bringen, während du ‚nicht wirklich' wartest?"

Ich war zu nervös für einen Drink, doch vielleicht sollte ich genau aus diesem Grund einen bestellen; um meine Nerven zu beruhigen. „Eine Bloody Mary, bitte."

„Das lässt sich machen." Dann grinste er entschuldigend. „Ich muss aber einen Ausweis verlangen. Nimmst du das als Kompliment?"

Ich zuckte mit den Schultern und zog meine Brieftasche heraus. Als ich ihm die Karte entgegenstreckte, kicherte er. „Geburtstagskind, hm? Es ist mir eine Ehre, dir deinen ersten Drink zu servieren." Er zog eine Augenbraue hoch. „Oder zumindest deinen ersten legalen Drink."

Ja, wir sollten lieber nicht näher auf die Mengen an billigem Wodka und Rum eingehen, die ich in den letzten Jahren heruntergekippt habe. Wenn man sich auf der Straße rumtrieb, gab es immer jemanden, der eine Flasche in einer Papiertüte herumreichte. Aber diesen Teil meines Lebens hatte ich hinter mir gelassen.

Es fehlte nur noch eine Sache.

„Extra blutig bitte", wies ich den Barkeeper an. Er salutierte und griff nach einem Glas. Während er den Cocktail mixte, schaute ich zur Tür. Hinter dem Fenster streiften die Scheinwerfer des Brooklyner Verkehrs durch die abendliche Dunkelheit. Niemand kam herein.

Meine Hand wanderte zu dem Medaillon, das knapp unter meinem Schlüsselbein baumelte. Ich fuhr das zarte Rankenmuster nach, das in das warme Gold geprägt war. Meine Brust spannte sich immer noch ein wenig an, als ich den Anhänger öffnete, obwohl ich das heute schon ein Dutzend Mal getan hatte.

Die Halskette war das letzte, was ich von meiner Mutter bekommen hatte. Obwohl es schon sieben Jahre her war, konnte ich mich noch genau daran erinnern, dass Tränen in ihren dunklen Augen geschimmert hatten, als sie mir das Medaillon in die Hand gedrückt hatte. Sie hatte meine Hand mit ihren Fingern umschlossen und sich dicht zu mir gebeugt. Ihr Parfüm, das wie qualmende Rosen duftete, hatte dabei meine Lungen gefüllt.

„Ich muss gehen", hatte sie gesagt. „Wenn alles so läuft, wie ich es mir erhoffe, bin ich im Handumdrehen wieder da. Aber wenn nicht … Behalte dieses Medaillon. Nimm es niemals ab. Und lass es bis zu deinem einundzwanzigsten Geburtstag geschlossen. Wenn ich dann immer noch nicht da bin, öffnest du es."

Damals hatte sich der einundzwanzigste Geburtstag so weit entfernt angefühlt, dass ich kaum mitbekommen hatte, was sie sagte. Sie war schon öfter weg gewesen, allerdings nie länger als ein oder zwei Wochen. Als sie mich in ihre Arme gezogen hatte, hatte ich sie etwas fester gedrückt als sonst, aber ich hatte nicht wirklich geglaubt, dass sie nicht zurückkommen würde. Sie war die einzige Sicherheit, die ich je gekannt habe.

Doch sie war nicht zurückgekommen. Und nun war er

da, mein einundzwanzigster Geburtstag. Ich klappte das Medaillon zu, bevor ich es erneut öffnete und wieder zuklappte. Im Inneren war nichts weiter als eine weitere Gravur, ein Symbol, das wie eine auf dem Kopf stehende Flamme inmitten einer spiralförmigen Linie aussah. Es sagte mir rein gar nichts. Und ich war mir nicht sicher, ob es das sollte.

Irgendwo in meinem Hinterkopf hatte ich die fixe Idee gehabt, dass meine Mutter es merken würde, sobald ich das Medaillon öffnete. Dass sie es wissen, und mich suchen würde. Dass das, was auch immer sie zuvor aufgehalten hatte, vorbei sein würde.

Vor zwölf Stunden hatte ich es zum ersten Mal geöffnet, aber nichts war passiert. Ich war immer noch einundzwanzig an einem Donnerstagabend allein in einer halbleeren Bar.

Doch ich war nicht lange allein. Der Barkeeper stellte meine Bloody Mary vor mir ab, und ein Typ, der an einem der Tische gesessen hatte, schlenderte herüber. Er ließ sich auf den Hocker neben mir plumpsen, rief dem Barkeeper zu, dass er ihm einen Gin Tonic machen sollte, und musterte mich von oben bis unten.

„Du siehst heute Abend ein wenig einsam aus, Süße", sagte er. Seine Stimme klang so ölig, wie sein Haar aussah. Unter den Achseln seines Hemdes waren Schweißflecken zu sehen. „Vielleicht kann ich das ändern."

Da musste ich passen. „Mir geht's eigentlich ganz gut", sagte ich. „Da muss nichts geändert werden."

Er rückte ein wenig näher an mich heran. Er roch nach Schweiß und den drei bis vier Drinks, die er bereits intus hatte. Igitt. „Ach, komm schon. Eine kleine Unterhaltung kann doch nicht schaden."

Da wäre ich mir nicht so sicher, dachte ich. In Wahrheit hätte ich selbst dann einen großen Bogen um ihn gemacht, wenn er auch nur im Entferntesten attraktiv gewesen wäre. Männer und ich schienen schlichtweg nicht gut zusammen zu passen. Ich hatte im Laufe der Jahre ein paar Begegnungen mit Männern gehabt, aber keine davon hatte es aufs nächste Level geschafft. Sobald es ans Eingemachte ging, stieg ein seltsames Gefühl in mir auf. Wie Krallen, die sich in meine Eingeweide gruben. Und ich verspürte plötzlich den Drang, den Kerl in Stücke zu reißen.

Es geht nichts über die Vision eines grausamen Mordes, um die Libido einzudämmen.

Das war jedoch nicht die einzige Gelegenheit, bei der ich diese Krallen in mir spürte. Der schmierige Typ tippte mir grinsend auf die Schulter, und meine Rippen kribbelten. Schlagartig traf mich die Erkenntnis, welches Bild er präsentierte. Ich konnte sein gequetschtes Ego in der Soße der Verzweiflung regelrecht schmecken.

„Ich bin genauso wenig an dir interessiert wie deine Ex", sagte ich und nahm einen Schluck von meiner Bloody Mary. „Wie wäre es also, wenn du uns beide in Ruhe lässt?"

Das Gesicht des Typen wurde blass. „Schlampe", murmelte er. Er schnappte sich seinen Drink von der Theke und schritt davon.

Ich nahm einen weiteren Schluck von meinem würzigen Tomaten-Cocktail. Er war stark, genauso, wie ich es mochte. Stark genug, um den Großteil des Unbehagens dieser Begegnung wegzuspülen.

Mein Handy vibrierte in meiner Tasche. Ich zog es heraus und lächelte, als ich den Namen auf dem Display sah. „Hey, Kylie!", sagte ich. „Darfst du während deiner Schicht überhaupt telefonieren?"

„Ich habe mit meinem Boss abgemacht, dass ich heute früher Feierabend machen darf und dafür morgen eine extra lange Schicht übernehme", sagte meine beste Freundin fröhlich. „Geburtstagsüberraschung! Wo bist du, Ren? Wir müssen heute Abend feiern, und zwar so richtig."

Ich lachte. Vielleicht brauchte ich das. Mom war schon lange weg, offenbar hatte sie etwas Wichtigeres zu tun, als bei ihrem einzigen Kind zu bleiben, und natürlich würde kein Schmuckstück sie zurückbringen. Aber ich brauchte sie nicht mehr. Ich hatte die letzten sieben Jahre überlebt, wenn auch nicht völlig unbeschadet, und jetzt hatten Kylie und ich endlich genug Geld zusammengekratzt, um eine Anzahlung für eine Wohnung zu leisten.

Es war eine beschissene Wohnung, in einer Straße, die so schäbig war, dass es mehr Unkraut als Beton auf den Bürgersteigen gab, aber sie hatte vier Wände und eine Decke ohne Löcher. Sie hatte eine Tür mit einem Schloss, und nur wir hatten die Schlüssel. Für uns war das der Himmel.

Kylie arbeitete normalerweise in der Abend- und frühen Nachtschicht als Kassiererin und Regalauffüllerin in einem heruntergekommenen Lebensmittelladen im Viertel. Ich würde morgen Vormittag wieder Kisten für meinen Job in einem Lagerhaus schleppen. Das machte zwar keinen Spaß, aber irgendwie mussten wir unsere Rechnungen bezahlen. Außerdem erforderte der Job keine wirkliche Konzentration, sodass ich mir keine Sorgen machen musste, dort verkatert aufzutauchen.

Ich drehte einen der Untersetzer um, die auf dem Tresen lagen, um den Namen der Bar zu überprüfen. „Ich bin in einem Lokal namens Carmello's", sagte ich. „Auf der 5th Ave, ein paar Blocks vom Park entfernt. Aber wir können uns auch woanders treffen."

„Nein, nein", erwiderte Kylie. „Ich hole dich ab und dann nehme ich dich mit auf ein episches Abenteuer, Süße."

„Ich werde dich an dieses Versprechen erinnern", sagte ich. Nicht, dass ich Zweifel daran gehabt hätte, dass Kylie es einhalten würde. Sie war nur ein paar Jahre älter als ich, aber als ich ihr vor ein paar Jahren zum ersten Mal begegnet bin, war mir der Altersunterschied viel größer vorgekommen als jetzt. Sie hatte auf mich aufgepasst, wie eine große Schwester und Freundin.

Das Carmello's würde ihr auf jeden Fall zu langweilig sein, um länger hierzubleiben. Ich nahm noch einen Schluck von meiner Bloody Mary, um sie auszutrinken, bevor sie hier auftauchte.

Die Tür ging ächzend auf, zu früh, als dass es Kylie sein konnte. Mein Herz machte einen Sprung, trotz der Selbstgespräche, die ich geführt hatte. Doch es war definitiv nicht meine Mom, die da reinkam.

Der Typ sah jung aus, vielleicht Mitte zwanzig, aber es lag eine Selbstsicherheit in der Art, wie er in die Bar schlenderte, die den Eindruck erweckte, als hätte er schon deutlich mehr Lebenserfahrung. Sein rundes Gesicht wurde von markanten Wangenknochen durchbrochen – nicht gerade gutaussehend, aber definitiv erinnerungswürdig. Seine haselnussbraunen Augen durchstreiften den Raum und landeten schließlich auf mir.

Ich wandte meinen Blick ab, als ich merkte, dass ich ihn angestarrt hatte. Und er war ganz und gar nicht die Art von Person, die ich anstarren wollte. Das Leben auf der Straße hatte mir einen scharfen Instinkt für Gefahr verliehen. Und dieser Kerl? Mit dem war nicht zu spaßen. Außerdem strahlte er eine gewisse Zielstrebigkeit aus. Ich hielt es für besser, ihm nicht in die Quere zu kommen, was immer er auch vorhatte.

Natürlich schlenderte er direkt auf die Bar zu und stellte sich neben mich. „Gib mir das Beste, was du da hast", sagte er zum Barkeeper, bevor er sich zu mir umdrehte. „Ein schöner Abend, um sich in der Stadt herumzutreiben."

„Kann schon sein", entgegnete ich unverbindlich. Wie lange würde Kylie brauchen, um hierherzukommen und mir einen leichten Abgang zu verschaffen?

Mr. Wangenknochen legte den Kopf schief. „Diese ganze Frühsommer-Energie in der Luft bringt wirklich das Biest zum Vorschein."

Was sollte *das* denn heißen? Ich zuckte mit den Schultern und tat so, als wäre ich auf meine Bloody Mary konzentriert. Doch er verstand den Hinweis nicht.

„Vielleicht könnten wir einen Spaziergang machen und uns ein bisschen besser kennenlernen."

Ich sah ihm in die Augen. Er war *tatsächlich* sehr selbstbewusst. Meine schnelle Zunge kam meinem besseren Urteilsvermögen zuvor. „Wer sagt denn, dass ich dich kennenlernen will?"

Mr. Wangenknochen grinste mich an und sah unbeeindruckt aus. „Ich sage nur, dass wir offensichtlich eine Menge gemeinsam haben. Das hier ist nicht unsere Art von Ort, oder? Warum kommst du nicht zurück zur Herde, wenigstens auf einen kleinen Besuch?"

Viele Gemeinsamkeiten? Die Herde? Hatte sich der Typ irgendwas *eingeworfen*? Keine erweiterten Pupillen, keine ruckartigen Bewegungen, aber man wusste ja nie, welche Drogen heutzutage die Runde machten.

Ich nahm einen extra großen Schluck von meinem Drink und stellte das Glas ab. Die Mischung aus Gewürzen und Alkohol schärfte meine inneren Krallen. „Ich bin mir ziemlich sicher, dass wir überhaupt nichts gemeinsam haben", sagte ich. „Zum Beispiel weiß ich, wie ein ‚Nein' zu verstehen ist."

Bevor ich herausfand, wie er darauf reagieren würde, sprang ich von meinem Hocker und machte mich auf den Weg zu den Toiletten im hinteren Teil des Flurs. Es war unwahrscheinlich, dass er mir in die Damentoilette folgen würde.

Während ich mir die Hände wusch, betrachtete ich mein Spiegelbild. Ich hatte heute nichts anderes aufgetragen als meine Standardkombination aus Wimperntusche und hellbraunem Lippenstift. Ich trug lässige Kleidung, ein verblichenes Nine Inch Nails-T-Shirt und Jeans. Außerdem hatte ich heute einen guten Haartag und meine schokoladenbraunen Wellen fielen kunstvoll über meine Schultern, genauso wie es mir normalerweise nicht gelang, sie zu stylen, ansonsten allerdings nichts

Besonderes. Warum also stürzten sich die Jungs heute auf mich wie die Fliegen auf ein Glas Zuckerwasser?

Aber es spielte keine Rolle. Ich fühlte mich in der Gegenwart von Mr. Wangenknochen zu unwohl. Entweder war er zugedröhnt oder wahnsinnig, und beides würde nicht gut enden. Ich würde Kylie eine Nachricht schreiben, dass wir uns in einem Club am anderen Ende der Stadt treffen, und mir ein Taxi rufen, um mich auf den Weg zu machen.

Gerade als ich aus der Toilette kam und nach meinem Telefon greifen wollte, schlang sich ein Paar Arme von hinten um mich und mir wurde ein feuchtes Tuch ins Gesicht geklatscht. Ein Arm legte sich um meine Taille und ein ekelhaft süßlicher Geruch hüllte mich ein. Ich holte mit meinem Ellbogen aus – und die Welt wurde schwarz.

2

Ren

Ich wachte mit einem matten Gefühl hinter meinen Augen und samtigem Stoff an meiner Wange auf. Keine dieser Empfindungen fühlte sich richtig an.

Blinzelnd rieb ich mir die Stirn. Die Umgebung um mich herum wurde schärfer. Aber sie ergab trotzdem nicht viel Sinn.

Ich lag auf einem Himmelbett in einem elegant eingerichteten Schlafzimmer. Schwaches Sonnenlicht drang durch die Brokatvorhänge am Fenster. Das Bettgestell sowie die Kommode und der Frisiertisch, die an den Wänden standen, sahen aus wie Mahagoni, auf Hochglanz poliert. Goldene Blumenmuster glänzten auf der mintgrünen Tapete.

Die Bettwäsche unter mir war aus Samt. Der weiche Flor verdunkelte sich unter der Berührung meiner Hände, als ich mich aufrichtete. Ein süßlicher Fliederduft stieg daraus empor.

Süß. Die Erinnerung an die Arme, die mich auffingen, an das Tuch über meiner Nase und meinem Mund schoss mir durch den Kopf. Mein Puls stotterte. Ich berührte mein Gesicht, als ob ich diesen Moment aus meiner Vergangenheit herausholen könnte, um ihn ungeschehen zu machen.

Aber es war passiert. Jemand hatte mich gepackt und dafür gesorgt, dass ich das Bewusstsein verlor. Und dann hierhergebracht, wo auch immer *hier* war. Offenbar hatte mein Entführer eine Menge Geld und einen dekadenten Einrichtungsgeschmack.

Ich tastete meine Taschen ab. Mein Handy war weg. Wenigstens hatte ich meine Klamotten noch an. Ich spürte keine unerklärlichen Schmerzen oder Beschwerden. Nichts deutete darauf hin, dass ich nach dem Übergriff misshandelt worden war.

Zumindest bis jetzt. Wer wusste schon, was mein Entführer als Nächstes mit mir vorhatte?

Angespannt drückte ich mich vom Bett hoch. Das Fenster schien sich auf der Vorderseite des Hauses zu befinden. Es blickte auf eine Vorstadtstraße hinaus. Ein breiter Rasen führte zur Straße hinab, und auf der gegenüberliegenden Seite, vielleicht dreißig Meter entfernt, stand ein großes viktorianisches Haus. Auf der linken Seite, hinter einer üppigen Hecke, stand ein weiteres Haus. Weder hinter den Fenstern noch draußen war jemand zu sehen, aber die Sonne war gerade erst aufgegangen. Vielleicht würde ich später die Gelegenheit haben, um Hilfe zu rufen.

In der Zwischenzeit tapste ich über den Dielenboden zum Frisiertisch und suchte nach einem Brieföffner oder einer Haarnadel oder irgendetwas anderem halbwegs Spitzigem. In den Schubladen befanden sich jedoch nur Tiegel und Tuben mit verschiedenen Schminkpudern und Cremes, eine Bürste und ein Kamm sowie ein Spiegel in einem silbernen Gehäuse, das kleiner als meine Handfläche war.

Draußen vor der Tür ertönten Schritte. Automatisch ließ ich den Spiegel in meine Tasche gleiten. Wenn man ein paar Jahre lang geklaut hat, wird das zu einem Reflex. Ich schob die Schublade zu und ging rückwärts auf das Fenster zu.

Der Türknauf drehte sich. Da war kein Klicken eines Schlüssels oder das Scharren eines Riegels. Trotz meines hämmernden Herzens zögerte ich. Die Tür war also gar nicht verschlossen gewesen? Ich hatte mir nicht einmal die Mühe gemacht, nachzusehen, weil ich mir sicher gewesen war, dass sie es sein würde.

Die Tür wurde langsam geöffnet. Herein kam ein Kerl, den ich noch nie zuvor gesehen hatte. Dessen war ich mir sicher, denn wenn ich ihn schon einmal gesehen *hätte*, selbst vor Jahren, hätte ich mich mit Sicherheit an ihn erinnert. Er war der umwerfendste Mensch, dem ich je begegnet war.

Sein schlanker und muskulöser Körper, war mindestens ein paar Zentimeter größer als meiner mit meinen ein Meter fünfundsiebzig, und füllte sein tailliertes Hemd und seine Hose gut aus. Sein Gesicht war ebenfalls schmal, seine Augen tiefindigoblau und seine Haare schwarz und stachelig. Das einzige Merkmal, das seine perfekte Symmetrie störte, war eine kleine Narbe an seiner linken Augenbraue, aber irgendwie sah er dadurch sogar noch perfekter aus. In seinem rechten Ohrläppchen schimmerte ein Ohrring – ein winziger Saphirstecker, der zu seinen Augen passte.

Er ging ein paar Schritte in das Zimmer hinein und schenkte mir ein schiefes Grinsen. Mein Herz flatterte.

Heilige Hölle! Ich wurde bewusstlos in das Haus eines Fremden verschleppt. Das war nicht der richtige Zeitpunkt für ein feuchtes Höschen, Ren.

Und dennoch war es dabei, feucht zu werden. Mein Herz hämmerte immer noch wie wild, allerdings nicht mehr aus Angst. Das Kribbeln, das durch meine Nervenbahnen rauschte, fühlte sich eher wie Erwartung an.

Was zum Teufel war mit mir los?

Und bildete ich mir das nur ein, oder sah mich der Typ genauso begierig an?

„Willkommen in meinem Zuhause", sagte er mit einer beschwingten, melodischen Stimme. „Es tut mir leid, dass wir uns unter diesen Umständen kennenlernen mussten. Ich kann dir versichern, dass Entführungen normalerweise nicht mein Stil sind. Ich hatte gehofft, in deinem eigenen Revier mit dir sprechen zu können. Mein Assistent war etwas … übereifrig."

Er warf einen Blick in Richtung Tür. Den Kerl, der dort stand, *hatte* ich schon einmal gesehen. Es war Mr. Wangenknochen aus der Bar. Meine Schultern versteiften sich.

Doch nachdem er in der Bar so geprahlt hatte, sah er jetzt ziemlich geknickt aus. Er schlurfte über die Türschwelle, fiel auf die Knie und senkte den Kopf.

„Es tut mir leid. Ich bin zu weit gegangen."

„*Viel* zu weit", sagte der erste Kerl trocken.

„Viel zu weit", pflichtete Mr. Wangenknochen ihm bei. „Es war ganz allein meine Schuld. Ich hätte nicht mit dir reden dürfen. Ich – noch mal, es tut mir leid."

„Schon gut", erwiderte sein Boss mit einer knappen Handbewegung. „Jetzt hau ab. Ich bin sicher, dass sie dein Gesicht nicht länger sehen will als nötig. Du kannst dich deiner neuen Aufgabe widmen." Er wandte sich wieder mit seinem schiefen Grinsen zu mir um. „Ich habe ihn für einen Monat zum Putzdienst verdonnert, was mir durchaus angemessen erscheint, wenn man bedenkt, was für ein Durcheinander er angerichtet hat."

„Ich bin verwirrt", sagte ich. „Ich … Du *wolltest* mich also gar nicht entführen?" Es fiel mir schwer, das zu glauben.

„Wie ich schon sagte, nicht mein Stil. Ich hätte Leonard gesagt, dass er dich nach Hause bringen soll, wenn ich gewusst hätte, wo das ist. Da ich es nicht wusste" – er deutete auf das Zimmer – „habe ich versucht, es dir in der Zwischenzeit so bequem wie möglich zu machen."

Er war nicht nähergekommen und ließ mir immer noch viel Platz. Allerdings stand er zwischen mir und dem Türrahmen. Ich befeuchtete meine Lippen.

„Wenn ich wollte, könnte ich jetzt nach Hause gehen?"

Der Mann hob die Augenbrauen. „Ja, natürlich. Sei mein Gast oder sei nicht mehr mein Gast." Er trat beiseite, um den Weg zur Tür freizugeben. „Wir sind nur eine halbe Stunde von Brooklyn entfernt, und der Bahnhof ist nur zehn Minuten zu Fuß von hier weg. Aber vielleicht möchtest du ja meine Gastfreundschaft noch ein wenig länger in Anspruch nehmen, jetzt, wo du hier bist? Ich habe lange auf eine Gelegenheit gewartet, mit dir zu sprechen."

Ich hatte bereits den halben Raum durchquert. Doch bei dieser Bemerkung erstarrte mein Körper. Ich blickte ihn an. „Was meinst du? Das hast du schon mal gesagt: dass du mit mir reden willst. Aber *worüber*? Und wer bist *du* überhaupt? Warum haben du – und dein ‚Assistent' – sich für mich interessiert?"

„Gehen wir die Fragen der Reihe nach durch. Wir fangen mit der einfachsten an. Mein Name ist Marco. Freut mich, dich kennenzulernen." Er machte eine scherzhafte halbe Verbeugung mit dem Kopf. „Ich würde mit dir gerne über alles Mögliche reden, doch zuerst möchte ich wissen, was du die letzten sechzehn Jahren so gemacht hast. Hast du wirklich keine Ahnung, warum mich das interessiert?"

Obwohl Marco seinen letzten Worten einen unbekümmerten Klang verlieh, fixierte er mich aufmerksam mit seinen indigoblauen Augen. Wieder lief ein erwartungsvoller Schauer durch meine Nervenbahnen. Unwillkürlich fragte ich mich, wie sich wohl eine dieser flinken Hände anfühlen würde, wenn sie über meine Haut strich.

Okay, Ren, hol deine Gedanken aus der Gosse. Du kennst den Kerl gerade einmal fünf Minuten und kannst nicht mal sicher sein, dass die Entführung wirklich ein Versehen war.

Abgesehen davon, dass ich ihm aus unerklärlichen Gründen im Grunde meines Herzens *glaubte. Er lügt mich nicht an*, sagte mein Bauchgefühl. Doch wie zum Teufel konnte ich mir da sicher sein?

Keine dieser Reaktionen beantwortete jedoch seine Frage. „Nein", sagte ich. „Ich habe keinen blassen Schimmer. Das ist doch nicht etwa ein Geburtstagsstreich, den Kylie sich ausgedacht hat, oder?" Das wäre zu ausgeklügelt – und verrückt – selbst für ihre Begriffe.

Marco schüttelte den Kopf. „Nein. Das ist definitiv kein Streich. Ich versuche nur, etwas wieder in Ordnung zu bringen."

„Mit *mir*? Aber ich kenne dich nicht. Ich habe dich noch nie in meinem Leben gesehen."

„Wir kennen uns nicht? Dein Name ist doch Serenity, nicht wahr?"

Ich hätte nicht gedacht, dass ich mich noch mehr anspannen könnte, als ich es ohnehin schon tat. Wie sich herausstellte, lag ich da falsch. Mein Rücken wurde völlig steif.

Solange ich denken konnte, hatte nie jemand diesen Namen verwendet. Niemand außer meiner Mutter, die mich im leisesten Flüsterton so nannte, wenn ich krank war oder einschlief.

„Mein Name ist Ren", sagte ich. Meine Stimme klang etwas rau.

„Kurz für Serenity", sagte Marco. „Vor mir brauchst du dich nicht zu verstecken. Ich werde dir nichts tun."

Warum sagte er das? Meine Gedanken kreisten. Ich presste meine Hand an meine Stirn. Marco schritt auf mich zu.

„Ich verstehe das alles nicht", sagte ich. „Ich verstehe es wirklich nicht."

Sein Blick wurde weicher. Als ich meine Hand sinken ließ, hob er seine, um meine Wange zu berühren. Mein Puls raste, was jedoch an dem Drang lag, mich seiner Berührung entgegenzulehnen, nicht zurückzuweichen. Meine Haut kribbelte unter seinen Fingern. Ein intensiver, würziger Geruch wie Kaffee mit Zimt ging von ihm aus. Köstlich. Mein Blick fiel auf seinen Mund.

Sein Adamsapfel wippte. „Was hat sie dir angetan, meine Flammenprinzessin?", murmelte er. „Wie hat sie dich eingesperrt?"

„Niemand hat mich eingesperrt", sagte ich. „Ich bin doch hier. Von wem redest du?"

„Deiner Mutter. Sie muss es gewesen sein. Wahrscheinlich wollte sie dich beschützen, aber–".

Ich zuckte zurück, meine Augen weiteten sich. „Was weißt du über meine Mutter? *Wieso* weißt du überhaupt irgendwas über sie?"

Marco sah genauso erschrocken über meinen Ausbruch aus, wie ich mich fühlte. „Man könnte sagen, dass wir schon lange in denselben Kreisen verkehren. Ich habe genauso nach ihr gesucht wie du."

Die Hoffnung, die in mir aufgekeimt war, zerplatzte. „Dann weißt du nicht, wo sie ist."

Er runzelte die Stirn. „Nein. Du etwa? Ren, ich denke, du solltest besser –" Er sog scharf die Luft ein und beschwor seinen unbeschwerten Tonfall von vorhin herauf. „Ich bin ein furchtbarer Gastgeber. All dieses Gerede zur Frühstückszeit und ich habe dir nicht einmal etwas zu essen angeboten. Ich bringe dir etwas hoch. Warum nimmst du dir nicht einen Moment Zeit, um deine Gedanken zu sortieren? Scheint, als hätten wir mehr zu besprechen, als ich dachte."

Er hob meine Hand, um mir einen Kuss auf den Handrücken zu drücken. Die Berührung seiner Lippen hinterließ ein Brennen auf meiner Haut. Dann fegte er aus dem Zimmer, ohne meine Antwort abzuwarten.

Marco

Leonard, der Idiot, lungerte im Flur herum. „Was machst du da?", knurrte ich, als ich an ihm vorbeiging. „Ich habe dir doch gesagt, du sollst mit deinem Putzdienst anfangen."

Er eilte hinter mir her und sah verwirrt aus. „Ich dachte, das wäre ein Witz gewesen, Marco."

„Ach, wirklich?" Am oberen Treppenabsatz drehte ich mich zu ihm um. „Dachtest du, ich würde Witze machen, als ich dich zurechtgewiesen habe, weil versucht hast meine Freundin auf eigene Faust auszufragen? Ganz zu schweigen davon, dass du sie gegen ihren Willen hierhergeschleppt hast? Oder hast du zumindest diesen Teil begriffen?"

Leonard zuckte zusammen. Bei jedem anderen hätte er zurückgeschnauzt, aber ich wusste, dass er im Herzen ein Feigling war. Er zerbröselte im Angesicht einer stärkeren Autorität.

Leider war ich letzte Nacht nicht hier gewesen, um diese Autorität auszuüben. *Folge der Spur der Magie,* hatte ich ihm gesagt. *Ich übernehme, wenn ich aus North Carolina zurück bin.* Offenbar waren diese Anweisungen nicht deutlich genug gewesen. Mein New Yorker Soldat hatte scheinbar angenommen, dass ich beeindruckt sein würde, wenn er das Mädchen hierherbringt. Offensichtlich hielt er eine Entführung für den perfekten Weg, um das auf so brutale Weise verlorene Vertrauen wiederherzustellen.

Allerdings schien sie sich nicht daran zu erinnern, dass es etwas zu wiederherstellen gab. Sie hat auf mich reagiert – ich habe ihre Reaktion bemerkt, diese unmittelbare Anziehungskraft zwischen Gefährten. Das Gleiche, was ich gefühlt habe, als ich sie zum ersten Mal gesehen habe. Und, Gott, wie überwältigend schön meine Gefährtin doch war. Ihr Geruch, als ich mich zu ihr beugte, süß und gleichzeitig herb … Ich musste meine gesamte Selbstbeherrschung aufbringen, um meine Lippen nicht auf ihre zu pressen, um herauszufinden, ob sie genauso gut schmeckte.

Sie war noch nicht bereit dafür. Für nichts davon. Ihr Körper hatte reagiert, aber ihre Verwirrung war echt gewesen. Sie hat nicht einmal erkannt, was ich war, und ich war mir ziemlich sicher, dass sie auch nicht wusste, was sie war. Meine Flammenprinzessin, die keine Ahnung hatte, dass sie kein gewöhnlicher Mensch war. Wie absurd!

Und jetzt musste ich versuchen, es ihr zu erklären. Als ob es nicht reichen würde, dass ich mich für den unglücklichen Hang meines Soldaten zu Entführungen rechtfertigen musste.

Ich funkelte Leonard erneut an, aber eigentlich war es mindestens zur Hälfte meine Schuld, da ich ihn für den Auftrag ausgewählt hatte.

„Die anderen Alphas sind bestimmt schon unterwegs", sagte ich. „Sie können jeden Moment hier sein. Da du nun weißt, dass ich keine Scherze mache, such dir bitte eine Lampe zum Abstauben oder eine Toilette zum Schrubben."

„Ja, Sir. Es tut mir leid, Sir." Leonard nickte mit dem Kopf und schlenderte davon. Vielleicht war er lernfähig. Ich hörte meine Untergebenen nicht gerne jammern, aber es war besser, als wenn sie halbherzig herumliefen und den bisher wichtigsten Moment in meinem Leben versauten.

Als ich die Treppe hinunterging, stieg mir aus der Küche der Duft von Bratwürsten und Rührei in die Nase. Lindy, die sich in den langen Zeitspannen, in denen ich mich woanders aufhielt, um dieses Haus kümmerte, hatte gewusst, dass wir Frühstück brauchen würden, obwohl ich es vergessen hatte. Und schlau, wie sie war, hatte sie wahrscheinlich sogar genug für unsere Gäste gemacht.

Neben dem Geräusch von brutzelndem Öl und dem Schaben eines Pfannenwenders drang ein Knarren an meine scharfen Ohren. Ich blieb stehen und drehte meinen Kopf, um das Geräusch zu orten.

Es kam aus der hinteren Speisekammer. Jemand versuchte, das Fenster von außen aufzuhebeln.

Erst eine Entführung und jetzt auch noch ein Einbruch. Der Tag wurde wirklich immer besser. Ich holte tief Luft.

„Leonard!", rief ich und machte mich auf den Weg in

die Eingangshalle. „Ich habe doch noch eine Aufgabe für dich.“

Ren

Was hat sie dir angetan, meine Flammenprinzessin? Wie hat sie dich eingesperrt?

Marcos Worte hallten in meinem Kopf wider, den ich in meine Hände gestützt hatte. Ich saß auf der Bettkante und meine Gedanken kreisten, seit Marco durch die Tür gegangen war. Da er sie offengelassen hatte, nahm ich an, dass ich tatsächlich gehen konnte, wenn ich wollte. Ich wusste nur nicht, wie ich das anstellen sollte, denn plötzlich hatte ich so viele Fragen, die *ich* beantwortet haben wollte.

Woher hatte er meine Mutter gekannt? Warum dachte er, er würde mich kennen? Wie hatte er meinen vollen Namen herausgefunden? Was war so wichtig, dass er mich aufgespürt hatte – dass sein ‚Assistent‘ dachte, es würde sich lohnen, mich deswegen zu entführen?

Warum verspürte ich den Drang, mich ihm in die Arme zu werfen, sobald ich in seiner Nähe war?

Ein Aufschrei von draußen durchbrach meine wirbelnden Gedanken. Ein dumpfes Geräusch und ein Grunzen ertönten, Kampfgeräusche. Rasch sprang ich auf und eilte zum Fenster, als eine vertraute, wütende Stimme durch das Glas drang.

„Lasst mich hier raus! Und Ren solltet ihr besser auch freilassen. Ich weiß, dass ihr sie da reingebracht habt. Ihr verdammten Arschlöcher! Ich habe die Polizei gerufen! Sie werden jeden Moment hier sein."

Kylie. Was machte sie denn hier? Ich rannte den restlichen Weg zum Fenster.

Kylies neonpinker Pixie-Haarschnitt blitzte im Licht der aufgehenden Sonne. Marcos Assistent Leonard hatte sie zu Boden geworfen und ihre Arme auf den Rücken verdreht. Sie zappelte und schrie immer noch Drohungen und Beleidigungen, obwohl ihr Gesicht gegen das Gras gepresst war. Marco stand über den beiden. Sein Mund bewegte sich, ich konnte allerdings nicht verstehen, was er zu Leonard sagte.

Ein Schauer durchzuckte meinen Körper. Marco hatte behauptet, die Entführung sei ein Versehen gewesen, aber er hatte auf jeden Fall Leute angeheuert, die dachten, dass dieses Verhalten in Ordnung sei. Was, wenn er Kylie verletzte – oder Schlimmeres?

Ich riss das Fenster auf und trat das Fliegengitter ein. Dann sprang ich blitzschnell auf den Sims und stürzte mich in die Luft.

Der Wind rauschte an mir vorbei und erfüllte mich mit dem Hochgefühl, das ein guter Sprung immer mit sich brachte. Wie eine Woge der Kraft, die ich fast greifen konnte, bevor sie mir durch die Finger glitt. In Vorbereitung auf den Aufprall beugte ich mich vor. Mit einem dumpfen Geräusch landete ich auf dem Boden. Obwohl ich die Erschütterung bis in meine Knochen spürte, war keiner von ihnen gebrochen. Ich hatte schon Schlimmeres getan.

Als ich mich aufrappelte, starrte mich Marco mit seinen berauschenden indigoblauen Augen an. Er blickte von mir zum Fenster und wieder zurück. Dann lachte er. „Ich habe auch eine sehr schöne Treppe, über die man nach unten gelangen kann."

Ich ignorierte die Stichelei. Leonard war erstarrt, um zu sehen, was vor sich ging, aber er presste Kylie immer noch auf den Rasen. „Tu ihr nicht weh", sagte ich. „Lass sie los. Sie ist meine beste Freundin."

Marco sah mich mit einer hochgezogenen Augenbraue an. „Ich habe deine beste Freundin dabei erwischt, wie sie versucht hat, in mein Haus einzubrechen."

„Weil ich *dich* dabei erwischt habe, wie du Ren weggeschleppt hast, um wer weiß was mit ihr zu machen", schnauzte Kylie zurück. Sie schaffte es, ihren Kopf so zu neigen, dass sie mir in die Augen sehen konnte. „Geht's dir gut?"

„Ja, mir geht's gut", sagte ich. Zumindest körperlich. Gefühlsmäßig … Meine Verwirrung war hinter dem scharfen, krabbelnden Gefühl in meiner Brust verschwunden, das mit jeder Sekunde, in der Kylie auf dem Boden lag, stärker wurde. Leonard führte nur Befehle aus. Ich schaute Marco an. „Ich sagte, *lass sie los*. Sie hat nur versucht, mir zu helfen. Deswegen kann man ihr keinen Vorwurf machen."

Etwas veränderte sich in seinem Blick, als er mich ansah. Wieder sammelte sich eine Hitze zwischen meinen Beinen, diesmal noch heißer als zuvor. Es war nicht fair, dass mich dieser Kerl mit einem einzigen Blick zum Schmelzen bringen konnte, selbst wenn ich total sauer auf ihn war.

Wenigstens hörte er auf mich. Er hob seine Hand. „Leonard, es reicht.“

Seine Stimme war ruhig und gleichmäßig, doch sein Assistent zuckte zurück, als hätte Marco ihn angeschrien. Kylie richtete sich auf und wischte die Grasreste weg, die an ihrem Tank-Top und der gebleichten Jeans-Shorts klebten. Kaum war sie wieder auf den Beinen, umarmte sie mich. Ich drückte sie und fühlte mich zum ersten Mal, seit ich aufgewacht war, wieder ruhig.

Doch das Gefühl hielt nicht an. Marco räusperte sich. „Darf ich deine Freundin fragen, wie genau sie uns gefunden hat?“

Kylie wich zurück, behielt jedoch einen Arm schützend um mich gelegt. Sie war einen guten Kopf kleiner als ich und außerdem drahtig, aber ich wusste, wie erbittert sie kämpfen konnte, wenn es nötig war.

„Ich war auf dem Weg zur Bar, um mich mit Ren zu treffen“, sagte sie. „Dort habe ich gesehen, wie sie dein Typ hier auf den Rücksitz eines Autos verfrachtet hat. Sie war offensichtlich bewusstlos. Er ist weggefahren, bevor ich ihn einholen konnte, aber ich habe das Nummernschild gesehen. Und dann …“ Ihre Lippen verzogen sich zu einem Grinsen. „Sagen wir einfach, ich kenne Leute, die wissen, wie man in die richtigen Datenbanken kommt. Und Verkehrskameras sind eine fantastische Erfindung.“

Marcos Blick huschte zu den Ampeln am Ende des langen Vorstadtblocks. Er schüttelte den Kopf und sah fast amüsiert aus. Kylie kannte wirklich Leute — sehr viele Leute. Egal, worum es ging, sie konnte jemanden finden, der sich damit auskannte. Sie hatte sich über die Jahre eine Menge Gefallen erarbeitet.

Glaub mir, ich mag die meisten von ihnen nicht einmal, hatte sie mir nach einer halben Flasche Billigwein mal erzählt. *Aber es ist besser, sich mit Leuten gut zu stellen und zu wissen, wie weit man ihnen vertrauen kann, als nicht zu wissen, was sie vorhaben.*

„Und ist die Polizei wirklich unterwegs?", fragte Marco.

„Das würdest du wohl gerne wissen", entgegnete Kylie, aber ich konnte am Zucken ihrer Augen erkennen, dass sie bluffte. Keine von uns beiden hatte Vertrauen in die Polizei. Sie hatte versucht, mich auf eigene Faust zu retten.

Wie es schien, hatte Marco die Lüge ebenfalls durchschaut. „Nun, du hast Ren gefunden und wie du siehst, geht es ihr gut", sagte er. „Die Situation ist kompliziert. Und das alles hat nichts mit dir zu tun. So schön es auch war, dass du vorbeigekommen bist, ich muss dich jetzt leider bitten, zu gehen."

Kylie reckte ihr Kinn vor. „Auf keinen Fall. Offensichtlich ist hier irgendetwas Dubioses im Gange. Komm, Ren. Lass uns abhauen."

Das könnten wir. Marco machte keine Anstalten, mich aufzuhalten, er sah mich nur fragend an. Er wartete ab, was ich tat. Das bestärkte mich in meinem Entschluss.

„Ich kann noch nicht gehen", sagte ich zu Kylie. „Ich muss mich noch mit Marco unterhalten."

Sie zerrte mich herum, damit ich sie ansah. „Willst du mich verarschen? Der Typ ist total irre."

Ich schluckte schwer. „Er weiß etwas über meine Mutter", sagte ich.

Kylies Augen weiteten sich. Ich sprach mit niemandem über meine Mom, aber meine beste Freundin hatte mit Abstand am meisten von ihr gehört. Und sie war gut darin, mich zu durchschauen, auch wenn ich nicht zeigen wollte, wie ich mich fühlte. Sie hatte wahrscheinlich eine weitaus genauere Vorstellung davon, wie sehr mich das Verschwinden meiner Mutter belastete, als mir lieb war.

„Okay", lenkte sie ein. „Das verstehe ich. Aber ich will dich nicht mit diesen Kerlen allein lassen. Wenn du bleibst, bleibe ich auch."

Natürlich sagte sie das. Plötzlich hatte ich einen Kloß im Hals. Es hatte keinen Sinn, mit ihr zu streiten. Ich drehte mich zu Marco um. „Alles, was du mir sagst, kann Kylie auch hören. So lautet die Abmachung."

Wir starrten uns eine halbe Minute lang an. Dann gluckste Marco. „Also gut. Das sollte interessant werden. Kommt rein. Es gibt Brunch."

Er schlenderte zurück zur Eingangstür, ohne sich umzuschauen, ob wir ihm folgten. Ich schnitt eine Grimasse, eilte aber hinter ihm her. Kylie griff nach meiner Hand.

„Bist du sicher, dass er vertrauenswürdig ist?", raunte sie mir zu.

„Er wusste Dinge, die er nicht anderweitig erfahren haben könnte." Zum Beispiel meinen vollen Namen, den ich nicht mal Kylie verraten hatte. Und, dass es sechzehn Jahre her war, seit Mom und ich in die Stadt gekommen waren.

Eine vage Erinnerung an meinen Geburtstag stieg in

mir auf. Wir waren vor ein paar Tagen in unsere Wohnung in East Village gezogen, die Zimmer waren noch kahl, ein Kuchen mit fünf Kerzen stand auf dem Boden zwischen Mama und mir. *Wünsch dir was. Du kannst dir alles wünschen, was du willst. Wir fangen ganz neu an.*

Marco führte uns in ein Wohnzimmer im ersten Stock. Wie das Schlafzimmer, in dem ich aufgewacht war, waren die Möbel allesamt geschmackvolle, teuer aussehende Antiquitäten. Kylie und ich setzten uns nebeneinander auf ein mit Samt gepolstertes Sofa.

Eine Frau mittleren Alters mit vollen grau-blonden Locken betrat den Raum und stellte Teller mit Würstchen, Rührei und Buttertoast auf den mahagonifarbenen Couchtisch vor uns. Der köstliche Geruch ließ mir das Wasser im Mund zusammenlaufen. Ich hatte seit gestern Nachmittag nichts mehr gegessen. Ich schnappte mir einen der Teller und eine Gabel, die wie echtes *Silber*besteck aussah, und griff zu.

Kylie begutachtete die Auswahl. „Scheiße, das sieht wirklich gut aus." Sie nahm einen Teller in die Hand und schaufelte sich eine Gabel Eier in den Mund. Verzückt verdrehte sie die Augen, bevor sie mit der Gabel auf Marco zeigte. Er lehnte am Sims des leeren Kamins, die Arme lässig vor seiner Brust verschränkt und beobachtete uns mit einem kleinen Lächeln.

„Also, was weißt du über Rens Mutter?", fragte Kylie. „Wir können zuhören, selbst wenn wir gerade essen."

Ich hob den Kopf und schluckte ein Stück Wurst hinunter. Marco fuhr mit dem Daumen über seine perfekten, vollen Lippen. Ich versuchte, nicht darüber nachzudenken, wie es wäre, sie zu küssen, während ich gespannt auf seine Antwort wartete. Mein Herz hatte wieder angefangen zu pochen.

„Vielleicht sollte ich zuerst fragen, was *du* über sie weißt", sagte er in seinem üblichen lässigen Ton.

„Nicht viel", sagte Kylie. „Nur das, was Ren mir erzählt hat. Sie war bereits von der Bildfläche verschwunden, als ich sie kennengelernt habe."

„Ich habe den Eindruck, dass sie schon eine ganze Weile ‚von der Bildfläche verschwunden' ist." Marco schaute mich fragend an.

Ich nickte, unschlüssig, ob ich irgendwelche Details nennen sollte. Ich wusste immer noch nicht genug über diesen Kerl, um zu wissen, wie weit ich ihm vertrauen konnte. „Sie war oft unterwegs", sagte ich. „Und letztes Mal ist sie einfach nicht mehr nach Hause gekommen."

„Und wie lange ist das her?"

„Muss ich dir das wirklich sagen, oder weißt du das schon?"

Der ernste Ausdruck, den ich bisher nur einmal flüchtig gesehen hatte, kehrte zurück, ein kurzer Schatten auf seinem hübschen Gesicht. „Ich spiele keine Spielchen, das verspreche ich dir. Ich möchte ebenso wie du verstehen, was passiert ist. Ich hoffe, dass wir beide zusammen genug Puzzleteile zusammensetzen können, um das ganze Bild zu sehen."

Er klang aufrichtig. Ich spürte keine anderen Emotionen in seiner Haltung als Besorgnis und ein wenig Frustration, was, wie ich annahm, verständlich war. Aber er hatte mir trotzdem kaum etwas gesagt.

„Warum erzählst du uns nicht –", setzte ich an.

Marcos Kopf zuckte zur Seite, als hätte er ein Geräusch gehört. Eine Sekunde später hörte ich es auch: das leise Rumpeln eines Automotors. Er ging zur Tür.

„Es tut mir leid", sagte er. „Deine Freundin ist nur die erste deiner Besucher. Du bist ziemlich beliebt."

Er zwinkerte mir zu und ging in den Flur hinaus.

4

„Dir ist klar, dass diese Situation total verrückt ist, oder?", meinte Kylie und lehnte sich auf dem Sofa zurück. Sie steckte sich ein zusammengeklapptes Stück Toast in den Mund und kaute energisch. Ich habe nie herausgefunden, wie sie es schaffte, wie ein Linebacker zu essen und dabei ihre schlanke Figur zu halten.

„Ja, das ist mir schon ein paar hundert Mal in den Sinn gekommen." Ich rieb mir die Stirn. „Es tut mir so leid, dass ich dich da mit reingezogen habe, Ky."

Sie versetzte mir einen sanften Tritt gegen das Knie. „Mach dich nicht lächerlich. Ich bin froh, dass ich hier bin. So kann ich dir wenigstens helfen, aus der Sache rauszukommen, falls das Ganze noch verrückter wird. Außerdem bin ich neugierig darauf, das Geheimnis um deine Mutter zu lüften."

„Falls Marco tatsächlich etwas über sie weiß." Es hörte sich langsam so an, als hätte er sie noch länger nicht gesehen als ich. Aber, wie er mit mir gesprochen hatte, wie er mich *angesehen* hatte … Er wusste irgendetwas Bedeutsames, das er mir noch nicht erzählt hatte.

War das der Grund, warum mein Körper so enthusiastisch auf ihn reagierte? Ich hatte noch nie so intensiv auf einen Kerl reagiert. Natürlich war ich auch noch nie einem Kerl begegnet, der nur halb so umwerfend gewesen war …

Als hätte Kylie meine Gedanken gelesen, zog sie die Augenbrauen hoch. „Ich muss schon sagen, du hast erstaunliches Glück, was mysteriöse Entführer betrifft. Der Typ ist der Hammer."

Ich musste lachen und meine Wangen färbten sich rot. „Ja, das ist mir auch aufgefallen."

„Ooh." Kylie versetzte mir einen weiteren Stupser mit dem Fuß. „Vielleicht hat Ren Hintergedanken und ist deshalb hiergeblieben. Ich bin schockiert. Du lässt dich doch sonst nie von irgendwelchen Typen umhauen."

„Ich habe auch noch nie so einen Typen gesehen", murmelte ich.

Auf der anderen Seite des Hauses fiel die Haustür polternd ins Schloss. Ich spitzte die Ohren, konnte allerdings weder Marcos Stimme noch die des Neuankömmlings hören. Was hatte er gemeint, als er gesagt hatte, dass *ich* Besuch bekommen würde? Was hatten diese anderen „Besucher" mit dem Geheimnis zu tun, das er noch nicht verraten hatte?

Die Ungewissheit überwältigte meinen Hunger. Die Hälfte meines Tellers hatte ich ohnehin aufgegessen. Ich stellte ihn auf dem Couchtisch ab. Das Brummen eines weiteren Automotors drang durch die Wände. Ich rutschte auf dem Sofa umher. Worüber sprachen sie da draußen?

Meine Hand wanderte zu meinem Medaillon. Es war in den letzten sieben Jahren mein Trostspender gewesen. All diese Jahre des Wartens, bis ich es öffnen durfte.

Als ich es schließlich geöffnet hatte … war Marcos Gehilfe noch vor Ende des Tages aufgetaucht. Ich betrachtete das mit Gravuren versehene goldene Oval. Diese Verbindung war mir vorher nicht aufgefallen. Doch wie könnte das Öffnen des Medaillons Marco oder sonst jemanden zu mir geführt haben?

Ich klappte es auf und betrachtete das Symbol im Inneren. *Was wolltest du mir sagen, Mom? Warum wolltest du, dass ich warte, bis ich mir dieses Symbol ansehe? Ich verstehe gar nichts.*

„Du hast es geöffnet!", rief Kylie und setzte sich auf. Richtig. Ich hatte sie seitdem nicht mehr gesehen. Sie beugte sich vor, und ich hielt es ihr entgegen, sodass sie es begutachten konnte.

„Ich nehme an, dieses Bild sagt dir nichts", sagte ich.

„Nö. Sollte es?"

„Keine Ahnung." Das war nur eine Frage auf meiner immer länger werdenden Liste.

Da mir die Halskette keine Beruhigung mehr verschaffte, griff ich stattdessen in meine Tasche und tastete nach dem runden Spiegel, den ich oben eingesteckt hatte. Ich zog ihn heraus und fuhr mit dem Daumen über die kühle, glatte Oberfläche. Meine Nerven beruhigten sich ein wenig.

Ich dachte nicht gerne an all die kleinen Diebstähle, die ich begangen hatte, als ich jünger gewesen war. Doch die Möglichkeit, mir einfach zu *nehmen*, was ich wollte und wann ich wollte, gab mir immer noch ein Gefühl der Kontrolle. Und dieses Gefühl brauchte ich im Moment dringend.

Draußen hielt ein drittes Auto an. Meine Schultern spannten sich an. Wie viele Leute kamen denn noch? Wann wollte Marco mich in diese Versammlung einbeziehen, bei der es offenbar um mich ging?

„Du glaubst doch nicht, dass es sich hier um eine Art organisiertes Verbrechen handelt, oder?", fragte Kylie. „Hat deine Mom jemals den Eindruck erweckt, dass sie in etwas Zwielichtiges verwickelt war?"

Mein Magen verkrampfte sich bei dem Gedanken. „Ich nehme an, das wäre möglich gewesen", sagte ich. „Wir waren fast immer zusammen, aber ab und zu war sie unterwegs, obwohl sie alles per Telefon hätte arrangieren können." Sie hatte jedes Mal angespannt gewirkt, und ein wenig traurig, wenn sie zurückkam. Mit jedem Trip schien sie trauriger zu werden. „Sie war immer sehr darauf bedacht, dass wir uns unauffällig verhielten. Nichts taten, was Aufmerksamkeit erregen könnte. Allerdings hatte ich dabei immer den Eindruck, als würde sie sich mehr Sorgen um *mich* machen als um sich selbst."

Und soweit ich mich erinnern konnte, hatte sie nicht diese mürrische Ausstrahlung, die ich bei anderen Kriminellen, denen ich begegnet bin, gesehen habe. Die ich jetzt wahrscheinlich auch ausstrahlte, obwohl ich diesen Teil meines Lebens hinter mir gelassen hatte.

Stimmen drangen durch die Wohnzimmertür. Ich steckte den Spiegel zurück in meine Tasche. Meine Nackenhaare stellten sich auf und gleichzeitig durchfuhr mich das gleiche erwartungsvolle Kribbeln, das ich gespürt hatte, als ich Marco zum ersten Mal gesehen hatte, allerdings um einiges stärker.

Es war so weit. Endlich war es so weit. Wofür, hätte ich nicht sagen können. Aber es war das, was mein Körper glaubte.

Marco öffnete die Tür. Er senkte den Kopf und hatte ein Lächeln im Gesicht, das entschuldigend und selbstironisch zugleich aussah. „Die ganze Bande ist hier.“ Dann trat er ein und ließ die Tür offenstehen, damit ihm seine Gäste folgen konnten.

Erst vor ein paar Minuten hatte ich zu Kylie gesagt, dass ich noch nie einen so heißen Typen wie Marco gesehen hatte, und jetzt stand ich plötzlich vor *vier* umwerfend schönen Männern.

Marco schlenderte durch den Raum, blieb hinter einem Sessel stehen und stützte seine kräftigen Unterarme auf die geschwungene Rückenlehne. Der Kerl, der nach ihm hereinkam, war sogar noch muskulöser, hatte breite, kräftige Schultern und eine massige Brust. Seine dunkelbraunen Augen übertrafen sein kastanienbraunes Haar in Intensität.

Der Blick des Muskelmanns landete direkt auf mir, und ein warmes Lächeln umspielte seine Lippen. Ein elektrisches Kribbeln raste über meine Haut. Er durchquerte den Raum mit bedächtigen, kraftvollen Schritten und blieb ein paar Meter von Marco entfernt stehen, die Augen immer noch auf mich gerichtet.

Der nächste Mann kam mit flotteren Schritten herein. Er war stämmiger, hatte aber ebenso breite Schultern und ein verblüffend markantes Kinn. Durch die königliche

Anmut seiner Gangart wirkte er genauso groß wie die anderen. Das Sonnenlicht, das durch das Fenster strömte, ließ sein helles Haar golden schimmern wie das eines Disney-Prinzen. In der Mitte des Raumes blieb er stehen und fixierte mich mit seinen kristallklaren blauen Augen. Der Blick fühlte sich irgendwie hoffnungsvoll und suchend zugleich an.

Der letzte Mann pirschte sich mit einer misstrauischen Miene heran, die mein Interesse weckte. Worüber machte *er* sich Sorgen? Er blieb kurz vor der Tür stehen, lehnte sich an den Türrahmen und verschränkte die Arme vor seiner schlanken, muskulösen Brust. Obwohl er nicht älter aussah als die anderen, höchstens Ende zwanzig, war sein kastanienbraunes Haar, das ihm bis knapp unter die Ohrläppchen reichte, mit silbernen Strähnen durchzogen. Sie verliehen seinem ansonsten düsteren Aussehen einen mystischen Hauch. Als er mich schließlich ansah, waren seine waldgrünen Augen so durchdringend, dass ich mich wie festgenagelt fühlte.

Mein Herzschlag beschleunigte sich. Sie waren hier. Ich wusste nicht, warum das so wichtig war, aber jeder Nerv in meinem Körper zitterte vor Aufregung. Ich konnte kaum noch atmen.

Kylie warf mir einen Blick zu, der sagte: *Sind diese Typen zu fassen?*

Nein. Nein, sind sie nicht. Aber hier waren sie.

Und sie gehörten *mir*.

Woher war *dieser* bizarre Gedanke denn gekommen? Ich runzelte die Stirn, aber bevor ich Ordnung in den Wirbelwind aus Gedanken und Gefühlen, der durch mich hindurchraste, bringen konnte, richtete Marco sich auf. Er warf mir einen wissenden Blick zu, als wüsste er genau, was mir durch den Kopf ging.

„Da wären wir", sagte er in seinem trägen Tonfall. „Strahlemann, Seppl, Doc und Miesepeter, zu Ihren Diensten."

Der mürrische Kerl an der Tür – der aussah, als würde der Name „Miesepeter" perfekt zu ihm passen – drehte den Kopf und warf Marco einen finsteren Blick zu. Unser Gastgeber grinste ihn an. „Entschuldige. Meinen Namen kennst du ja bereits, Ren. Darf ich dir Nate, Aaron und West vorstellen?"

„,Ren'?", wiederholte Miesepeter-West ungläubig. Als er meinen Namen mit seiner tiefen, kehligen Stimme aussprach, lief mir ein erwartungsvoller Schauer über den Rücken.

„So wird sie lieber genannt", erklärte Marco.

Seppl-Nate nickte. „Wenn sie so genannt werden möchte, werden wir sie so nennen." Sein tiefer Bariton war ebenso warm wie sein Lächeln. Das er mir erneut zuwarf. Verdammt. Meine Brust begann vor Aufregung zu flattern. So viel Attraktivität in einem Raum ließ meine Hormone hochkochen.

Mein Disney-Prinz, Aaron, machte einen zögerlichen Schritt auf mich zu. Ich war mir nicht sicher, warum Marco ihn Doc genannt hatte. Vielleicht, weil sein hellblauer Blick so nachdenklich war, dass ich fast das Gefühl hatte, er würde mich durch eine Brille betrachten.

„Marco hat uns erzählt, dass es eine ganze Menge gibt, bei dem du dir unsicher bist", sagte er. Seine Stimme war ruhig und leise, aber angenehm rau. „Vielleicht könntest du uns erst einmal erzählen, was du weißt. Wie ist dein Leben verlaufen? Was hast du so gemacht?"

„Mir würden eine Menge Dinge einfallen, die *ich* gerne wissen würde", murmelte Kylie. Irgendwie fühlte ich mich wohler, seit die vier Jungs im Raum waren. Ich kannte sie nicht – sie waren mir völlig fremd. Doch warum hatte ich das Gefühl, als wäre ich nirgendwo auf der Welt sicherer als hier bei ihnen?

Dieses seltsame Gefühl der Zugehörigkeit lockerte meine Zunge.

„Ich lebe hier – in New York, meine ich – seit ich fünf bin", sagte ich. „Den Großteil der Zeit … mit meiner Mutter. Es gab eigentlich immer nur uns beide. Sie hat mich zu Hause unterrichtet, und wir waren ab und zu in der Stadt unterwegs, aber wir haben nie wirklich mit jemand anderem gesprochen."

„Du hast also nur gegessen, geschlafen, gelernt, hier und da ein bisschen Spaß gehabt – nichts Ungewöhnliches?", fragte Aaron.

Er wollte auf etwas Bestimmtes hinaus, ich hatte jedoch keine Ahnung, auf was. „Nichts, außer, dass wir uns, so gut es ging, von anderen Leuten ferngehalten haben. Zumindest nicht, dass ich wüsste."

„Dann zerbrich dir nicht den Kopf darüber." Er bedeutete mir, fortzufahren. „Aber irgendwann hat sich das geändert?"

„Na ja, wie ich Marco schon erzählt habe, ist meine Mutter ab und zu verreist. Als ich vierzehn war, ist sie von einer dieser Reisen nicht mehr zurückgekehrt."

Ich zögerte, ein Kloß bildete sich in meinem Hals. Ich hatte sieben Jahre Zeit gehabt, über diesen Verlust hinwegzukommen, aber er stach immer noch genauso tief. Ich wusste nicht einmal, ob ich wütend sein oder trauern sollte. Hatte Mom mich freiwillig verlassen, oder war ihr da draußen etwas zugestoßen, wo auch immer sie unterwegs war?

„Du bist also jetzt seit sieben Jahren allein?", fragte Nate. Er schüttelte den Kopf. „Das muss hart gewesen sein."

Ich verspürte den Drang, zu ihm zu gehen und mich von ihm in seine kräftigen Arme nehmen zu lassen. Woher hatte er gewusst, dass es sieben Jahre her war, dass ich vierzehn war? Hatte Marcos Assistent das Gespräch über meinen einundzwanzigsten Geburtstag in der Bar gehört?

„Am Anfang war es okay", sagte ich und hatte das Bedürfnis, Mom zu verteidigen, obwohl sie niemand direkt kritisiert hatte. „Meiner Mutter gehörte die Wohnung, in der wir lebten. Und wir hatten ein gemeinsames Bankkonto mit genügend Ersparnissen, um Essen und Rechnungen zu bezahlen. Ich konnte gut für mich selbst sorgen. Doch dann bemerkte der Hausverwalter, dass ich dort alleine wohnte. Er rief das Jugendamt und die Polizei. Ich konnte nicht bleiben. Als sie anfingen, das Bankkonto zu überwachen, konnte ich es nicht mehr benutzen."

Meine Stimme wurde leiser. Ich schaute auf meinen Schoß hinunter. Ich wollte nicht über den Rest reden. Über die Zeit auf der Straße, über die Allianzen, die ich eingehen musste, um zu überleben. „Es *war* hart. Das ist alles, was ihr wissen müsst. Aber ich habe einen Weg gefunden, da rauszukommen. Kylie und ich haben letzten

Monat eine eigene Wohnung bekommen. Ich arbeite in einem Lagerhaus. Mir geht's gut."

Meine Hand war wie von selbst zu meiner Halskette gewandert. Mein Daumen tastete nach dem Riegel und schnippte das Medaillon auf und zu.

Wests Kiefer zuckte. Aarons Blick fiel auf meine Hand. „Diese Halskette", sagte er. „Hast du die von deiner Mutter bekommen?"

„Ja. Kurz bevor sie zu ihrer letzten Reise aufgebrochen ist." Ein seltsames Gefühl beschlich mich. So als bräuchte ich ihm nicht zu sagen, dass ich sie erst gestern geöffnet hatte. Irgendwie hatte ich das Gefühl, als wüssten sie es alle schon.

„Aaron ist ein bisschen wie eine Elster", stichelte Marco. „Er hat ein Auge für alles, was glitzert."

Aaron ignorierte ihn. Er machte einen weiteren Schritt nach vorne, als wollte er sich das Medaillon genauer ansehen. Meine Finger schlossen sich um den Anhänger. Kylie ergriff meine andere Hand und drückte sie beruhigend.

„Was *mich* interessieren würde", sagte West, die Augen immer noch zusammengekniffen, „ist, woran du dich erinnerst, bevor du nach New York City gekommen bist."

Davor. Mein Puls raste, und mein Mund fühlte sich trocken an. Ich wusste nicht, warum. An der Frage war eigentlich nichts erschreckend. Denn die Wahrheit war: „Ich erinnere mich an nichts." Meine Stimme zitterte. Ich hielt inne, um mich zu beruhigen. „Ich weiß, dass wir von einem anderen Ort hierhergezogen sind, aber ... Ich erinnere mich an nichts, was davor war. Meine Mutter und ich haben nie darüber gesprochen."

Als ich zehn war, hatte ich einmal versucht sie danach zu fragen. Die Lippen meiner Mutter waren so schmal geworden, dass ich mich geschämt hatte, bevor ich die Frage überhaupt zu Ende gesprochen hatte.

Darüber musst du dir keine Gedanken machen, hatte sie gesagt. *Noch lange nicht.*

„Du hast also nicht die geringste Ahnung", fing West an, doch bevor er seinen Gedanken zu Ende bringen konnte, wirbelte Nate zu ihm herum.

„Lass sie in Ruhe", knurrte er. „Ich weiß, dass du genauso spürst wie ich, dass sie die Wahrheit sagt. Glaubst du wirklich, dass es fair ist, sie gleich mit allem auf einmal zu überrumpeln?"

West sagte nichts, was ihn aber nicht davon abhielt, den kräftigeren Kerl anzugrinsen. Marco kicherte, als ob er ihre Streitereien amüsant finden würde.

„Ich verstehe nicht", sagte ich und setzte mich ein wenig aufrechter hin. „Du redest so, als wüsstest du mehr über meine Mutter und mich als ich. Was ist hier los? Und warum seid ihr alle überhaupt hier?"

Und warum weckt ihr in mir den Wunsch, euch alle gleichzeitig zu bespringen? Ja, diese Frage sollte ich lieber ich für mich behalten.

Aarons Ton blieb ruhig und sachlich. „Wir kennen dich schon sehr lange", erklärte er. „Bevor du in die Stadt gekommen bist, als wir alle noch Kinder waren. Die Tatsache, dass du dich nicht erinnerst … Ich vermute, dass deine Mutter diese Erinnerungen unterdrückt hat, damit es leichter für dich ist, dich nicht zu verraten."

„*Was* zu verraten? Und was meinst du mit

‚unterdrückt'? Du redest, als hätte sie mich mit einem Zauberspruch belegt oder so."

Ich lachte kurz, doch die Jungs reagierten nicht wie erwartet auf meinen Scherz. Sie tauschten einen Blick aus. Aaron fuhr sich mit der Hand durch sein goldblondes Haar. „So kann man es auch ausdrücken."

„Sagen wir einfach, es gibt eine *Menge*, was dir deine Mutter nicht erzählt hat", meldete sich Marco zu Wort.

Nate drehte sich zu mir. Die starke, schützende Energie seiner Anwesenheit durchflutete meinen Körper und beruhigte meine Nerven. „Es gibt etwas, das du über uns und dich selbst wissen musst", sagte er.

„Moment mal", unterbrach West. „Wenn wir sie mit Samthandschuhen anfassen müssen, dann gut. Aber die da braucht das nicht zu hören. Dieses Gespräch geht sie nichts an." Er zeigte auf Kylie.

Meine Finger schlossen sich um Kylies Hand. „Meine beste Freundin bleibt. Das ist nicht verhandelbar."

„Ich glaube nicht, dass du mit deiner Forderung weit kommen wirst", warf Marco ein. „Ich habe es auch schon versucht."

„Jep", pflichtete Kylie bei. „Ich bin nicht verhandelbar."

West schnitt eine Grimasse, aber Nate hob die Hand. „Wenn Ren ihr vertraut, dann können wir ihr auch vertrauen. Rens Gedächtnis hat nichts mit ihrem emotionalen Bewusstsein zu tun."

„Es ist gegen die Regeln, das Schweigen in der Gegenwart von Andersartigen zu brechen", warf Aaron ein. „Aber ich denke, dieses eine Mal können wir eine berechtigte Ausnahme machen."

„Würdet ihr bitte alle aufhören, darüber zu reden, ob ihr es sagen könnt, und es einfach ausspucken?", platzte ich heraus. „Was ist das große Geheimnis? Was sind ‚Andersartige'? Was zur Hölle –"

Ich verstummte, als Nate auf mich zukam. Er setzte sich auf den Stuhl, neben dem Marco stand, schräg gegenüber von mir. Je näher er kam, desto näher wollte ich ihm sein, aber ich blieb wie erstarrt auf dem Sofa sitzen. Seine Stimme klang wieder genauso warm wie zuvor, aber seine dunkelbraunen Augen waren ernst.

„Ren, deine Mutter hat dich in dem Glauben gelassen, dass ihr beide ganz normale Menschen seid. Aber das seid ihr nicht. Genauso wenig wie wir. Wir sind keine Menschen. Wir sind Gestaltwandler."

5

Ren

Die ersten paar Sekunden, nachdem Nate gesprochen hatte, konnte ich ihn nur anstarren. Schließlich gelang es mir, meine Zunge zu bewegen. „Gestaltwandler", sagte ich. „Was soll das überhaupt bedeuten? Wieso sollte ich kein Mensch sein? Wieso solltet *ihr* keine Menschen sein? Sieh uns doch an!"

„Das ist sozusagen der Punkt, Prinzessin", sagte Marco leichthin. „Wir *sehen* wie Menschen aus, aber wenn wir wollen, können wir uns verwandeln. In etwas anderes."

„In *was* denn zum Beispiel?"

„Die tierische Essenz, die mit unserem Geist verbunden ist", sagte Aaron. „Sie ist bei jedem von uns anders. Aber unsere Natur bringt zusätzliche Kräfte mit sich, auch in unserer menschlichen Gestalt. Bestimmt hast du bemerkt, dass du zum Beispiel stärker, schneller und beweglicher bist als alle anderen mit der gleichen körperlichen Verfassung?"

Mein Herz machte einen Sprung. Ich war Fishers beste Diebin geworden, weil ich mit meinen klebrigen Fingern Leuten Wertgegenstände so flink stibitzen konnte, dass sie es nicht merkten. Der Lagerleiter hatte mich verblüfft angestarrt, als ich ihm gezeigt hatte, dass ich die schweren Kisten mit Leichtigkeit herumwuchten konnte. Woher wusste Aaron das?

Oh. Weil er und die anderen drei genauso waren, wenn es stimmte, was er sagte.

„Oh mein Gott!", sagte Kylie und neigte ihren Kopf zu mir. „Er hat vollkommen recht. Manche Profisportler können sich nicht einmal so bewegen wie du. Ich dachte immer, es wäre einfach nur cool. Aber übernatürliche Kräfte – das macht total Sinn." Ein Lachen schwang in ihren Worten mit. Sie glaubte es nicht ganz. Sie drehte sich zu Aaron um, ihre grauen Augen funkelten. „Wollt ihr damit sagen, dass sie auch übersinnliche Kräfte hat? Ich schwöre, manchmal weiß sie Dinge über Leute, die sie auf keinen Fall wissen sollte."

„Ky", protestierte ich, doch es stimmte. Ich hatte gewusst, wo ich ansetzen musste, damit der Typ in der Bar aufgeben würde. Ich konnte die Emotionen von Menschen spüren.

„Wahrscheinlich ist das auch ein Teil deiner animalischen Seite", sagte Nate, aber ich war so angespannt, dass mich nicht einmal seine tiefe, grollende Stimme beruhigen konnte.

Aaron nickte. „Instinkte, die Körpersprache zu lesen, Pheromone in der Luft wahrzunehmen – unsere Sinne gehen über das hinaus, was normale Menschen zur

Kenntnis nehmen. Und wir hatten schon vermutet, dass du besonders sensibel bist.“

Ich hob meine Hände. „Okay. Also vielleicht bin ich in mancher Hinsicht ein wenig seltsam. Aber ich habe definitiv keine ,animalische Seite‘. Ich habe mich noch nie in etwas ,verwandelt‘. Das hier ist der einzige Körper, den ich je hatte. Ich bin mir ziemlich sicher, dass ich es bemerkt hätte, wenn er sich in etwas anderes verwandelt hätte.“

„Warte mal“, sagte Kylie. „Den Teil habe ich vergessen. Ihr verwandelt euch also in *Tiere*. In Werwölfe und so?“ Sie brach in Gelächter aus und klopfte mir auf die Schulter. „Ren, du bist ein Werwolf! Das ist echt abgefahren.“

„Nicht in Werwölfe“, murmelte West, der immer noch an der Tür stand. „Die Menschen haben keine Ahnung, wovon sie da in ihren Gruselgeschichten reden.“

„Um fair zu sein, es gibt einige Ähnlichkeiten“, sagte Marco. „Aber wir kommen in viel mehr Formen vor, nicht nur als die sagenumwobenen Wölfe. Und der Vollmond spielt nicht wirklich eine Rolle. Wir verwandeln uns, wann immer wir wollen.“ Er schnippte mit den Fingern.

„Ihr seid euch doch bewusst, wie verrückt das klingt, oder?“, sagte ich in die Runde. „Ich wiederhole noch einmal, ich habe mich noch nie in irgendein Tier verwandelt. Weder in einen Wolf noch in einen Goldfisch, nada.“

„Dafür könnte es verschiedene Gründe geben“, sagte Aaron. Ein akademisch anmutender Enthusiasmus färbte seine bedächtige Stimme. Er wippte auf seinen Fersen und sah noch mehr wie ein Professor aus – ein unglaublich heißer Professor. Dieses Zeug zu erklären war offensichtlich sein Fachgebiet. „Wenn deine Erinnerungen an das Wissen, dass du eine Gestaltwandlerin bist, weggesperrt wurden, wärst du nicht auf die Idee gekommen, zu versuchen, diese Kräfte auszuüben. Du hättest vielleicht einen Drang verspürt, aber nicht gewusst, was er bedeutet."

Mein Rücken versteifte sich. Dieses kratzende Gefühl, das ich in meiner Brust spürte, wenn mich Wut – oder eine andere Art von Leidenschaft – ergriff. Als ob etwas in mir versuchen würde, aus mir hervorzubrechen …

„Außerdem", fuhr Aaron fort, „erlangen wir unsere vollen Kräfte erst mit einundzwanzig. Selbst wenn du dir bewusst gewesen wärst, wer und was du bist, hätte die Verwandlung mehr Mühe gekostet und wäre nicht lange zu halten gewesen. Es macht also Sinn, dass es nicht automatisch passiert ist."

Nate beugte sich vor und legte seine große Hand auf die Armlehne des Sofas, nur Zentimeter von meinem Arm entfernt. „Hat dir deine Mutter, bevor sie weggegangen ist, etwas über deinen einundzwanzigsten Geburtstag erzählt? Wir haben dich gefunden, weil wir gestern einen Hauch ihrer Magie gespürt haben. Ich glaube, sie wollte wohl, dass du zu deinesgleichen zurückkehrst."

Kylies Augen weiteten sich. „Deine Halskette."

Ich umklammerte das Medaillon. „Sie hat es mir gegeben, kurz bevor sie gegangen ist. Sie meinte, ich solle das Medaillon nicht vor meinem einundzwanzigsten Geburtstag öffnen. Soll das heißen, es ist irgendwie *magisch*?" Nach allem, was sie heute schon gehört hatte, klang dieser Teil nicht mehr sonderlich absurd. Nun, eigentlich klang alles gleichermaßen absurd.

West musste die Ungläubigkeit in meinem Tonfall gehört haben, vielleicht weil er selbst ein Skeptiker war. „Nun, wir sind alle hier, oder?", sagte er. „Glaub mir, es wäre viel einfacher gewesen, wenn wir dich früher gefunden hätten."

„Nein." Ich schüttelte den Kopf. „Das ist trotzdem alles verrückt. Irgendetwas Seltsames geht hier vor. Das gebe ich zu. Aber Menschen verwandeln sich nicht in Tiere. Meine Mom war keine Hexe."

Kylie blickte zwischen den Männern hin und her, während sie mit den Beinen baumelte und gegen den Unterbau des Sofas schlug. „Es wäre ziemlich einfach, zu beweisen, ob das, was ihr sagt, wahr ist, oder? Ihr habt doch gesagt, ihr braucht keinen Vollmond. Großartig! Lasst uns eine Gestaltwandler-Vorführung veranstalten, gleich hier, gleich jetzt. Euer Publikum wartet." Sie lächelte sie an.

Aaron zögerte. „Wir offenbaren uns normalerweise niemandem, der nicht zu unseresgleichen zählt."

Ich winkte seinen Einwand ab. „Ach, bitte. Falls ihr die Wahrheit sagt, habt ihr euch bereits ‚offenbart'. Wenn Kylie hier ist, kann ich wenigstens sicher sein, dass ich nicht halluziniere." Außer, es gab so etwas wie eine Gruppenhalluzination? Nun, darüber konnte ich mir Gedanken machen, wenn diese Typen sich wirklich in Tiere verwandelten.

„Ich werde es tun", sagte Nate und stand auf. „Wie soll sie uns sonst glauben?"

Er zog sein Baumwoll-T-Shirt aus und enthüllte eine

Brust, die noch muskulöser war, als ich sie mir vorgestellt hatte. Dann machte er sich an dem Hosenschlitz seiner Jeans zu schaffen. Mir fiel die Kinnlade herunter.

„Oh. Ähm …" Hitze flammte in meinem Gesicht auf, als Nate sich die Hose herunterzog.

Marco gluckste. „Du wirst feststellen, dass Gestaltwandler nicht die gleichen Vorbehalte haben, sich auszuziehen, wie ein durchschnittliches menschliches Wesen. Das gehört dazu."

Die beachtliche Beule in Nates Boxershorts gab mir einen klaren Vorgeschmack auf das, was mich erwartete. Ich wandte meinen Blick ab. Ich hatte noch nie einen Mann nackt gesehen, nicht direkt vor mir. Und schon gar keinen Fremden, den ich gerade erst kennengelernt hatte.

Kylie hatte keine derartigen Skrupel. „Du verpasst den besten Teil der Show, Ren!", sagte sie und sah wie gebannt zu. Dann erstarrte sie und ihre Stimme klang plötzlich dünn und blechern. „Heilige Scheiße."

Rasch wandte ich mich wieder um. Ich hätte nicht gedacht, dass mein Kiefer noch weiter aufklappen konnte, doch das tat er.

Nates Körper … verwandelte sich vor unseren Augen. Es gab wirklich kein besseres Wort dafür. Das braune Haar breitete sich über seinen gesamten Körper aus und bedeckte ihn mit einem dichten Pelz. Sein Oberkörper dehnte sich aus, seine Hüften und sein Hals wurden breiter. Sein Gesicht hatte sich zu einer schmalen Schnauze verlängert.

Die gesamte Verwandlung vollzog sich in der Zeit, die ich brauchte, um zu blinzeln. Ich hätte gedacht, dass eine derartige körperliche Veränderung schmerzhaft sein müsste, doch es hatte vollkommen natürlich ausgesehen. Beinahe … schön. Ein sehnsuchtsvolles Stechen durchschoss mich vom Schlüsselbein bis zum Bauch.

Sehnsucht und Erkenntnis. Ja, das war es, wozu Leute wie sie bestimmt waren.

Leute wie *wir*.

In diesem Moment stellte sich ein majestätischer Grizzlybär vor mir auf die Hinterbeine. Sein Kopf berührte fast die Lampe über mir.

Selbst, als mein Puls raste, wusste ich, dass es Nate war. Er ließ sich auf seine Vorderbeine sinken, sodass wir auf Augenhöhe waren. Sein intensiver Blick fühlte sich genauso an wie nur ein paar Minuten zuvor, als er mich mit seinen braunen Augen aus seinem menschlichen Gesicht heraus angesehen hatte. Warm. Beschützend. Das Gefühl der Verbundenheit in meinem Bauch zog mich zu ihm. Ich hob meine Hand und krümmte die Finger, bevor ich sie ausstreckte.

Der Bär machte einen vorsichtigen Schritt auf mich zu und senkte seinen Kopf, sodass ich das Fell zwischen seinen runden Ohren berühren konnte. Es war rau, aber angenehm dick. Ich verspürte den plötzlichen Drang, mein Gesicht in seinem Nacken zu vergraben, um den moschusartigen, pfeffrigen Geruch einzuatmen. Um seine schützende Wärme um mich herum zu spüren.

Obwohl er ein riesiges Raubtier war, würde er mir niemals wehtun. Er würde auch nie zulassen, dass mir jemand wehtat. Das wusste ich, so sicher, wie ich gewusst hatte, dass das Arschloch in der Bar gestern Abend sauer auf seine Ex war.

„So", sagte West. „Ihr habt eure Vorführung bekommen."

„Das ist …" Kylie kicherte, ein wenig hysterisch. Ich hatte sie noch nie so wortkarg erlebt. Sie öffnete und schloss den Mund ein paar Mal, bevor sie es schaffte, weiterzusprechen. „Oh mein Gott. Es ist wirklich wahr. Ihr könnt wirklich …" Sie lachte wieder.

Warum war ich nicht genauso schockiert? Der erste Anblick hatte mich erschreckt, aber jetzt fühlte ich nur noch Ehrfurcht und dieses intensive Gefühl der Vertrautheit.

Vielleicht hatte ich tief im Inneren gewusst, dass es wahr war, auch wenn mein Verstand sich gesträubt hatte, es zu akzeptieren. Ich schluckte schwer und blickte von Nate zu den anderen Jungs.

„Nate ist ein Bär. Was ist der Rest von euch?"

„Ein Jaguar", sagte Marco. „Von der Größe her nicht ganz so beeindruckend wie Nate, aber das mache ich auf andere Weise wieder wett." Er grinste.

„Ich bin ein Adler", sagte Aaron. Er warf einen Blick auf West. Als der griesgrämige Kerl schwieg, fügte Aaron hinzu: „Und West ist *tatsächlich* ein Wolf. Die meisten Wandler gehören zu einer von vier Gruppen. Hunde, Katzen, Vögel und, na ja, alles andere." Er deutete nacheinander auf West, Marco, sich selbst und schließlich, mit dem Anflug eines Lächelns, auf Nate. „Wir sind die Anführer der jeweiligen Gruppen. Die Alphas, wie wir für gewöhnlich genannt werden."

„Das ist wirklich das Unglaublichste, was mir je passiert ist", sagte Kylie. „Und wann sehen wir, wie sich der Rest von euch ‚verwandelt'?"

„Ich verwandle mich nicht auf Kommando", schnauzte West. Nate dabei zu beobachten, hatte jedoch gereicht. Ich war überzeugt. Von allem, bis auf den letzten, wichtigsten Teil. Nate stupste mich mit seiner Schnauze am Arm an, und ich kraulte ihn automatisch hinter den Ohren, während ich versuchte, den Mut zu öffnen, um die Frage zu stellen, von der ich bereits wusste, dass sie mein Leben auf den Kopf stellen würde.

Konnte es wirklich noch verrückter werden, als es ohnehin schon war? Ich musste es wissen.

Ich holte tief Luft. „Na gut. Also wissen wir jetzt alles über euch. Könnt ihr mir dann vielleicht sagen – was *ich* bin?"

Bei dem Blick, den Aaron und Marco austauschten, spannte sich mein gesamter Körper an. Der Blick schien nichts Gutes zu verheißen. Marcos Lippen verzogen sich zu einem schiefen Grinsen.

„Du, meine Flammenprinzessin, stellst den Rest von uns in den Schatten. Du bist eine Drachenwandlerin."

6

Das Mädchen starrte Marco an, als könne sie kein einziges Wort von dem, was er gesagt hatte, verstehen. War sie wirklich so ahnungslos? Wie konnte sie sechzehn Jahre lang nichts von der Macht in sich gespürt haben, selbst wenn ihre Mutter ihre Erinnerungen manipuliert hatte? Es fiel mir immer noch schwer, das zu glauben.

„Eine *Drachenwandlerin*?", stammelte sie. Nate, immer noch in seiner Bärengestalt, wich zurück, als sie aufsprang. „Willst du mich verarschen?"

„So gern ich auch scherze, in diesem speziellen Moment meine ich es völlig ernst", erwiderte Marco.

Ren – warum nannte sie sich ausgerechnet Ren? Es klang wie ein zerbrechliches Vögelchen – machte eine vage Handbewegung. „Wenigstens sind Bären und Wölfe und was auch immer *echte* Tiere. Drachen gibt es nicht."

Ihre Ungläubigkeit, gespielt oder echt, war verdammt nervig. Ich stieß mich vom Türrahmen ab und ging ein paar Schritte auf sie zu. „Du hast gefragt und jetzt hast du die Antwort." Ich ließ meinen Blick über ihre schlanke, durchtrainierte Figur wandern. „Obwohl ich zugeben muss, dass du im Moment so aussiehst, als hättest du ungefähr so viel Feuer in dir wie ein Häufchen Glut."

Als sie sich zu mir umdrehte und mich anfunkelte, sah ich einen Hauch der Macht in ihr. Ein Flackern hinter ihren hellbraunen Augen. Es entzündete jeden Zentimeter meiner Haut, als würde ein ganzer Funkenregen auf mich herabprasseln.

Verdammt noch mal. Das Einzige, was noch nerviger war als ihr fassungsloses menschliches Getue, war, wie stark mein Körper auf sie reagierte, egal, was ich dachte. Ich hatte schon viel zu lange auf sie gewartet.

Aber so sollte meine Gefährtin nicht sein. Sie sollte mächtig sein, stärker als wir alle. Nicht jemand, der vor Gefahren davonlief und sich sechzehn Jahre lang unter Menschen versteckt. Wir hatten nicht einmal gewusst, ob es überhaupt noch Drachenwandler gab. Wir hatten keine Ahnung gehabt, was sie von uns ferngehalten hatte. Und so wie es sich anhörte, war es nichts weiter als Angst gewesen.

Was hatte sich ihre Mutter dabei gedacht, sie jetzt zu uns zurückzuschicken, ohne, dass sie wusste, wer sie war oder welche Rolle sie erfüllen sollte?

Ren machte einen Schritt auf mich zu, und ihr Geruch, süß wie Erdbeeren mit Sahne, wehte über mich hinweg. Genug, um mich halb hart werden zu lassen. Ihr Gesichtsausdruck war jedoch alles andere als süß. Sie tippte mir mit dem Finger auf die Brust, wobei sie den dünnen Stoff meines Unterhemdes streifte.

„Ich versuche mein Bestes, okay, du harter Kerl?", sagte sie, ihre Augen loderten jetzt geradezu. „Versuch, du mal damit klarzukommen, wenn deine Welt innerhalb von einer Stunde komplett auf den Kopf gestellt wird."

Um ehrlich zu sein, war meine Welt in dem Moment auf den Kopf gestellt worden, als ich das erste Kribbeln ihrer Drachenmagie aus der Ferne gespürt hatte. Doch das wollte ich ihr gegenüber nicht zugeben. Schon gar nicht, während sich ihre Lippen zu einem leichten Grinsen verzogen.

„Und hier hast du deine Uhr wieder", sagte sie. Das dicke Metallband baumelte von ihren Fingern. Was zum Teufel? Ich blickte auf mein Handgelenk hinunter – das nun tatsächlich nackt war. Hatte sie mir meine Uhr gerade direkt von meinem Arm *gestohlen*?

Marcos heiteres Glucksen schallte durch den Raum, seine dunkelblauen Augen funkelten. „Weißt du es nicht besser, als eine Drachin zu provozieren?"

Ich riss Ren meine Uhr aus der Hand und ignorierte ihn. Katzenwandler wussten nie, wann es besser war, sich um ihre eigenen Angelegenheiten zu kümmern.

„Nicht einmal *ich* habe gesehen, wie sie das geschafft hat", sagte Aaron mit seiner gewohnten Ehrfurcht. Wahrscheinlich bekam er schon einen Steifen, nur weil er die Chance hatte, mit einer Drachin aus nächster Nähe zu sprechen, anstatt sich auf all die alten Aufzeichnungen zu verlassen, die er so gerne las.

Gut, vielleicht war der Diebstahl ein klein wenig beeindruckend gewesen. Ich befestigte die Uhr wieder an meinem Handgelenk und beäugte Ren misstrauisch. Jetzt, wo sie ein wenig mehr Selbstvertrauen gewonnen hatte, konnte ich mir fast vorstellen, dass eine Drachin in ihr steckte. Ihre Augen funkelten noch immer und ihr Haar fiel ihr in dunkelbraunen Wellen wild über den Rücken, als wäre gerade ein Windstoß hindurchgefahren. Was für eine Drachin war sie wohl?

Plötzlich überkam mich das dringende Verlangen, sie zu sehen. Ich verschränkte meine Arme vor der Brust. „Also gut, Flamme. Du kennst also ein paar Tricks. Willst du herausfinden, wie echt Drachen sind? Wenn du dich verwandelst, wirst du es erfahren."

Ren

Wests dunkelgrüne Augen blitzten herausfordernd. Meine Tapferkeit, die ich mühsam zusammengekratzt hatte, geriet ins Wanken. „Ich weiß nicht, wie. Ich habe keine Ahnung von all dem. Hast du denn nicht zugehört?"

Ich blickte zu Nate, der einzigen Person, bei der ich jemals eine Verwandlung gesehen hatte, und stellte fest, dass er sich wieder in sein menschliches Ich verwandelt hatte. Er zog gerade seine Jeans hoch, doch sein wohlgeformter Oberkörper war immer noch nackt. Bei dem Anblick durchströmte mich abermals eine Hitzewelle. Aber, wenn man sich so verwandelte–.

Ich schlang meine Arme um meinen Körper, meine Finger krallten sich in die Seiten meines Shirts.

„Du musst dich nicht ausziehen", sagte Aaron sanft.

„Es ist sowieso unwahrscheinlich, dass du bei deinem ersten Versuch eine vollständige Verwandlung schaffst. Und falls doch", er neigte seinen Kopf in Marcos Richtung, „vermute ich, dass unser Gastgeber eine Menge Kleidung im Haus hat, die er entbehren könnte."

Marco zuckte mit den Schultern. Unter den struppigen Strähnen seiner schwarzen Haare trat plötzlich ein hungriger Blick in seine indigoblauen Augen. Sie schimmerten intensiver als der Saphirstecker in seinem Ohr. „Unseresgleichen gehen hier ein und aus. Ich sorge dafür, dass immer genug von allem da ist."

„Okay, okay", sagte ich. „Aber was soll ich tun?"

„Nun, erstens, nur für den Fall", sagte Marco, „denke ich, wir sollten diese kleine Party nach draußen verlegen, da Drachen nun mal eine gewisse Größe haben. Ich würde ganz gerne vermeiden, dass dieses Zimmer in Schutt und Asche gelegt wird."

„Gut." Ich war mir nicht sicher, was seine Nachbarn davon halten würden, wenn ich mich plötzlich in ein gigantisches Fabelwesen verwandelte, allerdings war das für mich immer noch schwer vorstellbar.

Kylie sprang auf die Füße. „Das lasse ich mir nicht entgehen!"

Marco durchquerte den Raum und wir folgten ihm nach draußen.

Sobald ich den Hof betrat, verstand ich, warum er sich keine Sorgen wegen der Privatsphäre machte. Das kleine grasbewachsene Stück Rasen war auf allen Seiten von hohen Kiefern gesäumt.

Ich ging ein Stück weiter in die Mitte der Lichtung. Die Jungs stellten sich in einer Reihe auf, um zuzusehen, und Kylie wippte neben ihnen auf ihren Füßen auf und ab.

„Schließ deine Augen", sagte Aaron. „Geh in dich hinein. Versuche, die Essenz zu spüren, die durch dich hindurchfließt. Den Kern deines Wesens. Dann greife danach und ziehe sie heraus. Deine Drachin wird herauskommen wollen. Sie wird dir helfen."

West hatte mitten in dieser Anweisung geschnaubt, aber so unfassbar sich das alles auch angehört hatte, ich wusste, was Aaron meinte. Ich hatte die Essenz schon vorher in mir gespürt – das Kratzen dieser Krallen in mir.

Als ob irgendein Biest in mir darauf warten würde, rauszukommen. Aber ein Drache? Wirklich?

Ich nahm an, dass ich es jetzt wohl herausfinden würde. Ich atmete tief ein und schloss die Augen, wie er gesagt hatte. Da war es, es wartete auf mich. Dieses scharfe Kribbeln, das über meine Rippen kratzte. Es wollte raus. Ich konzentrierte mich auf das Gefühl. *Sag mir, was ich tun soll. Sag mir, was du brauchst.*

Ein Kribbeln durchzuckte meine Muskeln. Sie spannten sich an, als wollten sie sich öffnen. Meine Haut fühlte sich plötzlich zu eng an. Das Kribbeln in mir schwoll an, als wolle es aus mir herausbrechen.

Es zog sich zusammen, weg von meiner Ermutigung. Ich runzelte die Stirn und drückte meine Augen fester zu. *Komm schon. Ich weiß, dass du das willst.*

Ein regelrechtes Zittern lief meinen Rücken hinunter. Ich versuchte, dieses Gefühl in meinem Innersten so festzuhalten, wie Aaron es vorgeschlagen hatte, aber es entglitt mir.

Meine Schultern sackten nach unten. Ich schwankte

leicht und Erschöpfung überrollte mich. Ich rieb mir die Augen, bevor ich sie öffnete. Wie lange hatte ich es versucht? Es war mir nicht länger als ein paar Minuten vorgekommen, aber ich fühlte mich, als wäre ich gerade einen Marathon gelaufen.

Die Jungs musterten mich immer noch, West mit seinem üblichen zynischen Gesichtsausdruck, Aaron sah verwirrt aus, Marco wirkte nachdenklich und Nate besorgt. „Geht's dir gut, Ren?", fragte der Bärenwandler.

„Ja", sagte ich. „Ja." Doch meine Beine zitterten, als ich einen Schritt auf sie zuging. Kylie eilte an meine Seite. „Ich verstehe das nicht. Ich habe es *gespürt*, aber es war, als wollte es nicht rauskommen …"

Die Furche auf Aarons Stirn vertiefte sich. „Deine Mutter hat vielleicht nicht nur deine Erinnerungen unterdrückt, sondern auch deine Kräfte. Um zu verhindern, dass sie unerwartet aktiv werden. Aber ich glaube nicht, dass diese Veränderung dauerhaft ist. Bestimmt hat sie dafür gesorgt, dass du irgendwann wieder darauf zugreifen kannst."

„Du hast also in den letzten sieben Jahren nichts von ihr gehört?", fragte West. „Keine einzige Nachricht?"

Ich schüttelte den Kopf. „Nichts. Ich weiß nicht einmal, wohin sie wollte. Alles, was sie mir gegeben hat, war dieses Medaillon." Ich öffnete es und betrachtete das flammenartige Symbol darin. „Wisst ihr, was das bedeuten könnte?"

Ich hielt ihnen das Medaillon hin. Die drei warfen einen kurzen Blick darauf und sahen dann zu Aaron. Ich vermutete, dass sie sich bei Themen, die viel Recherche erforderten, an ihn wandten. Er betrachtete die Gravur, aber sein Gesichtsausdruck war weiterhin verwirrt.

„Nein", sagte er. „Tut mir leid."

„Sie hätte das Symbol nicht in die Halskette eingravieren lassen, wenn es nicht wichtig wäre, oder?", meinte Nate. „Es sollte uns etwas sagen."

„Es könnte etwas sein, von dem sie gehofft hatte, dass es uns die letzten Alphas erzählen würden." Marcos Lächeln glich eher einer Grimasse.

„Vielleicht kann ich ja dabei helfen", meldete sich Kylie zu Wort. „Ich könnte ein Foto machen und es herumzeigen. Ich kenne so viele Leute, vielleicht gibt es jemanden, der das Symbol wiedererkennt."

Die Jungs schauten skeptisch drein, aber sie kannten Kylie auch noch nicht. „Klar", sagte ich. „Es ist einen Versuch wert."

Ich kippte das Innere des Medaillons, um das Sonnenlicht einzufangen, damit sie ein Foto mit ihrem Handy machen konnte. Danach verstaute sie das Handy wieder in ihrer Tasche und fuhr sich mit den Fingern durch ihr zerzaustes neonpinkes Haar. „Wenn ich die Runde machen will, muss ich los. Willst du mitkommen? Du weißt, dass du nicht hier bei den Jungs bleiben musst, wenn du dir bei all dem noch nicht sicher bist."

Ich war mir bei vielem nicht sicher, aber das Einzige, was ich wusste, war, dass mir keiner dieser vier Kerle – Gestaltwandler, oder was immer sie waren – etwas antun wollte. Und plötzlich fühlte ich mich in Bezug auf die Welt jenseits dieses Hauses nicht mehr so sicher.

Warum hatte meine Mutter so viel Angst gehabt? Wovor hatten wir uns versteckt?

Ich glaubte nicht, dass ich das allein herausfinden wollte. Außerdem wollte ich nach meinem kurzen, drogeninduzierten Schlaf letzte Nacht, all den verrückten Neuigkeiten, die in der letzten Stunde auf mich eingeprasselt waren, und meinen gescheiterten Verwandlungsversuchen einfach nur noch ins Bett.

„Ich komme hier schon klar", sagte ich. „Es gibt offensichtlich noch so einiges, was ich lernen muss, und ich glaube nicht, dass mir jemand außer diesen Jungs dabei helfen kann. Schick mir eine Nachricht, wenn du etwas herausfindest." Ich wandte mich an Marco. „Ich nehme an, mein Handy ist hier irgendwo?"

Er schnippte mit den Fingern. „Ich wusste, dass ich etwas vergessen hatte. Ich dachte, in Anbetracht der Umstände wäre es besser, wenn wir mit dir reden, bevor ich es dir gebe."

„Wie wäre es, wenn wir jetzt reden?", fragte Nate. „Es gibt da noch viel mehr, was wir dir erzählen können."

In meinem Hinterkopf begann sich Druck aufzubauen. Ich rieb mir den Nacken. „Eigentlich hätte ich gerne ein bisschen Zeit für mich, wenn das okay ist. Um alles zu verarbeiten, was ich bis jetzt erfahren habe. Und vielleicht um ein Nickerchen zu machen. Es ist ziemlich anstrengend, wenn die Welt, die man kannte, plötzlich so auf den Kopf gestellt wird."

„Das Zimmer oben gehört dir, so lange du es willst", sagte Marco. „Ich sage Leonard, dass er dir dein Handy bringen soll."

Als er im Haus verschwand, umarmte mich Kylie. „Versprich mir, dass du hier wirklich klarkommst", raunte sie mir ins Ohr.

Ich lächelte angestrengt. Mir ging es nicht gerade *gut*, aber dafür konnte niemand hier etwas. „Ich habe gerade erfahren, dass ich Superkräfte habe", sagte ich. „Was sollte da nicht in Ordnung sein?"

Sie lachte und drückte mich ein letztes Mal. „Ich melde mich bald bei dir, ob ich Neuigkeiten habe oder nicht."

Sie ging an den Bäumen vorbei und um die Seite des Gebäudes herum. Die Jungs folgten mir zurück ins Haus. West zog Aaron zur Seite und murmelte ihm etwas zu, von dem ich annahm, dass es eine weitere Beschwerde über mich war. Nate ging mit mir die Treppe hinauf. Ich ließ meine Hand über das polierte Holz des geschwungenen Geländers gleiten. Offenbar brachte das Dasein als Gestaltwandler auch Reichtum mit sich, zumindest bei einigen Leuten. Oder vielleicht ging das mit dem Dasein als „Alpha" einher.

„Hast du auch so eine Wohnung?", fragte ich den Bärenwandler.

Nate grinste. „Marco und ich haben einen ziemlich unterschiedlichen Stil. Unsere Häuser gehen mit unserer Position als Alphas einher. Ich habe ein paar schöne Immobilien, die ich dir gern zeigen würde."

Oben angekommen brauchte ich mehrere Anläufe, bis ich das Schlafzimmer fand, in dem dieses Abenteuer begonnen hatte. Ich hielt am Türrahmen inne, das Bewusstsein von Nates Anwesenheit sickerte in meine Haut. Ich dachte daran, wie viel er mir schon von sich gezeigt hatte, und die Wärme verwandelte sich in Hitze.

Nate streckte die Hand aus und strich mir eine verirrte Haarsträhne von der Wange. Mein Herz pochte bei seiner Berührung. „Kommst du allein zurecht?", fragte er.

Was genau würde er vorschlagen, wenn ich nein sagte? Und wollte ich, dass er überhaupt etwas vorschlug? Für eine Sekunde brüllte mein Körper die Antwort: ja natürlich.

Aber ich war mehr als nur ein Körper, und mein Verstand war zu durcheinander, um im Moment klare Entscheidungen zu treffen.

„Ja", sagte ich. „Danke."

Er fuhr mit den Fingern durch mein Haar und drehte meinen Kopf zu sich, während er seinen ebenfalls neigte. Seine Lippen streiften meine Stirn, und mir stockte der Atem. Dann trat er zurück und ich wurde röter als je zuvor in meinem Leben. Ich schluckte schwer.

„Nimm dir so viel Zeit, wie du brauchst", sagte Nate. Er senkte den Kopf. Marco tauchte hinter ihm auf, in der Hand hielt er mein Handy.

„Wie versprochen", sagte Marco. Er reichte es mir, während Nate auf das Treppenhaus zuschlenderte. „Hast du sonst noch einen Wunsch?"

„Ich glaube nicht", antwortete ich. Ich ging in das Zimmer, und Marco folgte mir. Nun, warum sollte er auch nicht? Es war sein Haus, und er dachte, ich hätte vielleicht noch einen Wunsch. Doch seine Nähe brachte meinen Atem erneut zum Stocken. Hitze rauschte durch meine Adern.

Großer Gott, warum war ich nur so geil – und das auf vier Kerle auf einmal? Ob Gestaltwandler immer diese Reaktion bei anderen Menschen hervorriefen? Kylie schien nicht annähernd so betroffen gewesen zu sein. Vielleicht war das nur zwischen Gestaltwandlern so.

Wenn ich akzeptieren würde, dass ich tatsächlich eine war.

„Keine Beschwerden?", erkundigte sich Marco.

„Nein", sagte ich ehrlich. „Das ist das schönste Haus, das ich je gesehen habe."

Ich drehte mich zu ihm um, was vielleicht ein Fehler war. Er lächelte sein leicht verschmitztes Lächeln und blickte mich mit demselben Hunger an, den ich vorhin bereits bemerkt hatte. Ein erwiderndes Verlangen entfaltete sich in meinem Bauch und mein Unterleib begann zu kribbeln.

Er hob seine Hand und strich mit seinen Fingern sanft über meine Wange, wobei er mein Gesicht zu seinem neigte. Seine sanfte Stimme verwandelte sich in ein Murmeln. „Und du hast die wunderschönsten Augen, die ich je gesehen habe. So strahlend, dass sie eher bernsteinfarben als braun sind. Wie Feuer. Als könnte man direkt darin versinken."

„Im Feuer versinken?", witzelte ich in einem halbherzigen Versuch, die Elektrizität zwischen uns zu zerstreuen. „Das klingt gefährlich. Da würdest du schnell wieder rauswollen."

„Vielleicht auch nicht", meinte Marco. „Es wäre vermutlich eine sehr angenehme Verbrennung."

Es war, als würden mich seine Worte magisch anziehen und ein Hitzeschwall durchzuckte mich. Marco kam noch ein paar Zentimeter näher. Und bevor ich mich zurückhalten konnte, presste ich meine Lippen auf seine.

Er erwiderte meinen Kuss mit einem ermutigenden

Knurren. Sein Mund glitt gegen meinen, heiß und neckisch und seine Zunge schob meine Lippen auseinander. Mit einer Hand griff er in mein Haar und überall, wo er mich berührte, hinterließ er ein Gefühl, als hätte ich Feuer gefangen.

Ich umklammerte seine Schultern, als könnte ich unsere Münder dadurch enger aneinander ziehen. Seine Zunge streichelte meine, und ich stöhnte in seinen Mund. Meine Hüften wölbten sich ihm entgegen. Seine andere Hand wanderte unterdessen an meiner Seite entlang und zeichnete einen Pfad aus Flammen durch meine Kleidung.

Ich wollte mich ausziehen. Ich wollte ihn auf dem Bett, über mir, in mir. Ich wollte–.

Was zum *Teufel* tat ich da?

Ich riss mich von Marco los. Mein Körper protestierte so heftig, dass es sich anfühlte, als hätte ich uns buchstäblich entzweigerissen. Marco ließ seine Hand sinken. Er sah mich an, doch in seinen trüben Augen lag kein Urteil oder Vorwurf.

Er war ein Fremder. Ich hatte ihn erst vor ein paar Stunden kennengelernt. Nachdem er mich entführt hatte. Offensichtlich hatte mir dieses ganze übernatürliche Gerede das Hirn vernebelt.

Und *ich* hatte *ihn* geküsst.

Wieder errötete mein Gesicht, dieses Mal vor Verlegenheit. Und vielleicht auch wegen eines anhaltenden Verlangens. Schließlich war es nicht so, dass ich aufgehört hatte, ihn zu wollen, nur weil mein Verstand sich eingeschaltet hatte.

„Es tut mir leid", sagte ich, meine Stimme war rau. „Ich wollte nicht … ich weiß nicht, ob das für

Gestaltwandler normal ist, aber für mich ist es nicht normal."

„Du ziehst die Grenzen, Flammenprinzessin", sagte er. „Ich nehme gerne alles an, was du bereit bist zu geben, aber wenn du Stopp sagst, hören wir auf." Er nickte in Richtung Bett. „Warum ruhst du dich nicht ein bisschen aus? Du wirst es sicher brauchen, wir haben noch einen langen Weg vor uns."

7

Ren

Wir standen in einem Privatabteil im Zug, meine Mutter und ich. Der Boden ratterte unter meinen Füßen, und das Fenster klapperte. Wir fuhren weit, weit weg. Weit weg von der schlimmen Sache, bei der sich meine Brust immer noch fest zusammenzog, auch wenn ich versuchte, nicht daran zu denken.

Meine Mutter bückte sich zu mir hinunter und streichelte meine Wange. Ihre Augen waren wild wie ein stürmischer Himmel.

„Hör zu, Serenity", sagte sie mit stockender Stimme. „Irgendwo tief im Innern, wo niemand sonst es berühren kann, musst du dich daran erinnern, dass du eine Drachin bist. Vergiss das *nie*."

Ich blinzelte sie mit einer kindlichen Verwirrung an. „Natürlich werde ich mich erinnern, Mama. Ich kann nicht *keine* Drachin sein."

Ein trauriges Lächeln umspielte ihre Lippen. „Oh,

mein Schatz. Für eine kleine Weile musst du es vergessen. Zumindest an der Oberfläche. Aber du hast recht. Du wirst nie keine Drachin sein."

Sie hob ihre Hände und drückte ihre Handflächen an meine Schläfen. Dunkelheit wirbelte in meinem Kopf umher. Alles drehte sich.

Ich rannte mit meiner Mutter durch den Wald, während ihre Hand die meine fest umklammerte. So fest, dass es wehtat. Mein Atem stach in meiner Kehle. Meine Lunge schmerzte. Ich stolperte über eine Wurzel, und sie zog mich sofort wieder hoch. Wir rannten und rannten und–.

Ich kauerte hinter der großen Vase in der Eingangshalle und lauschte auf das Gelächter von Mädchen. Mein Herz pochte wie wild. Diesmal würde ich die Letzte sein, die gefunden wurde. Diesmal würde ich die Königin des Versteckspiels sein. Sie mochten älter sein als ich, aber ich–.

Ich saß im Gras, süßer Kleeduft erfüllte meine Nase und ein Lachen wollte meiner Kehle entweichen. Eine Gestalt fegte durch den klaren blauen Himmel über mir. Glänzende bronzene Schuppen, wie ihre Augen. Bei dem Schlagen der massiven Flügel verspürte ich eine beruhigende Brise. Ich klatschte in die Hände.

„Mama!"

Ich riss die Augen auf und kehrte wieder in die Gegenwart zurück. Eine Sekunde lang starrte ich auf die gegenüberliegende Wand, während der Traum verblasste und die reale Welt wieder in den Fokus rückte. Goldene Blumen schlängelten sich über die mintgrüne Tapete. Eine samtene Bettdecke steckte unter meinem Kinn. Und eine sündhaft weiche Matratze schmiegte sich an meinen Körper.

Erinnerungen strömten in meinen Kopf. Marcos Haus. Die vier Gestaltwandler. Nate, der sich in einen Bären verwandelte. Wests Sticheleien. Aarons vorsichtige Erklärungen. All die Dinge, die sie mir erzählt hatten. Mein gescheiterter Versuch, mich zu verwandeln.

Nates Lippen, die meine Stirn streiften. Marcos Lippen, die sich fest auf meine pressten.

Ich setzte mich im Bett auf, Hitze durchflutete mich. Ja, das war tatsächlich passiert. Und ich war immer noch hier.

Mein Blick schoss zum Fenster. Das Tageslicht war blasser als am Morgen, fiel jedoch in demselben Winkel herein. Als ob es wieder morgen wäre.

Gott, hatte ich den halben Tag verschlafen und dann die ganze Nacht? All diese Träume, die ich gehabt hatte …

Ich hielt inne, meine Finger krallten sich in die Bettdecke. Nein, das waren nicht nur Träume gewesen, oder? Ich spürte ihre Wahrheit wie einen Schmerz in meiner Brust. Sie waren so real gewesen wie dieses Zimmer. Echte Erinnerungen, aus der Zeit, als ich ein kleines Mädchen gewesen war. Aus der Zeit, bevor meine Mutter und ich in die Stadt gekommen waren.

Als ich noch wusste, dass ich eine Drachin war. Als sie über mir durch die Luft geflogen war, getreu ihrer Bestimmung.

Die vier Alphas hatten die Wahrheit gesagt. Mom hatte meine Erinnerungen weggesperrt. Sie hatte mir vorher sogar gesagt, dass sie das tun würde.

Ich war eine Drachin. Ich war eine *Drachin*.

Ich schaute auf meine Hände hinunter, als ob mir plötzlich Schuppen und Krallen gewachsen wären. Aber nein, sie sahen immer noch wie normale menschliche Finger aus.

Hatte ich mich schon jemals verwandelt? Ich konnte mich nicht erinnern. Ich konnte keine weiteren Fragmente meiner Vergangenheit ausgraben, nur die, die in meinen Träumen erschienen waren. Aaron hatte gemeint, es wäre schwieriger gewesen, als ich jünger war, und ich war erst fünf gewesen, als Mom diese Teile von mir weggesperrt hatte.

Warum hatte sie das getan? Warum hatte sie mir nicht vertraut? Wenigstens bevor sie, wohin auch immer, abgehauen war …

Wut überkam mich, biss sich in meiner Brust fest. Aber ein anderer Schmerz schloss sich darum herum. Ich vermisste sie. So sehr. Und zwar nicht nur die Mutter, an die ich mich deutlich erinnerte, sondern auch die, die ich nur flüchtig gesehen hatte, wild und mächtig und übermenschlich.

Würde ich sie jemals wiedersehen?

Diese Frage fühlte sich zu bedeutend an, um sie allein zu beantworten. Vor allem, da ich anscheinend einen halben Tag damit verschwendet hatte, mich von den gestrigen Enthüllungen zu erholen. Ich krabbelte aus dem Bett, streckte mich und sah an mir herunter. Ich hatte dieses T-Shirt und die Jeans nun schon seit fast zwei Tagen an. Sie fühlten sich langsam ein wenig schmutzig an.

Marco hatte gesagt, dass er eine Menge Ersatzkleidung herumliegen hatte. Ich öffnete die Schubladen der Kommode und fand eine, die mit Damenkleidung gefüllt war. Allerdings waren die Klamotten etwas ausgefallener, als die Sachen, die ich normalerweise trug. Ich entschied mich für eine violette Seidenbluse und beschloss, dass ich meine Jeans noch einen weiteren Tag tragen konnte, wenn ich mich duschte.

Ich hatte gestern auf der Suche nach dem Schlafzimmer ein Badezimmer gesehen. Ich ging den Flur entlang und schlüpfte hinein. Zu meiner Erleichterung gab es ein Schloss am Innenknauf.

Die Anspannung sickerte aus mir heraus, als das Wasser über mein Haar und meinen Rücken floss. Ich ließ meine Hände über meinen Körper gleiten, während das Wasser zwei Tage Schweiß und Ungewissheit wegspülte.

Ich war eine Drachenwandlerin. Ich wusste immer noch nicht so wirklich, was das bedeutete, aber die vier Jungs hier im Haus warteten nur darauf, mir zu helfen, es herauszufinden. Ich war bereit.

Ich trocknete mich mit einem Handtuch ab, das so flauschig war, dass ich versucht war, mich darin zu verkriechen und nie wieder herauszukommen. Die Seidenbluse schmiegte sich ein wenig enger an meinen Körper, als mir lieb war, aber wenigstens zeigte der Rundhalsausschnitt nur minimal Dekolleté. Ich hatte schon genug Probleme, die Finger von Marco – und, ehrlich gesagt, auch von Nate – zu lassen, ohne Klamotten zu tragen, die *Nimm mich* schrien.

Ich fuhr mir ein paar Mal mit den Fingern durch mein nasses Haar und ging dann die Treppe hinunter in den ersten Stock. Ein buttriger Geruch wehte mir aus einer Richtung entgegen, in der ich die Küche vermutete.

Mein Magen knurrte. Meine letzte Mahlzeit aus Wurst

und Eiern hätte genauso gut ein Jahr her sein können. Meine Füße bewegten sich automatisch schneller. Ich flitzte um die Biegung der Treppe und stolperte über die nächste Stufe.

Jeder, der mich beobachtete, würde denken, ich sei ausgerutscht und gestürzt. Ich schätze, das war ich auch irgendwie. Nur dass mich bei dem Sturz Freude durchschoss, keine Angst. Ich breitete die Arme aus, als wollte ich das Gefühl umarmen, bevor ich sie wieder runternahm, um mich am Fuß der Treppe abzufangen. Mein Knie schlug dumpf auf dem Boden auf, doch ich spürte den Aufprall kaum. Mein Geist schwebte immer noch durch die Luft.

Wie die Drachin in meiner Erinnerung. Die Drachin, die meine Mutter gewesen war.

War das der Grund, warum ich so oft gesprungen und gefallen bin? Ich hatte immer gedacht, ich wäre einfach eine Draufgängerin, aber vielleicht vermisste ich nur das Gefühl des Fliegens. Irgendein Teil von mir hatte es tief im Inneren nie ganz vergessen.

Eine Gestalt erschien im Flur. Stämmig, muskulös, mit einem goldenen Schimmer in seinem blassen Haar – Aaron. Er trug eine Leinentunika mit einem geschlitzten Halsausschnitt, der einen Blick auf seine beeindruckende gebräunte Brust freigab. Seine Miene entspannte sich, als er sah, dass ich mich aufrichtete.

„Ich habe ein dumpfes Geräusch gehört", sagte er. „Bist du hingefallen?"

Ich zuckte mit den Achseln und lächelte ihn an. Ich hatte noch nicht unter vier Augen mit Aaron gesprochen, wusste seine rücksichtsvolle Herangehensweise an meine

Situation allerdings zu schätzen. Von den vier Alphas, die gekommen waren, um mich zu finden, war er der Einzige, der keine besonderen Erwartungen an mich zu haben schien. Er zog es vor, zu beobachten und es herauszufinden.

„Ich habe schon Schlimmeres erlebt", sagte ich. Ich nickte zu dem Pfannenwender in seiner Hand. „Du kochst also?"

Er lächelte zurück. „Hast du Hunger? Es ist noch niemand auf, nicht einmal Marcos Köchin. Ich wollte niemanden belästigen. Die meisten Gestaltwandler sind eher nachtaktiv, aber ich bin ein Frühaufsteher." Sein Grinsen wurde breiter, als wolle er mich zum Lachen bringen.

„Ha, ha, Mr. Adler. Ich hoffe, du machst keine Eier."

Er schwenkte den Pfannenwender. „Pfannkuchen. Ich sollte lieber mal nach ihnen sehen, bevor sie verbrennen."

„Ich will definitiv nicht für das Misslingen deiner Pfannkuchen verantwortlich sein."

Ich folgte Aaron in die Küche. Er ging schnurstracks zum Herd, wo etwas in einer riesigen Bratpfanne brutzelte, und holte einen weiteren Teller aus einem Schrank. Ich blieb auf der Schwelle stehen und staunte.

„Wow." Die Küche hatte dieselbe Größe wie die gesamte offene Wohnküche in der Wohnung, die ich mir mit Kylie teilte. Und es gab Edelstahlgeräte, so weit das Auge reichte. „Das ist mal eine Küche."

„Ich glaube nicht, dass Marco weiß, wie man halbe Sachen macht", sagte Aaron. „Bei ihm gibt es nur Luxus oder nichts." Als er die Pfannkuchen wendete, wehte erneut ein Hauch des buttrigen, teigigen Geruchs zu mir herüber.

Mir lief das Wasser im Mund zusammen. Ich ging neben ihm her, um nachzusehen, ob sein Werk schon fertig war.

Aaron sah mich an. „Fühlst du dich jetzt, wo du Zeit hattest, über alles nachzudenken, etwas besser?" Seine Stimme klang ein wenig sanfter als sonst, war aber immer noch leicht heiser, was auf mich eine extrem anziehende Wirkung hatte. Ich war mir seiner Anwesenheit deutlich bewusst und spürte, wie sich eine Seite meines Körpers erwärmte. Wir standen so nahe beieinander, dass ich ihn riechen konnte, einen salzigen, aquatischen Duft, der mich an den Ozean erinnerte. Ich wollte ihn von seiner Haut lecken.

Hol deine Gedanken aus der Gosse, Mädchen.

„Ja", sagte ich, und meine Stimme war plötzlich ebenfalls heiser. Warum hatte jeder einzelne dieser Kerle diese Wirkung auf mich? „Ich glaube, ich war gestern eine ziemliche Nervensäge, hm?"

Aaron gluckste. „Ganz und gar nicht. Es war völlig verständlich. Ich finde es toll, wenn ein Mädchen alle Fakten wissen will, anstatt einfach zu akzeptieren, was man ihr sagt."

Hieß das, dass er *mich* toll fand? Und warum interessierte mich das überhaupt? Aber das tat es. Ich schaute ihn durch meine Wimpern an, während ich versuchte, die beste Antwort zu finden, um ihn wieder zum Lachen zu bringen.

„Und ich finde es toll, wenn ein Mann alle Fakten kennt", sagte ich schließlich.

Dafür erhielt ich ein Grinsen, das ich dankbar annahm. „Vielleicht nicht alle", sagte Aaron. „Aber ich lerne gern so viel wie möglich über unser Volk und unsere Geschichte. So wie ich es sehe, kann man Fehler in der Zukunft nur dann vermeiden, wenn man seine Vergangenheit versteht."

Eine solide Theorie. „Es wird nur ein bisschen schwierig, wenn man sich nicht einmal an seine Vergangenheit erinnert", murmelte ich.

„Ich denke, die Erinnerungen werden zurückkommen, jetzt, wo du wieder bei der Herde bist, sozusagen. Deine Mutter hätte nicht gewollt, dass du deine Kräfte dauerhaft vergisst. Sie muss damit gerechnet haben, dass wir dir helfen würden, sie wiederzuerlangen."

Er warf jeweils zwei Pfannkuchen auf die bereitstehenden Teller und beträufelte sie mit Ahornsirup. Ich griff nach dem ersten Teller, als er ihn mir hinhielt, aber es gab noch eine Frage, die ich stellen musste, bevor ich mir etwas in den Mund stopfte.

„Ich verstehe immer noch nicht – *wie* hat meine Mutter euch mitgeteilt, dass ihr nach mir suchen sollt? Ich verstehe, dass es etwas mit dem Medaillon zu tun hatte, aber …"

Aaron führte mich aus der Küche in ein Esszimmer, das viel zu groß für uns beide war. Vierzehn Stühle standen um einen massiven Palisanderholztisch herum. Aaron stellte seinen Teller am Kopf des Tisches ab, drehte sich allerdings zu mir um, anstatt sich zu setzen. Ich stellte meinen Teller ebenfalls ab und stützte mich mit dem Ellbogen auf der Stuhllehne ab, während ich auf seine Antwort wartete.

„Wenn wir zu einem Alpha ernannt werden, findet eine komplette Zeremonie statt." Aaron hielt seine linke Hand mit der Handfläche nach oben und zeigte mir eine Narbe in der Mitte seiner Handfläche, die wie eine Sonne aus Linien aussah. „Dieses Zeichen bindet uns an unseresgleichen und an die Drachinnen. In dem Moment, als du das Medaillon geöffnet hast, wurde die Magie aktiviert, mit der deine Mutter es belegt hatte. Ich habe es genau hier gespürt, in der Mitte meiner Hand, und plötzlich hatte ich eine Art Gefühl, in welcher Richtung ich suchen musste. Ich schätze, jeder Gestaltwandler, der nah genug war, konnte es fühlen. Soweit ich weiß, hat Marco deshalb seinen Soldaten vorausgeschickt, um dich aufzuspüren."

Dieses Mal gab ich meinem Impuls nach. Ich nahm Aarons Hand in meine beiden. „Darf ich?", fragte ich, plötzlich atemlos. Er nickte, seine strahlend blauen Augen musterten mein Gesicht. Dann spürte ich es, mit dem Pochen meines Herzens.

Obwohl er nichts von mir erwartete, gab es Dinge, die er begehrte. Dieselben Dinge, die ich ebenfalls wollte, als wir so nah beieinanderstanden.

Ich wandte meinen Blick von ihm ab und betrachtete seine Handfläche. Mein Daumen glitt darüber und zeichnete seine Narbe nach. Er hielt still, doch die Muskeln in seinem Arm spannten sich an. Er nahm einen leicht röchelnden Atemzug. Ich fragte mich, wie er wohl reagieren würde, wenn ich diese Stelle küsste. Allein bei dem Gedanken daran sammelte sich Hitze zwischen meinen Beinen.

Ich schluckte schwer und lenkte meine Gedanken

wieder zurück zu unserem Gespräch. Da war etwas, das er gesagt hatte …

„Du sagtest, dieses Zeichen bindet dich speziell an die Drachinnen", sagte ich. „Warum? Ich meine, sollten wir nicht unseren eigenen Alpha haben? Wo sind die *anderen* Drachenwandler?" Mein Herz machte einen hoffnungsvollen Sprung. Hatte ich noch Familie – vielleicht Großeltern oder Cousins oder –, die Mom und ich zurückgelassen hatten?

Aaron drehte seine Handfläche um und verschlang meine schlanke Hand mit seiner größeren. Er strich mit dem Daumen über die zarte Haut auf meinem Handrücken, wobei mir ein angenehmer Schauer über den Arm lief.

„Drachinnen waren schon immer die seltensten und mächtigsten Gestaltwandler", sagte er, leiser als zuvor. Fast ehrfürchtig. „Soweit wir wissen, könntest du die Letzte sein."

„Die *Letzte*?", wiederholte ich. Die Worte trafen mich, aber es war schwer, klar zu denken, während sein Daumen langsam über meine Haut glitt.

Aaron nickte. „Deshalb war es für deine Mutter auch so wichtig, dich zu beschützen. Solange es Gestaltwandler auf dieser Erde gibt, spielten die Drachinnen eine besondere Rolle, eine, die niemand sonst ausfüllen kann."

„Großartig. Also kein Druck." Ich stieß ein zittriges Lachen aus. „Und was genau bedeutet das?"

Seine Mundwinkel kräuselten sich. „Die Drachenwandlerinnen sind der Kern aller Gestaltwandler. Sie vereinen die verschiedenen Arten, indem sie alle vier Alphas zu ihren Gefährten nehmen."

8

Aarons letzter Satz war nicht die Art von Offenbarung, die man einem Mädchen vor dem Frühstück einfach so an den Kopf werfen sollte. Ich starrte ihn an, meine Finger umschlossen seine, um die Liebkosung seines Daumens zu stoppen, doch ich ließ ihn nicht los. Denn obwohl ich immer noch völlig schockiert war, akzeptierte ein Teil von mir die Vorstellung.

Ja. Sie *gehörten mir*, sie alle.

Ich schüttelte den Gedanken ab. „Moment mal. Nur damit ich das richtig verstehe, du willst damit sagen, dass meine ‚Rolle‘ als letzte Drachenwandlerin darin besteht, mit euch vier Alphas zu schlafen?“

Aarons Mundwinkel zuckten. „Nicht nur mit uns schlafen. Die Paarbindungen, die Gestaltwandler eingehen, sind lebenslang. Du bist mit uns allen zusammen, bis dass der Tod uns scheidet.“

„Das klingt irgendwie … gierig, sich die vier

wichtigsten" – und heißesten, fügte ich in meinem Kopf hinzu – „Jungs zu schnappen."

„Wie ich schon sagte, es wird als richtig angesehen, weil dadurch die vier Arten vereint werden. Ich habe mir die alten Aufzeichnungen angesehen, bis hin zu den frühesten Schriftstücken, die aufbewahrt wurden, und scheinbar hat unsere Gemeinschaft immer so funktioniert. Es ist so natürlich, dass es in unser Wesen eingewoben ist."

Er hielt inne und musterte mein Gesicht. Er senkte die Stimme und diese neue Tonlage sandte Schauer der Begierde über meine Haut. „Du hast es gespürt, nicht wahr? Diese Anziehungskraft zu jedem Einzelnen von uns? Wir fühlen uns ebenso zu dir hingezogen."

Mir stockte der Atem. Ich konnte den Blick nicht von seinen blauen Augen abwenden. Sein Blick fiel auf meine Lippen, als ich sie befeuchtete. Sie fühlten sich plötzlich so heiß an, als hätte er sie geküsst.

Wie könnte ich ihn anlügen, wenn er mich so ansah?

„Ich habe es gespürt", sagte ich. Meine Stimme war kaum mehr als ein Flüstern.

„Dann verstehst du, wie selbstverständlich es ist. Wie schicksalhaft es ist."

Er hob meine Hand, um mir einen Kuss auf die Fingerknöchel zu drücken. Die Hitze dieser Berührung flammte meinen Arm entlang und direkt durch mein tiefstes Innerstes. Ich hätte ihn vielleicht zu mir gezogen, um ihm eine andere Art von Kuss zu geben, wenn sich nicht jemand genau in diesem Moment ziemlich unhöflich geräuspert hätte.

Ich wich von Aaron zurück und eine peinliche Röte breitete sich kribbelnd auf meiner Haut aus. West stand in der Küchentür, die Arme in seiner üblichen abweisenden Haltung verschränkt, und funkelte uns mit seinen dunkelgrünen Augen an.

„So hat es vielleicht früher einmal funktioniert, aber das heißt nicht, dass es für immer so bleibt", sagte er mit seiner tiefen, kehligen Stimme.

Aaron legte beruhigend eine Hand auf meinen Rücken. Meine Verlegenheit hielt mich nicht davon ab, mich an ihn zu lehnen.

Aber das Ärgerlichste war, dass weder diese Verlegenheit noch Wests ruppiges Verhalten den Sog stoppten, der mich auch zu dem Wolfswandler zog. Selbst als ich seinen Blick wütend erwiderte, sehnte sich ein Teil von mir danach, zu sehen, wie sich sein hübsches Gesicht vor Zuneigung aufhellte. Ein paar Strähnen seines silbrigen, kastanienbraunen Haares fielen über seine kantigen Wangenknochen, und es juckte mich in den Fingern, sie hinter sein Ohr zu streichen. Um danach auf seiner Wange zu verweilen.

Ich krümmte meine Finger in meiner Handfläche. Ob schicksalhaft oder nicht, West stand eindeutig nicht auf mich.

„Wir haben mehr Grund zu der Annahme, dass das Muster gleichbleiben sollte, als dass es verändert werden sollte", sagte Aaron. „Dieses Muster hat über Hunderte, wenn nicht Tausende von Jahren für Gleichgewicht unter den Sippen gesorgt."

„Woher wissen wir, dass dieses Muster für das Gleichgewicht gesorgt hat?", fragte West. „Vielleicht hätte es auch ohne funktioniert."

Aaron presste die Lippen aufeinander. „Das ist eine

leichtsinnige Sichtweise. Die Vergangenheit zu ignorieren, könnte unser Ende bedeuten. Sieh dir doch nur einmal an, wie die Dinge in sechzehn Jahren ohne die Drachenwandlerinnen gelaufen sind.“

West zuckte mit den Schultern. „Weil wir gewartet und gezaudert haben, nicht wussten, was wir tun sollten, uns keine Entscheidung erlauben konnten. Vielleicht ist es jetzt an der Zeit. Vielleicht müssen wir es nur wagen, einen anderen Weg einzuschlagen.“

Ich wusste nicht genug über dieses System, um mich für eine der beiden Seiten auszusprechen. Außerdem kreisten meine Gedanken immer noch um Aarons Enthüllung, die alle möglichen anderen Fragen aufwarf.

„Moment mal“, meldete ich mich zu Wort. „Wenn es schon immer so funktioniert hat, mit den Drachenwandlern und den Alphas … dann muss meine Mutter vier Gefährten gehabt haben, richtig? Einer von ihnen müsste mein Vater sein. Wisst ihr, wer er ist?“

Ich versuchte, meine Hoffnungen im Zaum zu halten, doch die Aufregung brodelte in mir. Mom hatte nie wirklich über meinen Vater sprechen wollen, aber ich hatte mich immer gefragt, wer er war. Besonders in den sieben Jahren, seit sie mich verlassen hatte.

Dann bemerkte ich, wie sich Wests Gesicht anspannte. Aaron schlang seine Hand um meine Taille. „Jede Drachenwandlerin hat vier Väter“, sagte er. „Das ist Teil der einzigartigen Struktur unseres Herrschaftssystems. Eine Drachin kann nur aus den besten Eigenschaften aller vier Arten gebildet werden: der Loyalität der Wölfe, der Stärke der Bären, der Gerissenheit der Wildkatzen und der Anmut der Raubvögel. Nur wenn absolute Harmonie zwischen einer Drachin und ihren Gefährten herrscht, kann eine neue Drachin gezeugt werden."

Ich blinzelte. „*Vier* Väter." Doch mir war der ernste Tonfall in seiner Stimme nicht entgangen. „Was ist mit ihnen passiert?"

Er schluckte hörbar. „Die Alphas vor uns, die, also die Gefährten deiner Mutter, sind verstorben. Sie haben die Verantwortung an uns weitergegeben ... kurz bevor sie verschwunden ist."

Ich drehte mich zu ihm um. „Vor sechzehn Jahren? Du musst noch sehr jung gewesen sein."

Mit der Hand, die nicht auf meiner Taille ruhte, winkte er ab. „Marco war zehn, West und ich elf, und Nate zwölf. Alt genug, dass unsere Mentoren wussten, dass wir in die Rollen hineinwachsen würden. Jeder Alpha hat Berater, denen er sich anvertrauen kann. Sie haben uns zur Seite gestanden, bis wir alt genug waren, uns selbst zu behaupten, ungefähr so wie Erzieher."

So wuchsen sie also auf, eine Generation nach der anderen, Drachinnen und Alphas im Einklang. „Das Dasein als Alpha wird also nicht an die Kinder weitergegeben", sagte ich langsam, als ich die einzelnen Informationen zusammensetzte, die ich erfahren hatte. „Oder? Paaren sich die Alphas *nur* mit einer Drachenwandlerin? Dann wären alle eure Kinder Drachenwandlerinnen?"

„Und nur zu einem Viertel wie wir", warf West von hinten ein.

Aaron sah ihn stirnrunzelnd an. „Es ist nicht so, dass weniger nötig ist, um ein Drachenkind zu erschaffen. Ein Drachenkind ist so viel mehr als jedes andere Kind." Er wandte seine Aufmerksamkeit wieder mir zu. „Du hast recht, die Verantwortung wird nicht von den Eltern an das Kind weitergegeben, zumindest nicht auf diese Weise. Die Alphas vor uns waren deine Väter. Sie haben uns aus der Herde ausgewählt, weil sie glaubten, dass wir starke Anführer sein würden – und die besten Partner für ihre Tochter.“

Ich wusste nicht, wie ich mich dabei fühlte. Bis vor ein paar Minuten hatte ich noch überhaupt nichts über meinen Vater – oder meine Väter – gewusst. Ich war nicht bereit, mir von ihnen plötzlich meine zukünftigen Lebenspartner aussuchen zu lassen.

„Die *Töchter* haben da nichts mitzureden?“

Aarons Mundwinkel zuckten amüsiert. „Oh, du kannst schon mitreden. Wenn eine Drachin einen oder mehrere ihrer angebotenen Partner für ungeeignet hält, kann sie ihn oder sie ablehnen und warten, bis die Herde einen anderen vorschlägt. Oder … Ein anderer Gestaltwandler kann darum kämpfen, die Rolle des verschmähten Alphas zu übernehmen. Wenn der verschmähte Alpha nicht stark genug ist, den Angriff abzuwehren, dann war er der Ehre sowieso nicht würdig.“

„Ist das mit den Alphas vor euch passiert?“, fragte ich, bevor mir auffiel, dass das keinen Sinn ergab. Wenn die vorherigen Alphas herausgefordert worden wären und verloren hätten, dann wären vermutlich auch die auserwählten Nachfolger besiegt worden. Was zum Teufel war mit den vier letzten geschehen?

„Nein“, erwiderte Aaron. Seine Miene verfinsterte sich. „Die Situation war etwas komplizierter. Ich denke, es wäre besser, wenn wir darüber sprechen, wenn mehr von deinen Erinnerungen zurückgekehrt sind."

Offensichtlich hielt er mich für einen viel geduldigeren Menschen, als ich es war. Ich öffnete den Mund, um auf Antworten zu drängen, aber in diesem Moment erhob West seine Stimme.

„Das ist sowieso alles egal. Diese Entscheidungen waren Sache der alten Alphas, denen vor uns und denen vor ihnen. Jetzt haben wir das Sagen. Wir können selbst entscheiden, wie wir die Dinge angehen. Und dazu gehört auch, ob wir *dich* annehmen."

Bei dem scharfen Unterton in seiner Stimme biss ich die Zähne zusammen. Er war ja ein toller Gefährte. Ich drehte mich um und sah ihn mit zusammengekniffenen Augen an. „Ist das die Art und Weise, wie du deine Wolfs-‚Loyalität' zum Ausdruck bringst, für die du angeblich bekannt bist?"

Mein Seitenhieb traf ins Schwarze. Das konnte ich daran erkennen, dass sich seine Schultern versteiften. Doch als er antwortete, war seine Stimme fest.

„Ein weiterer Punkt auf der langen Liste der Dinge, die du lernen musst, Flamme: Blinde Loyalität ist wertlos. Ich bin in allererster Linie meiner Sippe gegenüber loyal. Was dich betrifft? Bisher habe ich keinen Grund gesehen, warum ich dir gegenüber loyal sein sollte."

„Nun, du erweckst bisher auch nicht gerade viel Vertrauen", schnauzte ich zurück.

„Das reicht." Aaron hob seine Hände zum Zeichen des Friedens. „Hört auf zu diskutieren, in Ordnung? Diese Situation ist für uns alle seltsam. Wir müssen uns besser kennenlernen, bevor irgendjemand irgendetwas entscheidet.“

Er drückte meine Schulter. „Deshalb habe ich mir überlegt, dass wir versuchen sollten, deine Kräfte zu aktivieren. Wenn du mehr deiner Drachensinne zur Verfügung hast, fällt es dir vielleicht leichter, dem Weg zu folgen, den deine Mutter für dich vorgesehen hat.“

Ich wandte meinen Blick von West ab und zwang meine Schultern dazu, sich von meinen Ohren zu entfernen. „Okay. Aktiv etwas zu *tun*, klingt gut.“

„Gut. Wir essen, und dann sehen wir, was wir da drinnen ausgraben können.“

Sein Lächeln beruhigte meine Nerven ein wenig. Aber als ich mir den Stuhl heranzog, um mich zu setzen, und mir der Pfannkuchenduft wieder in die Nase stieg, sorgte etwas anderes, das er vorhin gesagt hatte, dafür, dass sich mein Magen erneut zusammenzog.

Du könntest die Letzte sein.

Die letzte Drachenwandlerin. Das würde nur dann zutreffen, wenn Mom nicht mehr da war. Ich hatte gewusst, dass es einen dauerhaften Grund geben könnte, warum sie nicht mehr zurückkommen konnte, hatte mich jedoch nie dazu durchringen können, diesen Gedankengang weiterzuverfolgen. Die Alphas hatten diesen Gedanken jedoch eindeutig zu Ende gedacht.

Vielleicht war sie nicht zurückgekommen, weil sie tot war. Weil sie dort, wo immer sie hingegangen war, ermordet worden war.

Aaron

Serenitys Rückenmuskeln spannten sich unter meiner Berührung an. Ich ließ meine Hände langsam zwischen ihre Schulterblätter gleiten. Ich bemühte mich, mich auf die bevorstehende Aufgabe zu konzentrieren und nicht darauf, wie sehr ich auch jeden anderen Teil von ihr berühren wollte. Sie fühlte sich wie ein stromführender Draht unter ihrer Seidenbluse an. In diesem schlanken Körper steckte so viel Kraft. Es war atemberaubend.

„Stell dir die Flügel vor, die hier warten, eng zusammengefaltet, darauf brennend, sich auszubreiten", sagte ich mit leiser, ruhiger Stimme. Ich dachte an die Empfindungen, die mein eigener Körper durchmachte, denn ich war der einzige Alpha, der wusste, wie es war, sich in eine geflügelte Kreatur zu verwandeln. „Tauch in diese Empfindung ein. Schicke deinen Flügeln die Kraft, die sie brauchen, um durchzubrechen."

Meine Drachenwandlerin, die hinter dem Haus auf

dem Rasen kniete, zog eine Grimasse. Sie hatte ihre blassen Finger in dem langen Gras vergraben. Die aufgehende Sommersonne erwärmte den Garten und verbreitete einen warmen, grünen Geruch, der sich mit dem süßsauren Duft ihres Körpers vermischte.

„Ich versuche es", sagte sie. „Ich versuche alles, was du sagst. Aber es funktioniert nicht." Sie seufzte frustriert.

Ich konnte mir nicht vorstellen, wie es war, wenn so viel Kraft durch die Adern floss und man nicht in der Lage war, sie freizusetzen. Vielleicht hatte ich sie zu sehr unter Druck gesetzt. Bei dem Gedanken zog sich meine Brust zusammen. Wenigstens war West uns nicht nach draußen gefolgt. Seine ständige Kritik war nicht hilfreich.

„Hey", sagte ich. Ich setzte mich neben Serenity ins Gras und strich mit den Fingern über ihre Wange. Sie sah mich an, Frustration schimmerte in ihren bernsteinfarbenen Augen. Frustration und eine Hitze, die intensiver wurde, als ich mit meinem Daumen über ihre Wange strich.

Gott, wie konnte ich nicht auf dieses Verlangen reagieren? Mich durchströmte die gleiche Hitze, die ich in ihrem Blick sah. „Irgendwann wird es schon klappen", beruhigte ich sie. „Du hast eine Menge Jahre verlorener Übung aufzuholen. Hab Geduld."

Dann beugte ich mich vor und küsste sie.

Ich ließ meine Lippen zuerst leicht über ihre streichen. Sie hatte gerade erst die ganze Wahrheit über unsere Verbindung herausgefunden. Sie hatte nicht abgeneigt gewirkt, aber sie war auch nicht vor Freude in die Luft gesprungen. Vielleicht war es noch zu früh.

Nein. Sie beugte sich vor und presste ihren Mund fest

auf meinen. Die Hitze, die ich zuvor gespürt hatte, flammte in mir auf.

Das war sie. Meine Drachin, meine Gefährtin. Ich war mir nicht sicher gewesen, ob ich sie jemals finden, geschweige denn ihr so nahekommen würde. Jeder Zentimeter meines Körpers, einschließlich der Länge, die sich in meiner Hose verhärtete, schrie danach, das in jeder Bedeutung des Wortes zu erleben.

Ich zog sie ein wenig fester an mich und bewegte meine Lippen so, dass ich ihr ein Keuchen entlockte. Ich hatte nicht vor, hier auf Marcos Rasen für Aufsehen zu sorgen, auch wenn wir im Moment allein waren, aber ich wollte nicht, dass die anderen drei dieser Verbindung in die Quere kamen. Sie konnten meckern oder sich in ritterlicher Zurückhaltung üben, so viel sie wollten. Serenity brauchte einen Gefährten, der genau jetzt für sie da war, und zwar in jeder Hinsicht.

Ich hatte mir noch nie etwas so sehr gewünscht, wie dieser Mann zu sein.

Offenbar erregte ich trotz meiner besten Absichten Aufmerksamkeit. Die Hintertür wurde geöffnet und bevor ich mich dazu durchringen konnte, den Kuss zu unterbrechen, drang Marcos vertrautes Kichern über den Rasen.

„Ich glaube, wir sollten noch einmal über den Unterschied zwischen Training und Rummachen sprechen."

Ich löste mich von ihr und legte meine Stirn kurz an Serenitys. Sie stieß einen Seufzer aus, der sich irgendwie bedauernd anhörte. Als wir aufblickten, sahen wir die anderen drei Alphas in einer Reihe dastehen.

„Manchmal kann Letzteres helfen, Ersteres anzustoßen", sagte ich leichthin und stand auf.

~

Ren

Ich richtete mich auf und drehte mich zu den Alphas um, die sich hinter uns versammelt hatten. Diesmal erwärmte nur ein Hauch von Verlegenheit meine Wangen.

Warum sollte ich Aaron nicht küssen? Warum sollten die anderen es nicht sehen? Wenn das, was ich erfahren hatte, stimmte, würde ich sie sowieso*alle* irgendwann küssen. Es war sozusagen meine Bestimmung.

Anscheinend reichte eine winzige Ausrede und ich mutierte zur totalen Exhibitionistin. Wer hätte das gedacht? Keiner meiner Verflossenen, so viel war sicher.

„Wenn ihr eine bessere Idee habt, wie man die Drachin da drinnen herauslocken könnte", sagte ich und tippte mir an den Kopf, „ich bin ganz Ohr."

Nate legte den Kopf schief, sein Ausdruck war nachdenklich. Ich konnte ihn nicht ansehen, ohne an den riesigen Bären zu denken, der gestern für eine kurze Zeit an seiner Stelle gestanden hatte. Sein kastanienbraunes Haar schimmerte in genau demselben Farbton. Doch die Art, wie er sich mir gegenüber bisher verhalten hatte, war mehr Teddybär als Raubtier gewesen.

„Wenn Aarons Strategien nicht funktionieren, bin ich mir nicht sicher, ob irgendjemand von uns mit etwas

Besserem aufwarten kann", sagte er. „Aber wenn es irgendetwas gibt, was ich tun soll, dann sag es einfach."

„Vielleicht sollten wir das mit dem Verwandeln erst einmal lassen und herausfinden, was wir mit den Kräften anfangen können, die sie bereits zeigt", sagte West mit einem skeptischen Blick auf meinen Körper. „Ich würde gerne sehen, was sie kann."

Und was ich nicht kann, deutete sein Tonfall an.

Ich hob mein Kinn. „Von mir aus. Wo fangen wir an?"

„Was waren das für Qualitäten, die du erwähnt hast?", fragte West und schaute Aaron an. „Schnelligkeit, Beweglichkeit und Kraft? Schnelligkeit scheint ein einfacher Anfang zu sein."

„Ihre Klamotten sind nicht wirklich zum Trainieren geeignet", sagte Nate.

„Sie wird nicht jedes Mal Zeit haben, sich umzuziehen, bevor sie in Aktion tritt."

Ich strich über die violette Seidenbluse. Ich hatte bei meinen Streifzügen durch die Stadt meistens Jeans getragen. Sie fühlten sich absolut bequem an. Die Bluse war leicht und dehnbar, nur etwas ausgefallener als normalerweise. „Solange es Marco nichts ausmacht, dass ich möglicherweise seine schönen Klamotten ruiniere, bin ich startklar."

Marco grinste. „Es ist genug da. Ich freue mich schon darauf, dich in Aktion zu sehen, Prinzessin."

„Wir können mit etwas ganz Einfachem anfangen", meinte West, als ob ich geschont werden müsste. „Wie schnell kannst du von einer Seite des Hofs zur anderen rennen?"

„Schneller als du", entgegnete ich, aber er funkelte

mich nur an, anstatt auf die Herausforderung zu reagieren. Ich zuckte mit den Schultern und schlenderte zu der Baumreihe, die den Hof begrenzte.

„Du musst das nicht machen", sagte Nate.

„Ist schon in Ordnung." Ich lächelte sie alle an, mit einer kleinen Extraportion Schärfe für West. „Wenn er dann für ein paar Minuten die Klappe hält, haben wir alle was davon."

Marco hielt sich eine Hand vor den Mund, als wolle er ein Kichern unterdrücken, was ihm jedoch nicht gelang. West richtete seinen Blick auf den Jaguar-Wandler. Aber Marco hob nur eine Augenbraue. „Das hast du dir selbst eingebrockt."

„Es wäre wahrscheinlich tatsächlich nützlich für uns, zu wissen, wie es um deine Fähigkeiten bestellt ist", sagte Aaron ruhig. „Bist du bereit?"

„Auf die Plätze, fertig, los", sagte ich und stieß mich mit den Füßen von dem weichen Rasen ab. Ich rannte auf die Baumreihe gegenüber zu, wobei ich meine gesamte Energie in meine Beine steckte, als wäre ein Polizist hinter mir her. Oder jemand, der mich beim Klauen erwischt hatte. Oder ein Typ, der ein Nein nicht akzeptieren wollte.

Alles Situationen, die ich mindestens einmal erlebt hatte.

Meine Füße trampelten über das Gras. Die warme Luft rauschte an mir vorbei. Ich ließ die ersten Bäume hinter mir, fing mich ab und wirbelte herum. Ein Grinsen breitete sich in meinem Gesicht aus. Das hatte Spaß gemacht.

Ich ging zurück zum Rand der Rasenfläche und rieb

meine Hände aneinander. „Also gut, was steht als Nächstes an?"

Ich hatte wohl alles richtig gemacht. Marco, Aaron und Nate sahen alle auf ihre Weise zufrieden aus. Und West sah sauer aus, was bedeutete, dass ich besser abgeschnitten hatte, als ihm lieb war. Ich warf ihm einen spitzen Blick zu. Ich war nicht einmal ins Schwitzen gekommen.

„Wie lange kannst du das durchhalten?", fragte er. „Ein dreißig Meter-Sprint ist nichts. Du brauchst auch Ausdauer."

„Hast du eine längere Strecke für mich?", entgegnete ich. „Oder schlägst du vor, dass ich wie eine Verrückte hin und her renne?"

Er schenkte mir ein dünnes Lächeln. „Du solltest lieber mit dem auskommen, was wir haben."

Es würde ihm bestimmt gefallen, wenn ich einen Rückzieher machen würde. Als ob ich in den letzten sieben Jahren nicht in zehnmal demütigenderen Situationen als dieser gewesen wäre. Er hatte keine Ahnung, was „Ausdauer" bedeutete. Ich hatte nicht vor, mich von seiner Arroganz aus dem Konzept bringen zu lassen.

„Kein Problem", sagte ich, wobei mein Tonfall gelassen blieb. „Ich hätte sowieso nichts dagegen, mir ein bisschen die Beine zu vertreten."

Diesmal startete ich ohne Vorwarnung. Ich rannte über den Rasen zu meinem Ausgangspunkt, drehte um und flitzte den Weg zurück, den ich gekommen war. Sobald ich in einen Rhythmus aus Laufen und Atmen verfiel, war das wachsende Brennen in meinen Muskeln fast angenehm. Ich gab mich dem Gefühl hin, ohne mir die Mühe zu machen, die Wiederholungen zu zählen. Ich flog im Hof hin und her, als ob ich, wenn ich mich noch ein bisschen mehr anstrengte, tatsächlich vom Boden abheben könnte.

Ich war ein bisschen ins Schwitzen geraten und meine Haut fühlte sich unter der Seidenbluse etwas feucht an, als West mitten in einer meiner Sprints nach vorne sprang. Er streckte seinen Fuß aus, als wolle er mir ein Bein stellen. Doch meine Instinkte hatten sofort reagiert, als ich seine Bewegung gesehen hatte, und ich wich ihm problemlos aus. Danach verlangsamte ich mein Tempo, drehte mich um und verschränkte die Arme vor der Brust.

„Ernsthaft?"

„Ich wollte deine Flexibilität testen", sagte er und sah nicht einmal ein kleines bisschen schuldbewusst aus.

„Und sie hat kein Problem damit, dich auch in diesem Bereich vorzuführen", stellte Marco fest.

„Wir sind noch nicht fertig." West zeigte auf einen der höchsten Bäume im hinteren Teil des Hofs. „Wie hoch kannst du klettern?"

Sein Grinsen war wieder da. Wahrscheinlich dachte er, dass ich in der Stadt nicht viel Erfahrung mit Bäumen gesammelt hatte. Und vielleicht hatte ich das auch nicht, aber dort gab es genug Zäune und Gebäude, an denen ich hochklettern konnte.

„Wäre die Spitze für dich in Ordnung?", fragte ich.

Ich marschierte zu dem Baum hinüber, ohne auf eine Antwort zu warten. Alles, was ich bekam, war sowieso nur undeutliches Gemurmel.

Die untersten Äste der Kiefer ragten etwa dreißig

Zentimeter über meinem Kopf aus dem schmalen Stamm. Niedrig genug, dass ich sie mit ausgestreckten Armen erreichen konnte, allerdings beugte ich meine Knie und sprang in die Luft, sodass ich mich mit einem Ellbogen an einem Ast festhaken konnte. Ich umarmte den Ast und führte meine Füße den Stamm hinauf, bis ich meine Beine darüber schwingen konnte. Dann kletterte ich daran hoch und griff nach dem nächsten.

Sobald ich im Baum war, war das Klettern viel einfacher, als West es sich vorgestellt hatte. Die Äste waren so dicht beieinander, dass es sich anfühlte, als würde ich eine Leiter hochklettern, was keine echte Herausforderung war. Ich zog mich so schnell wie möglich nach oben, ohne außer Atem zu geraten. Das Harz befleckte den violetten Stoff der Bluse, aber Marco hatte gesagt, ich solle mir deswegen keine Sorgen machen. Der stechende Kieferngeruch stieg mir in die Nase. Grinsend atmete ich ihn tief ein.

Je höher ich kam, desto dünner wurden die Äste. Ebenso wie der Stamm. Eine heiße Brise peitschte an mir vorbei und ließ die obere Hälfte des Baumes schwanken. Ich umklammerte die raue Rinde fester und kletterte weiter.

Als mein Klettermaterial einige Meter vor dem Gipfel des Baumes fast aufgebraucht war, schlang ich einen Arm um den Stamm und blickte nach unten. Ich war ein wenig höher gekommen als das Dach von Marcos Haus. Unten im Hof hob Nate seine Hand, um mir einen Daumen nach oben zu zeigen. Ich konnte Wests Gesichtsausdruck nicht sehen, aber ich könnte wetten, dass er noch mürrischer als sonst dreinblickte.

Und ich könnte ihn noch mehr verärgern. Mein Grinsen wurde breiter, als mich plötzlich das dringende Verlangen danach überkam. Es ging doppelt so tief nach unten wie bei meinem Sprung aus dem Schlafzimmerfenster gestern, aber ein kleines zusätzliches Risiko machte es nur noch aufregender.

Ich balancierte über den Ast und sprang.

Die Luft pfiff an meinen Ohren vorbei. Die Ärmel der Bluse bauschten sich um meine Arme herum auf. Eine Sekunde lang konnte ich mir vorstellen, wie der Wind sie erfasste und mich in den Himmel hob. Mein Atem stockte und ich spürte plötzlich einen sehnsuchtsvollen Knoten direkt unter meinem Brustbein.

Jemand stieß einen besorgten Schrei aus. Dann kam ich mit den Fußballen zuerst auf dem Boden auf. Ich stieß mich ab und winkelte meine Knie an. Nach einem Überschlag kam ich auf die Füße und richtete mich in einer einzigen, geschmeidigen Bewegung auf. Meine Füße brannten ein wenig und mein Atem raste noch immer, aber verdammt, das war ein unglaubliches Gefühl gewesen.

Aaron schenkte mir sein übliches ruhiges Lächeln. „Sieht aus, als hättest du keine Probleme mit Beweglichkeit. Und ich denke, mit all diesen Tests haben wir auch die Stärke ziemlich gut abgedeckt."

Wests Kiefer war verkrampft und in seinen Augen flackerte eine Emotion, die ich nicht zuordnen konnte, bis er den Mund öffnete.

„In der realen Welt machen wir solche Dummheiten nicht, es sei denn, unser Leben hängt davon ab."

Sein Ton war schnippisch, aber meine Ohren

registrierten ein schwaches Zittern darunter. Ich hielt inne, während mir eine Erwiderung auf der Zunge lag.

Er hatte unweigerlich ein wenig Angst um mich gehabt. Und ich konnte sehen, dass er das hasste. Er hasste es so sehr, dass er es brauchte, von mir angeschnauzt zu werden, um wieder auf mich sauer sein zu können.

So ein Pech. Ich würde ihm nicht geben, was er wollte. Ich würde ihm das genaue Gegenteil geben.

„Ich werde mich nicht mit dir darüber streiten", sagte ich mit sanfter Stimme. „Du wirst wohl darauf vertrauen müssen, dass ich keine Risiken eingehe, ohne zu wissen, was ich verkraften kann. Und wenn du einen neuen Grund brauchst, um wütend auf mich zu sein, musst du dir schon selbst etwas einfallen lassen, anstatt zu versuchen, einen Streit anzuzetteln."

Wests schlanker Körper spannte sich an. „Bild dir nicht ein, du könntest Gedanken lesen, Flamme", sagte er, sah allerdings eher verunsichert als wütend aus.

Nate legte mir seine große Hand auf die Schulter. „Drachinnen sehen mehr als alle anderen", sagte er anerkennend.

Ich rieb mir den Nacken. Ich hatte die körperliche Herausforderung genossen, solange ich mittendrin gewesen war, aber langsam holte mich die Anstrengung ein. Besonders nach all den fehlgeschlagenen Verwandlungsversuchen.

Sicher, ich war schnell und stark, und ich konnte die Emotionen der Leute wahrnehmen, wenn ich es wollte. Aber was nützte den Alphas das alles, wenn ich mich nicht vollständig in eine Drachin verwandeln konnte? Ich hatte immer noch keine Ahnung, was Mom mir mit dem Symbol in meinem Medaillon zu sagen versucht hatte.

Wie lange würden diese Typen bei mir bleiben, bevor sie aufgaben und–.

Ein Anflug von Panik durchschoss mich. Ich unterdrückte den Gedanken, bevor mein Verstand ihn zu Ende führen konnte, und schob ihn weg.

„Ich denke, unsere Flammenprinzessin hat sich vorerst mehr als bewährt", mischte sich Marcos sanfte Stimme ein. „Als Gastgeber dieser Party sage ich, wir sollten ihr eine Pause gönnen." Mit seinem schiefen Lächeln reichte er mir die Hand. Obwohl ich müde und verunsichert war, löste es ein Flattern der Anziehung in meiner Brust aus.

„Es gibt da noch ein paar Teile des Hauses, die du noch nicht gesehen hast", fuhr er fort. „Vor allem einer wird dir gefallen. Bist du bereit für eine kurze Tour?"

10

Sobald ich das Haus nur mit Marco an meiner Seite betrat, schien eine Last von meinen Schultern zu fallen. Der ganze Druck, dass die vier Jungs mich beobachteten, an mich dachten … und ich an *sie*. Auch wenn einem Teil von mir die Vorstellung, dass sie alle für mich bestimmt waren, gefiel, war das Gefühl manchmal überwältigend.

Wie hatte Mom es geschafft, all die Jahre keine männliche Gesellschaft zu haben, ohne sich je anmerken zu lassen, dass sie es vermisste? Und sie musste es definitiv vermisst haben. Vielleicht war sie einfach gut darin gewesen, es zu verbergen, sodass ich es nicht gemerkt hatte.

Leonard war im Flur und staubte den Rahmen eines Ölgemäldes ab, das an der Wand hing. Marco hatte seinen Soldaten also wirklich zum Putzdienst verdonnert. Marco scheuchte ihn weg, wohl wissend, dass ich dem Kerl, der mich in der Bar entführt hatte, immer noch nicht besonders freundlich gesonnen sein würde. Mir war das nur recht.

„Welches ist denn der Teil des Hauses, den du mir so gerne zeigen möchtest?", fragte ich Marco.

„Das wirst du schon sehen." Er führte mich an der Küche vorbei und einen Flur entlang zur Südseite des Hauses, wobei er eine Hand auf meinen Rücken legte. Die sanfte Berührung schickte einen Wärmeimpuls über meine Haut. Meine Gedanken wanderten zu gestern zurück. Zu dem Kuss im Schlafzimmer. Allein bei der Erinnerung daran begann mein ganzer Körper zu kribbeln.

Würde sich die Anziehung zwischen uns immer so intensiv anfühlen? Oder würde sie ein wenig nachlassen, sobald die Jungs und ich offiziell zusammen waren? Ich hatte keine Ahnung, wie so eine Beziehung funktionierte. Aber bei der Vorstellung, Marco direkt zu fragen, fühlte ich mich unbeholfen. Wahrscheinlich war er sich ohnehin bewusst, wie sehr mich seine Anwesenheit beeinflusste. Das Letzte, was ich mit ihm besprechen wollte, war meine außer Kontrolle geratene Geilheit.

„Da wären wir." Er stieß eine Tür auf und führte mich in einen Raum. Als ich eintrat, fiel mir die Kinnlade runter. Alle Gedanken an Geilheit flatterten vorübergehend aus dem Fenster.

Oder wohl eher aus den Fenstern, denn drei Wände des Zimmers, das wir betreten hatten, bestanden aus Glas, wie ein massives Gewächshaus, das am Haus angebracht war. Die späte Morgensonne strömte zwischen den Bäumen hindurch und tauchte alles in einen behaglichen Schein. Die Grundfläche war nicht riesig, vielleicht drei mal drei Meter, aber die Wände ragten mindestens zwei

Stockwerke in die Luft. Leisten und Vorsprünge in Form von dicken Ästen ragten in unterschiedlichen Abständen aus den Wänden heraus. Es war, als würde man in ein stufenartiges Dschungeldach blicken.

„Dieses Haus ist eine Durchgangsstation für meinesgleichen, die in dieser Gegend unterwegs sind", erklärte Marco, der sich über meine ehrfürchtige Reaktion zu freuen schien. „Da draußen nicht viel Platz ist, um in unserer Tiergestalt herumzulaufen, haben wir hier einen Ort, an dem sich unser Katzenselbst so richtig austoben kann."

Ich konnte mir gut vorstellen, wie Tiger und Leoparden – und Jaguare – von Ast zu Ast sprangen oder sich auf einem dieser Vorsprünge sonnten. Aber all diese Fenster ... Die Bäume schienen keinen kompletten Schutz zu bieten. „Machst du dir keine Sorgen, dass jemand vorbeikommen und euch sehen könnte?"

Marco deutete auf die Wände. „Das ist Spionglas. Wir können hinaussehen, aber niemand kann hineinsehen. Wir können hier tun und lassen, was wir wollen, ohne uns Gedanken über neugierige Blicke zu machen." Neckisch zog er eine Augenbraue hoch. Die mit der Narbe.

Wie hatte er sich diese Wunde wohl zugezogen? Ein Handgemenge mit einem anderen Gestaltwandler? Oder ein anderer Konflikt, den ich noch nicht verstehen würde?

„Ist es normal für Gestaltwandler, so nahe an einer großen Stadt wie New York zu leben?", fragte ich. „Du musst wirklich vorsichtig sein, selbst mit einem Haus wie diesem."

Marco schüttelte den Kopf. „Vielleicht ist es katzenhafter Eigensinn, aber meine Sippe ist nicht wirklich gut darin, sich an die Regeln zu halten. Theoretisch ist der größte Teil des Landes zwischen den dominanten übernatürlichen Gruppen aufgeteilt. Die Städte sind das Revier der Vampire, weil sie sich dort am leichtesten einfügen können – und sie brauchen einen großen Vorrat an Menschen, von denen sie sich ernähren können." Er schnitt eine Grimasse. „Gestaltwandler halten sich meist in Kleinstädten und auf dem Land auf, auf dem Mittelweg zwischen Zivilisation und Wildnis. Aber die Alphas meiner Sippe hatten schon immer gerne ein Auge darauf, was an den Orten vor sich geht, an denen wir uns nicht aufhalten sollten."

Ich starrte ihn mit großen Augen an. „Moment mal. Es gibt *Vampire*? In New York?"

„Nicht viele", sagte Marco, doch sein Ton war ernster geworden. „Sie bleiben gerne unter sich. Aber es gibt trotzdem mehr als genug von diesen Blutsaugern. Wenn du Glück hast, wirst du dich nie mit ihnen auseinandersetzen müssen." Er erschauderte und schenkte mir dann sein typisches Lächeln. „Also lass uns nicht weiter über sie reden. Wie wär es mit einer Klettertour?"

Nun, da ich die Existenz von Gestaltwandlern akzeptiert hatte, hatte mein Gehirn offensichtlich die Schwelle für den Glauben an Geschöpfe, die ich sonst nur aus Horrorfilmen kannte, neu kalibriert. Wenn es Werwölfe – und Werbären und Werjaguare und so weiter – gab, warum zum Teufel nicht auch Vampire?

Ich betrachtete die Kletterlandschaft über mir, und die Erschöpfung, die ich vor wenigen Augenblicken noch empfunden hatte, fiel von mir ab. Oh, ja. Das war genau das, was ich brauchte.

Ich kletterte auf einen Vorsprung, der wie ein hervorstehender Felsen geformt war. Von dort aus war es nur noch ein Katzensprung auf einen der dicken, künstlichen Äste. Marco folgte mir, als ich immer höher kletterte, wobei auch er in seiner Menschengestalt blieb. Vielleicht dachte er, es wäre unhöflich, sich zu verwandeln, weil ich es noch nicht konnte? Aber ich war zu sehr mit meiner Erkundungstour beschäftigt, um mir darüber Gedanken zu machen.

Hier und da waren zwischen den Ästen und Vorsprüngen Gegenstände wie riesige Wannen voller Polster angebracht. Ich tippte auf eines der Kissen, als ich daran vorbeikletterte. „Katzenbetten?", fragte ich und warf Marco einen amüsierten Blick zu.

Er lachte. „Gewissermaßen. Wir haben es gerne bequem."

Auf einem Vorsprung auf halber Höhe des zweiten Stocks blieb er stehen und beobachtete mich, während ich den Aufstieg bis ganz nach oben beendete. Der höchste Ast bog sich bis zu dem gewölbten Glasdach. Ich kletterte hinauf und hockte mich an die Stelle, an der er sich krümmte, um meine Umgebung zu betrachten.

Von hier aus konnte ich über das Dach des restlichen Hauses sehen, bis hin zu den Wipfeln der Kiefern auf der anderen Seite. Im Süden war die Vorstadtstraße zwischen den Bäumen zu sehen, die sich in der Ferne erstreckte. Ein Auto raste unter mir vorbei, ohne dass der Fahrer bemerkte, dass ich ihn beobachtete. Der Blick in den tiefen Abgrund unter mir ließ mein Herz schneller schlagen.

Wenn Katzenwandler die Dinge so angingen, musste ich sagen, dass ich das völlig nachvollziehen konnte.

Ich konnte zwar nicht durch das Fenster springen, aber es gab alle möglichen Wege, über die ich wieder nach unten gelangen konnte. Ich betrachtete den Raum unter mir. Die Form und die Platzierung der verschiedenen Vorsprünge stellte eine spezielle Art von Herausforderung dar. Ich richtete meinen Blick auf einen Ast vor mir und einige Meter darunter, spannte meine Muskeln an und sprang.

Meine Füße kamen genau in der Mitte der künstlichen Rinde auf. Ich klammerte mich an den Seiten des Astes fest, und ein Hochgefühl durchströmte mich. Ohne mir Zeit zum Nachdenken zu lassen, suchte ich mir einen geeigneten Vorsprung und stieß mich erneut ab.

Das Gefühl des freien Falls durchfuhr mich für einen Augenblick, bevor ich landete. So intensiv und schwindelerregend. Ich blickte mich um und stürzte mich auf eine der mit Polstern gefüllten Schalen. Diesmal landete ich auf Händen und Knien. Ich rollte mich auf den Rücken und kuschelte mich in die Kissen.

„Okay“, sagte ich. „*Das* ist fast so gut wie das Klettern.“

„Und das Springen?“, fragte Marco und landete auf einem Ast in meiner Nähe. Seine indigoblauen Augen funkelten. „Du bist ein hübsches Mädchen, meine Flammenprinzessin, aber du bist spektakulär, wenn du dem Flug so nahekommst. Dann strahlst du richtig.“

Das Kompliment berührte mich auf eine besondere Art. Ich rappelte mich auf. „Behandelst du alle Mädchen so? Entführst sie und verführst sie dann mit Schmeicheleien und deinem tollen Haus?"

Seine Augenlider senkten sich, und sein Blick wurde noch heißer. „Ganz und gar nicht, Prinzessin. Das mache ich nur mit dir."

Trotz der Flirterei war sein Tonfall ernst genug, um meinen Puls zum Rasen zu bringen. Ich sehnte mich nach dieser Intensität und gleichzeitig brachte sie meine Nerven zum Flattern. Wie konnte ich so wichtig für ihn sein? Für irgendjemanden hier?

Ich sprang von diesen Sorgen weg, auf einen der anderen schrägen Äste. „Noch hast du mich nicht erwischt", rief ich über meine Schulter.

Ich hörte, wie er lachend einatmete. „Mal sehen, ob sich das ändern lässt."

Seine Füße schabten über die Vorsprünge direkt unter mir. Ich sprang immer schneller und beugte mich vor, um mich auch mit den Händen ziehen zu können. Als wäre ich ein Tier, auch wenn ich mich noch nicht in eines verwandeln konnte.

Ich sprang von einem Ast zum anderen und folgte einem zu einem Vorsprung, bis ich plötzlich feststellte, dass ich keine Möglichkeit hatte, weiter nach oben zu gelangen. Ich war fast wieder auf dem Dach angelangt. Marco war auf dem Ast hinter mir und hangelte sich gerade daran entlang. Obwohl er sich nicht verwandelt hatte, zeigte sich die Katze in jeder seiner Bewegungen.

„Sitzt du in der Klemme?", stichelte er und bewegte sich ein wenig langsamer, um seine Verfolgung hinauszuzögern.

Oh, nein. Ich würde ihn noch nicht gewinnen lassen.

„Ganz und gar nicht", erwiderte ich. Dann, als er die Kante der Plattform erreichte, sprang ich auf einen Ast, der mindestens eine ganze Etage tiefer lag.

Das Hochgefühl des freien Falls durchströmte mich – und zerrte an einer Erinnerung von vor langer, langer Zeit. Ich kletterte auf das Dach eines hölzernen Spielhauses und stürzte mich in die Luft. Plötzlich spürte ich, wie sich meine Flügel ausbreiteten und den Wind einfingen, nur für eine Sekunde, bevor mein Kinderkörper auf dem Boden aufschlug. Ich wälzte mich im Gras und kicherte, während ich in dem Vorgeschmack auf meine zukünftigen Kräfte schwelgte.

Mama! Mama, hast du das gesehen?

Ich kam hart mit den Füßen auf dem Ast auf. Meine Knie schlotterten, und der lebhafte Blick in meine Vergangenheit entglitt mir. Ich hielt inne und atmete zittrig ein, während sich meine Finger in die speziell angefertigte Rinde gruben.

„Prinzessin?", rief Marco und sprang auf den Ast direkt über mir.

Ich schüttelte mich, aber meine Gedanken kreisten noch immer wie wild. Wo war ich in dieser Erinnerung gewesen? Irgendwo mit meiner Mutter, offensichtlich. Aber nicht in New York. Das war vor New York gewesen. Irgendwo in einer Gestaltwandler-Gemeinschaft? War das der Ort, an den ich jetzt gehen sollte?

Ich sah zu Marco auf. „Du nennst mich ständig ‚Prinzessin'. Weil meine Mutter so etwas wie die Königin der Gestaltwandler war."

Er nickte und beobachtete mich neugierig.

„Sie muss doch eine Art offizielles Zuhause gehabt

haben, oder?", fuhr ich fort. „Irgendeinen Ort, an den die Leute kommen konnten, wenn sie ... ich weiß nicht, für einen Rat oder so etwas?"

„Es gibt vier Häuser, die offiziell im Besitz der Drachenwandlerlinie sind", sagte Marco. „Eines in der Nähe des Zentrums des Hauptterritoriums jeder Sippe. Sie ist von Zeit zu Zeit oder je nach Bedarf von einem zum anderen gezogen, normalerweise mit mindestens einem ihrer Alpha-Gefährten. Warum?"

Ich biss mir auf die Lippe. „Ich habe mich nur gefragt, ob sie vielleicht in eines dieser Häuser zurückgekehrt ist. Als sie New York verlassen hat, meine ich. Ich schätze, wenn dieses Symbol mit einem davon zu tun hätte, hättest du es erkannt, oder?"

„Höchstwahrscheinlich. Und wenn sie in das Hauptgebiet der Gestaltwandler zurückgekehrt wäre, wäre sie nicht unbemerkt geblieben."

So viel zu dieser Spur. Aber der Gedankengang kitzelte eine andere Frage hervor. „Aaron meinte, dass ihr mich alle von früher kennt. Als ich ein Kind war, bevor Mom und ich weggegangen sind. Waren wir Freunde, oder ...?"

Marcos schiefes Lächeln wirkte sanfter als sonst. „Wir haben dich hier und da gesehen. Ich glaube nicht, dass ich jemals mit dir gesprochen habe, abgesehen von einer formellen Einführung, nachdem der letzte Alpha mich gewählt hatte – was nicht lange war, bevor du und deine Mutter verschwunden seid. Du warst damals noch ein Kleinkind, weißt du."

Ich sah ihn mit hochgezogenen Augenbrauen an. „Du stehst also nicht auf deutlich Jüngere?"

Er lachte. „Ich war ja selbst noch ein Kind. Als ich

zehn war, war ich viel mehr daran interessiert, auf Bäume zu klettern und Rennen zu gewinnen, als mir Gedanken über eine Gefährtin zu machen." Die Hitze schlich sich wieder in seinen Blick. „Natürlich haben sich meine Interessen seither verändert."

„Ach, ja?" Ich kletterte den Ast, auf dem ich war, ein wenig weiter entlang und warf ihm einen herausfordernden Blick zu. Es war einfacher, meine Aufmerksamkeit wieder auf die Gegenwart zu lenken, als ständig über das nachzudenken, an das ich mich nicht erinnern konnte.

„Noch nicht überzeugt?" Sein Grinsen wurde breiter. Dann sprang er hinter mich, so schnell, dass ich überrascht aufschrie.

Marco hatte sich offensichtlich vorher zurückgehalten. Schließlich kannte er diesen Katzen-Dschungel viel besser als ich. Ich kletterte den Ast hinauf, sprang über einen anderen und flitzte an einem Vorsprung entlang, aber er holte mich ein. Er schlang seinen Arm um mich und zog uns in eines der schalenförmigen Betten.

„Ich hab dich", raunte er, sein Gesicht war nur Zentimeter von meinem entfernt. Er hatte seinen Körper so angewinkelt, dass er mich nicht ganz berührte, und stützte sich mit dem Ellbogen ab, doch die Wärme, die von ihm ausging, überflutete mich. Sie weckte eine Sehnsucht in mir, die so intensiv war, dass ich mir nicht vorstellen konnte, sie zu bekämpfen.

Ich stützte mich ab, um mich ihm zuzuwenden, und er presste seinen Mund auf meine Lippen.

Bei dem Kuss durchfuhr eine Hitze mein ganzes Wesen. Ich schlang meinen Arm um Marcos Hals, wollte ihn näher, fester, überall. Er fuhr mit den Zähnen über meine Lippen, bis ich wimmerte und neigte seinen Kopf, um mich noch inniger zu küssen. Auf mein Ziehen hin schmiegte sich sein Körper an meinen. Mein Atem stockte unter seinem festen, muskulösen Gewicht. Meine Hüften wölbten sich instinktiv gegen seine, und er stöhnte.

„Ja, Prinzessin", murmelte er. „Genau so."

Seine Hand wanderte seitlich an meinem Körper hinauf und schob die Seidenbluse nach oben. Er umfasste meine Brust durch meinen BH. Sein Daumen fuhr über meine Brustwarze, und ich keuchte an seinem Mund. Marco lächelte in den Kuss hinein und fuhr fort, den Nippel mit gleichmäßigen, wissenden Streicheleinheiten zu reizen. Meine Finger strichen über seine Wange und griffen in sein Haar. Die Lustwelle in mir schwoll so schnell an, dass ich nicht wusste, wie ich sie zügeln oder mich an etwas festhalten sollte. Sie könnte mich einfach wegtragen.

Marco senkte den Kopf und strich mit seinen Lippen über meine Wangen. Seine Hand verließ meine Brust und glitt unter den Saum meines Shirts. Seine Finger fuhren über meine nackte Haut, und er knabberte an der zarten Haut meines Halses. Ich stöhnte auf, mein Körper zitterte – und ein scharfer Schmerz schoss durch meine Handfläche.

Ich versteifte mich, und Marco erstarrte über mir. Er hob seinen Kopf. Bei dem lüsternen Blick in seinen Augen spürte ich ein erneutes Kribbeln, aber der Schmerz verhinderte, dass ich mich wieder darauf einließ.

„Was ist los?", fragte er.

Meine Hand hatte sich zu einer Faust geballt. Ich löste

meine Finger von der Handfläche und betrachtete sie eine Sekunde lang fassungslos, bevor ich verstand, was ich sah.

Ein kleiner blauer Edelstein leuchtete dunkel in der Mitte meiner Handfläche. Marcos Saphir-Ohrring. Ich hatte den Stecker aus seinem Ohr geklaut, ohne es zu merken. Und mir seine Nadel versehentlich in die Hand gerammt. Ein kleiner Blutstropfen perlte darunter hervor.

Marco lachte sein tiefes kehliges Lachen. „Meine Flammenprinzessin und ihre klebrigen Finger." Er ließ sich wieder in die Kissen sinken und zog mich mit sich. Diesmal war kaum Raum zwischen uns. Mit seinen eigenen flinken Fingern zog er den Stecker heraus. Dann führte er meine Hand an seinen Mund und ließ seine Zunge über die winzige Wunde gleiten. Mein Herz stotterte.

Aber das Verlangen, das mich durchströmte, hatte ein wenig nachgelassen. Ich atmete tief ein. Vielleicht war es besser so. Ich wollte ihn immer noch – *verdammt*, ich wollte ihn sogar sehr – aber wenigstens hatte ich mich wieder unter Kontrolle.

Marco steckte den Ohrring in seine Tasche. Er behielt meine Hand in seiner, zog mich allerdings nicht wieder zu sich. Ob er mein Zögern spürte?

„Deine diebischen Angewohnheiten sind ein bisschen seltsam", bemerkte er mit einem zarten Lächeln. „Muss ich mir Sorgen machen, dass du mich noch vor Ende des Tages ausraubst?"

Er sagte es so freundlich, dass ich nicht anders konnte, als zurückzulächeln. „Ich, ähm, habe vielleicht auch einen Spiegel aus dem Gästezimmer mitgehen lassen. Das war alles. Es tut mir leid. Es ist eine Art nervöse Angewohnheit."

Marco legte den Kopf schief. „Darf ich fragen, wie genau Stehlen zu einer Angewohnheit wird?"

Meine Brust zog sich zusammen, aber er sah mich so wertfrei an, dass ich mich einen Moment später zu entspannen begann. Die vier Jungs gaben so viel von sich preis. Vielleicht war es nur fair, ihnen eine ungefähre Idee davon zu geben, wen sie da in ihr Leben ließen.

„Als ich das erste Mal meine Wohnung verloren habe, konnte ich nirgendwo hin", sagte ich. Die Worte blieben mir im Hals stecken, doch ich presste sie heraus. „Mom hatte mich immer vor der Polizei und jeder Art von staatlicher Autorität gewarnt, also hielt ich es nicht für sicher, mich an sie zu wenden. Schließlich bin ich bei einer Gruppe von Straßenkindern gelandet, die für einen Typen namens Fisher … arbeiteten. Er besaß ein Gebäude, in dem wir schlafen durften, wenn wir ihm jeden Tag Diebesgut brachten. Und er gab uns einen kleinen Anteil von dem, was er mit dem Zeug verdiente, damit wir Essen kaufen konnten und so weiter. Ich habe es nicht *gerne* gemacht, weil ich wusste, dass es falsch war. Doch ich war gut darin, weil ich so schnell war. Außerdem wusste ich nicht, was ich sonst tun sollte."

Marco fuhr mit seinen Fingerspitzen beruhigend über meinen Hinterkopf. „Ich denke, wir waren alle schon in Situationen, in denen wir Dinge tun mussten, die wir lieber nicht getan hätten, um zu überleben. Das ist keine Schande, Prinzessin."

Doch, das war es. Die Scham darüber brannte immer noch auf meinen Wangen, wenn ich daran dachte. „Ich bin erst von Fisher weggekommen, als ich fast zwanzig war. Kylie hat mir geholfen. Aber selbst nachdem ich sie kennengelernt hatte, hat es noch eine ganze Weile gedauert, weil er mich nicht gehen lassen wollte. Ich war seine beste Diebin. Ich hatte Angst davor, was er tun würde… Aber schließlich habe ich den Absprung geschafft, und seit über einem Jahr habe ich nicht mehr *absichtlich* gestohlen.“

„Meine Prinzessin ist also ein hartes Mädchen. Ich kann nicht behaupten, dass ich davon abgeneigt bin.“

Der letzte Rest meiner Anspannung löste sich. Ich versetzte ihm einen spielerischen Schubs gegen die Schulter. „Du scheinst selbst ein harter Kerl zu sein. Was für eine Geschichte steckt hinter dieser Narbe?“

Ich deutete auf seine Augenbraue. Unmittelbar nachdem ich die Frage gestellt hatte, wusste ich, dass es ein Fehler gewesen war. Marcos Muskeln spannten sich an, was ich dort spüren konnte, wo sich unsere Körper berührten. Mist. Ich öffnete den Mund, um ihm zu sagen, dass es egal war, doch in diesem Moment vibrierte mein Hintern.

Oder besser gesagt, mein Handy vibrierte an meinem Hintern. Ich wälzte mich ein wenig weiter von Marco weg und zerrte es heraus. Als ich die Benachrichtigung auf dem Display las, verschwanden alle anderen Sorgen aus meinem Kopf.

„Kylie hat mir eine Nachricht geschickt“, sagte ich und sprang auf. „Sie hat jemanden gefunden, der das Symbol aus meinem Medaillon erkannt hat.“

11

Ren

„Das ist mitten im Vampirgebiet", sagte Nate, der mit verschränkten Armen an der Armlehne des Sofas stand. „Wir können da nicht einfach so reinspazieren und erwarten, dass sie uns einen Freifahrtschein geben."

„Meine Späher bewegen sich regelmäßig durch die Stadt, ohne dass es irgendwelche Probleme gibt", erwiderte Marco. Er lehnte sich in seinem Sessel zurück. „Solange wir keine Aufmerksamkeit auf uns lenken, werden sie nicht einmal merken, dass wir da waren. Ich weiß, dass Tarnung nicht deine Stärke ist, aber du schaffst es doch, nicht wie ein Bär herumzulatschen, oder?"

Nate sah ihn finster an. West, der in der Nähe der Tür auf und ab gelaufen war, hielt inne. „Woher wissen wir, dass es sich überhaupt lohnt, dieser Spur weiter nachzugehen? Es ist eine Information aus dritter Hand."

Meine Finger verkrampften sich um mein Telefon. Ich verließ meine eingerollte Position am Ende des Sofas und setzte mich aufrechter hin. „Kylie kennt die Leute, mit denen sie geredet hat. Wenn sie nicht denken würde, dass dieser Typ die Wahrheit sagt, hätte sie mir nicht davon erzählt." Sie hatte erwähnt, dass ein Typ, mit dem sie Billard spielte, manchmal auf „Erkundungstour" in der Stadt ging. Und er war sich sicher, dass er das Bild der umgekehrten Flamme in einem Tunnel gesehen hatte, der zu einer der verlassenen U-Bahn-Stationen von New York City führte.

„Warum sollte irgendetwas, das mit Gestaltwandlern zu tun hat, in einem verlassenen U-Bahn-Tunnel sein?", fragte Nate.

Neben dem Kamin hob Aaron den Kopf. „Vielleicht haben die Drachenwandlerinnen diesen Ort absichtlich gewählt, um es versteckt zu halten. Weil es dort kein gewöhnlicher Gestaltwandler zufällig sehen würde. Aber Nate hat recht. Es wird schwierig, zu viert die Stadt zu betreten, ohne dass die Einheimischen uns bemerken. Deswegen sollten wir–".

„Zu *fünft*", unterbrach ich ihn.

Er blinzelte mich an, ein verwirrter Blick lag in seinen strahlend blauen Augen. „Was?"

Ich deutete auf uns alle. „Du sagtest ,zu viert'. Aber wir sind fünf. Ich komme natürlich mit."

Offenbar war diese Tatsache nicht so offensichtlich. Aaron biss die Zähne zusammen und Nate sträubte sich, als würde sein Bär zum Vorschein kommen.

„Nein", sagte der größere Kerl. „Es ist schon für uns gefährlich genug. Unsere Aufgabe ist es, dafür zu sorgen, dass du in Sicherheit bist, und das bedeutet, dass du hierbleibst."

„Ich wollte vorschlagen, dass nur einer, oder höchstens zwei Alphas sich die Sache ansehen sollten", sagte Aaron mit seiner wohlklingenden Stimme. „Es ist nicht einmal nötig, dass wir alle vier gehen."

„Nun, selbst wenn nur einer oder zwei von euch gehen, ich komme mit." Ich fuchtelte mit meinem Handy in der Luft herum. „Ich bin diejenige, die die Informationen bekommen hat, schon vergessen? Ich bin diejenige, *für* die das Symbol bestimmt ist. Es war in meinem Medaillon. Es ist irgendeine Nachricht von meiner Mutter. Wenn *jemand* geht, dann ich."

Nate schüttelte den Kopf. „Wenn es nicht das Gebiet der Vampire wäre, würde ich nicht mit dir streiten. Aber du verstehst das ganze Ausmaß der Situation nicht. Es ist das Risiko nicht wert, vor allem, wenn der Tipp vielleicht nicht zuverlässig ist."

Marcos Augen huschten zwischen uns hin und her, sein Blick war irgendetwas zwischen nachdenklich und amüsiert. Er sagte nicht, dass ich bleiben sollte, machte jedoch auch keine Anstalten, mich zu unterstützen. Der Einzige, der sich für mich aussprach, war West, obwohl er es natürlich auf die beleidigendste Art und Weise sagen musste.

„Wenn sie das Oberhaupt aller Gestaltwandler werden soll, sollte sie besser in der Lage sein, sich selbst zu behaupten", knurrte er. „Lasst sie mitkommen. So bekommt sie einen Vorgeschmack auf die übernatürliche Welt außerhalb dieses lächerlichen Hauses."

Marco hob eine Augenbraue. „Wenn dir die Annehmlichkeiten hier nicht gefallen, kannst du heute Nacht gerne im Hof schlafen."

„Wen interessiert denn jetzt das Haus?", fragte ich. „Falls ich tatsächlich das Oberhaupt aller Gestaltwandler bin, sollte ich auch selbst ein paar Entscheidungen treffen dürfen. Und ich sage, ich gehe. Ihr habt keine Ahnung, wonach wir vielleicht suchen. Soweit wir wissen, hat meine Mom es so eingerichtet, dass ich die Einzige bin, die herausfinden kann, wozu es gut ist. Wird *ein* Trip *mit* mir nicht viel weniger Aufmerksamkeit erregen als zwei Trips, falls ihr feststellt, dass ihr mich doch braucht?"

„Du könntest in der Nähe bleiben, und zu uns stoßen, wenn wir dir sagen, dass wir dich brauchen", schlug Aaron vor.

„Nein. Auf keinen Fall. Ich hatte bisher *kein* Mitspracherecht, aber das könnte die letzte Botschaft meiner Mutter an mich sein. Ich muss es mit eigenen Augen sehen."

„Ren", begann Nate, doch West unterbrach ihn.

„Du hängst viel zu sehr an der Vergangenheit. Dies ist ein völlig anderes Szenario. Die Vampire hatten nichts mit dem zu tun, was passiert ist."

„*Falls* wir sie verärgern, sind Vampire ziemlich gefährlich", sagte Marco. „Wir sollten sie auf keinen Fall außer Acht lassen."

„Wartet mal", sagte ich und legte mein Telefon beiseite. Meine Finger krallten sich in die Armlehne des Sofas. „Was genau ist denn passiert? Warum seid ihr so versessen darauf, mich zu beschützen? Was–"

Ein Erinnerungssplitter schoss mir durch den Kopf. Nur ein Fragment, vage und unvollständig, aber mit einem Schwall von Panik, der einen metallischen Geschmack in meinem Mund hinterließ.

Ich kauerte auf dem Boden und umklammerte den Arm eines Mädchens, das etwas älter war als ich, blass, den Kopf voller blonder Locken. Ihr Mund war zu einer dünnen, blutleeren Linie verzogen. Ein anderes Mädchen, das etwas älter war, stand an meiner anderen Seite, schwarze Wellen fielen über ihren zitternden Rücken. Ihre Hand lag auf meinem Kopf, zu angespannt, um wirklich Trost zu spenden.

Wir drei starrten meine Mutter an – meine Mutter und den schroffen, stämmigen Mann, der sich mit ihr stritt. Ich wusste, dass diese tiefe, heisere Stimme mich normalerweise mit Behaglichkeit umhüllt hatte, aber jetzt brachte sie meinen Puls zum Flattern.

„Du musst gehen. Jetzt."

„Ich muss bleiben und für das kämpfen, was mir gehört", beharrte meine Mutter, und ihre Augen blitzten.

Ein gequälter Schrei ertönte. Meine Mutter zuckte zurück, und die Miene des Mannes verfinsterte sich. „Es sind zu viele. Wenn du versuchst, hier zu kämpfen, verspielst du deine Chance, dir den Weg nach draußen freizukämpfen. Geh. Ihnen zuliebe."

Er streckte seinen Arm nach uns aus – und die Erinnerung verblasste.

Ich sackte auf dem Sofa nach vorne und ließ den Kopf in die Hände fallen. Die Unmittelbarkeit des Augenblicks war verschwunden, aber das Gefühl verweilte immer noch in meinem Körper. Dieser Mann, er war einer meiner Väter gewesen. *Daddy*, rief ein Teil von mir schmerzerfüllt. Und die Mädchen neben mir …

Ich sah auf und umfasste meinen Nacken. Die Jungs

waren still geworden und beobachteten mich. Mein Mund war trocken. Ich schluckte schwer.

„Ich hatte Schwestern", sagte ich mit stockender Stimme. „Zwei, sie waren älter als ich. Stimmt's? Warum ist meine Mutter mit mir weggelaufen und nicht mit ihnen? Was ist mit ihnen *passiert*? Was ist mit meinen Vätern passiert?"

Nate und Aaron wechselten einen Blick. Marco öffnete seinen Mund und zögerte. West sah aus, als hätte er seine Zunge verschluckt, das einzige Mal, dass ich ausnahmsweise einmal wollte, dass er etwas sagte.

„Sagt schon", schnauzte ich. „Warum versucht ihr ständig, etwas vor mir zu verbergen? Wovor habt ihr alle solche Angst?"

„Ren", sagte Nate schroff. Er ließ sich neben mich auf das Sofa sinken. „Es ist nicht so, dass wir es vor dir verbergen wollen. Wir wollten dir nur eine Chance geben, dich daran zu gewöhnen, bevor du dich damit auseinandersetzen musst."

„Womit?", fragte ich, und meine Stimme war plötzlich leise. Was auch immer es war, es schien furchtbar zu sein. Das musste er mir nicht sagen. Die Erinnerung und ihre Reaktionen stanken regelrecht danach.

Aaron holte tief Luft. „Eines Nachts, vor sechzehn Jahren, hat eine Bande abtrünniger Gestaltwandler deine Familie angegriffen", flüsterte er. „Soweit wir wissen, wollten sie dich, deine Mutter und deine Schwestern – allesamt Drachenwandlerinnen – umbringen, ebenso wie die vier Alphas, die in dieser Nacht bei euch waren. Deine Väter starben bei dem Versuch, sie daran zu hindern, zu euch zu gelangen. Die Angreifer haben deine Schwestern zu fassen bekommen und sie ebenfalls getötet. Deine Mutter konnte knapp mit dir entkommen."

Ich war auf seine Erklärung gefasst gewesen, aber die Worte erschütterten mich trotzdem. Mein Magen drehte sich um. Nate bot mir seinen Arm an, und ich rutschte näher an ihn heran und ließ mich von ihm in eine Umarmung ziehen. Doch nicht einmal sein beruhigender starker Körper neben mir konnte mein Entsetzen mindern.

„Und dann ist sie weggelaufen", fügte ich hinzu. „Bis nach New York City. Sie hatte Angst, dass sie es wieder versuchen würden." Deshalb hatte sie versucht, uns unsichtbar zu machen. Sie hatte solche Angst, dass sie glaubte, meine Erinnerungen und Kräfte blockieren zu müssen.

„Nach allem, was du uns erzählt hast, müssen wir annehmen, dass das der Fall ist", sagte Aaron.

„Und ich für meinen Teil kann es ihr nicht zum Vorwurf machen", fügte Marco hinzu. „Sie hat dich in Sicherheit gebracht und sich selbst hoffentlich auch. Sie hat getan, was sie tun musste." Er warf West einen scharfen Blick zu, als wolle er ihn herausfordern, im zu widersprechen, aber der Wolfswandler hatte sich an die Tür zurückgezogen, sein Gesicht lag im Schatten.

„Aber *warum*?", platzte ich heraus. „Warum wollten sie uns umbringen?" Der erinnerte Schrei hallte in meinen Ohren wider – der furchtbare Schmerz darin. Das Bild der Gesichter meiner Schwestern ... Keine von ihnen konnte älter als zehn gewesen sein. Und diese Typen hatten sie einfach *abgeschlachtet*?

„Keiner weiß es genau", sagte Nate und strich über

meinen Arm. „Deine Väter und deine Mutter haben einen Haufen Bösewichte getötet, um sich zu verteidigen, aber natürlich können die Toten nichts mehr sagen. Diejenigen, die überlebt haben, sind abgehauen, bevor irgendjemand mitbekommen hat, was vor sich ging. Sie wurden nie gefasst.“

„Wahrscheinlich war es eine Machtübernahme“, sagte Aaron. „Die meisten Gestaltwandler, die sich weigern, sich mit ihresgleichen zu verbünden, tragen eine Menge Bitterkeit und Wut in sich. Sie sind nicht damit einverstanden, wie die Regeln gemacht werden oder wer sie ausführt. Vielleicht dachten sie, sie könnten sich als die neuen Alphas etablieren. Vielleicht wollten sie auch nur Chaos stiften. Wenn wir Glück haben, werden wir ihnen nie wieder begegnen, also müssen wir das auch nicht wissen.“

„Aber wenn diese Gruppe immer noch da draußen ist, und es gibt keinen Grund anzunehmen, dass sie es nicht sind, werden sie zu Ende bringen wollen, was sie angefangen haben, sobald sie herausfinden, dass du am Leben bist“, sagte Marco mit ernsterer Stimme als sonst. Er deutete mit dem Kinn auf Nate. „Deshalb ist der Bärenjunge auch in den überfürsorglichen Modus übergegangen.“

„Ich glaube nicht, dass irgendetwas daran *über* ist“, murmelte Nate. „Verstehst du jetzt, warum es mir lieber wäre, wenn du hierbleiben würdest, Ren? Niemand außer uns und Marcos Leuten weiß, dass wir dich überhaupt gefunden haben. Je länger das so bleibt, desto mehr Zeit können wir uns verschaffen, bevor wir es wieder mit den Abtrünnigen zu tun bekommen.“

Genau. Mehr Zeit für mich, die Kräfte zurückzuerlangen, die hartnäckig in mir verschlossen zu sein schienen, sodass ich wenigstens eine Chance hatte, mich zu verteidigen.

Ich erschauderte. Da draußen waren Leute, die mich so sehr hassten, dass sie mich umbringen wollten, als ich noch eine hilflose Fünfjährige gewesen war.

Und wenn sie diesmal Erfolg hatten, was würde dann mit den Gestaltwandlern geschehen? Wenn ich die letzte Drachin war und starb, ohne die Linie fortzuführen … würde meine Art ausgelöscht werden. Dann gäbe es nichts mehr, was die Gestaltwandler zusammenhalten würde.

Mein Gespür für die Gesellschaft der Gestaltwandler war zwar immer noch vage, aber dieser Gedanke erschütterte mich bis ins Mark. Ich griff nach Nates Hand. Ich verstand, warum er so besorgt war, warum Aaron auch für Vorsicht plädiert hatte, warum Marco sich nicht für mich eingesetzt hatte. Sie brauchten mich … und die Alphas vor ihnen hatten schon einmal versagt.

Ich brauchte sie ebenso. Ich fühlte eine Verbindung zu allen vier Männern um mich herum, die in der Luft surrte. Obwohl mein Körper vor Kälte kribbelte, gab mir diese Verbindung Halt.

Ich war nicht mehr allein. Ich hatte jetzt sie, wie es mir bestimmt war. Ich konnte nicht mehr länger weglaufen.

Mom hatte mir meine Erinnerungen genommen, aber nicht für immer. Ich wusste jetzt, was ich war, und ich musste mich weiter erinnern.

Ich war eine Drachin.

Ich schob mich von Nate weg und drückte kurz seine Hand, um ihm zu verstehen zu geben, dass es keine

Zurückweisung war. „Ich verstehe es", sagte ich und stand auf. „Ich mache euch keine Vorwürfe, dass ihr euch Sorgen macht. Aber ich werde trotzdem mitkommen. Es ist der Weg, den meine Mutter mir hinterlassen hat, und ich werde mich von niemandem aufhalten lassen."

12

Unsere Drachenwandlerin war stark. Mit aufrechtem Rücken und zusammengebissenen Zähnen saß sie zwischen mir und Marco eingepfercht auf dem Rücksitz von Aarons Limousine, während wir in die Stadt fuhren. Ein paar Minuten nach dem Einsteigen hatte ich ihre Hand genommen, und sie hatte meine seitdem nicht mehr losgelassen. Ihre schlanken Finger waren fest mit meinen verschlungen und umklammerten sie.

Sie fühlten sich zerbrechlich an, doch ich wusste, dass sie es nicht war. Die Nachricht von den Morden an ihrer Familie hatte sie erschüttert, das war offensichtlich. Ich würde nie vergessen, wie das Blut aus ihrem Gesicht gewichen war, als Aaron ihr die Geschichte erzählt hatte. Fast so, als würde sie neben ihren längst verstorbenen Schwestern und Vätern sterben. Aber sie hatte sich von ihren Gefühlen nicht aufhalten lassen. Sie ließ sich durch nichts davon abhalten, hier bei uns zu sein, um sich dem zu stellen, was vor uns lag.

Ich musste zugeben, dass ich es *hasste*, dass Ren hier war. Meine Nackenhaare begonnen, sich zu sträuben, sobald wir über die Stadtgrenze gefahren waren. Ich hatte noch keinen Vampir gerochen, aber es stank überall nach Metall und verbranntem Benzin. Selbst wenn keine Blutsauger in der Nähe gewesen wären, war dies kein Ort, an dem sich Gestaltwandler aufhalten sollten. Allerdings bewunderte ich Ren auch. Obwohl sie sich noch nicht an viel erinnerte, war sie durch und durch eine Drachin.

Sobald wir herausgefunden hatten, was mit ihrer Mutter geschehen war, würden wir unser Leben endlich richtig weiterleben können. Das Leben, das wir uns die letzten sechzehn Jahre vorgestellt hatten. Die Alphas, die Drachenwandlerin und alle Sippen in Harmonie.

Solange die anderen Alphas es nicht vermasselten. West saß auf dem Beifahrersitz mit seiner ewigen Wolke über sich, sein Blick war grimmig. „Gibt es keine Möglichkeit, den ganzen Verkehr zu umfahren?", murmelte er Aaron zu, als wir eine verstopfte Straße entlangkrochen. Er war die ganze Zeit so kalt zu Ren gewesen. Wie konnte er denken, dass es richtig war, sie beiseitezuschieben und das Erbe der Drachenwandler einfach wegzuwerfen?

Und Marco … Einem Katzenwandler war nie wirklich zu trauen. Er lümmelte auf der anderen Seite des Rücksitzes, den Ellbogen gegen das Fenster gestützt. „Bei Fuß, Hündchen", stichelte er. „Es dauert so lange, wie es dauert." Was nur dazu führte, dass Wests Blick noch finsterer wurde. Der Katzen-Alpha hatte Ren mit offenen

Armen empfangen, sicher, aber er hatte auch ein bisschen zu viel Spaß daran, Ärger zu machen.

„Ich kann auf eine Straße abbiegen, die nicht so stark befahren sein sollte", sagte Aaron ruhig. Der Vogel-Alpha wirkte besonnen, aber die Vogelwandler bleiben sowieso meist für sich. Ich war mir nicht sicher, wie ich ihn deuten sollte.

Die Bärenwandler und diejenigen, über die wir herrschten, waren in unserer Hingabe an das Gestaltwandler-Gesetz nie ins Wanken geraten. *Ich* würde Ren beistehen, egal, was passierte. Zumindest dessen konnte sie sich sicher sein.

Ich strich mit dem Daumen über ihren Handrücken, und sie lehnte sich ein wenig mehr an mich. Ich widerstand dem Drang, ihr Haar zu kraulen und ihren herrlichen Duft einzuatmen. Im Moment musste ich mich darauf konzentrieren, sie zu beschützen. Alle anderen Freuden, die eine Gefährtin mit sich brachte, konnten warten, bis unsere Mission beendet war.

Aber nun, da ich sie kennengelernt hatte, freute ich mich noch mehr darauf.

Aaron hielt den Wagen an. „Von hier aus müssen wir zu Fuß gehen", sagte er. Ren sah zu mir auf und als sie mich anlächelte, schoss ein Blitz der Begierde durch meine Brust. Eine unbändige Entschlossenheit lag darin.

Sie würde diese Stadt lebend verlassen, oder ich würde ebenfalls hier sterben.

Ren

Ich berührte die Wand des Tunnels und als ich meine Hand wieder zurückzog, waren meine Finger feucht und körnig. Ich rümpfte die Nase. Die Treppe, die wir hinunterstiegen, war eng, die Luft muffig und es war stockdunkel, bis auf den wippenden Strahl von Aarons Taschenlampe, der uns den Weg wies.

Ich war nie klaustrophobisch gewesen, doch bei diesem Ort überkam mich eine Gänsehaut. Ich konnte weder rennen noch springen.

Ich könnte nicht einmal meine Flügel ausbreiten, die ich immer noch nicht dazu bringen konnte, aus mir herauszukommen.

Wenigstens war meine beste Freundin wieder bei mir. Kylie drückte meine Hand und grinste mich an. *Sie* schien noch begeisterter über diese Expedition zu sein als ich. Vielleicht, weil sie gerade keine Geschichte darüber gehört hatte, dass ihre gesamte Familie abgeschlachtet worden war.

„Hast du eine Ahnung, was wir hier unten finden werden?", raunte sie. „Ich meine, warum deine Mutter dich zu diesem Symbol schicken wollte?"

Ich schüttelte den Kopf. „Ich weiß im Moment genauso viel wie du." Zumindest was die Pläne meiner Mutter betraf. Als wir uns am U-Bahn-Eingang getroffen hatten, hatte Kylie sofort gefragt, wie es mir ging, aber ich hatte nicht erwähnt, was ich über meine Vergangenheit erfahren hatte. Es schien zu viel zu sein, um es meiner besten Freundin aufzubürden. Ich war selbst noch dabei, das alles zu verarbeiten.

Ich musste mehr von der Gewalt gesehen haben als den kurzen Erinnerungsfetzen, der mir eingefallen war, doch der Rest war noch nicht wiedergekommen, selbst nachdem ich die Geschichte gehört hatte. Ich war mir nicht sicher, ob das vielleicht besser so war oder ob ich die Bilder gerne gesehen hätte, um sie zu analysieren. Ich konnte sie fast spüren. Sie tummelten sich wie Haie unter der Wasseroberfläche. Irgendwann würden sie auftauchen, und wenn es so weit war, würde es wehtun.

„Was für ein Abenteuer!", sagte Kylie und stupste mich mit ihrem Ellbogen an. „Es sah so aus, als wärst du dem großen Kerl ziemlich nahegekommen. Ein richtiger Adonis."

Sie muss Nate meinen. Er ging ganz am Ende unserer Prozession, einige Meter hinter uns, und stellte sicher, dass sich niemand an uns heranschlich, der uns nicht wohlgesonnen war. Mein Gesicht erwärmte sich ein wenig. Ich gewöhnte mich langsam an den Gedanken, dass alle vier Jungs meine Partner sein sollten, aber ich wusste, dass es sich für jeden anderen irgendwie seltsam anhören würde. Zumindest für jeden Menschen.

Doch ich würde es sowieso nicht lange vor Kylie verbergen können. Und das wollte ich auch nicht.

„Eigentlich …" sagte ich. „Bin ich ihnen allen nähergekommen. Na ja, den dreien, die mich nicht die ganze Zeit dumm anglotzen." Ich warf einen kurzen Blick auf Wests schlanken Rücken, der direkt hinter Aaron herging. „Wie sich herausgestellt hat, läuft das bei den Drachenwandlerinnen so. Wir müssen, äh, uns mit allen Alphas verbinden. Es ist eine Art Naturgesetz."

Wir folgten den Jungs durch eine Tür mit

quietschenden Scharnieren in einen breiteren Tunnel, der genauso dunkel und feucht war wie der letzte. Aarons Licht waberte über die gewölbten Wände der längst nicht mehr genutzten U-Bahn-Strecke.

Kylies Augenbrauen schossen in die Höhe. „Warte. Wenn du *verbinden* sagst, meinst du damit auf eine körperliche Art und Weise, oder?"

Meine ohnehin geröteten Wangen wurden noch dunkler. „Das ist die Idee. Aber *so* weit sind wir noch nicht gekommen."

Ich machte mich auf einen Schock oder Abscheu gefasst, aber Kylie lachte nur. Sie hob ihre Hand für ein High-Five. „Gut so, Mädchen. Wenn ich die Chance hätte, vier solche Typen auf einmal zu haben, würde ich keine Sekunde zögern, das kannst du mir glauben. Was für eine Art, seine Unschuld zu verlieren!"

In diesem Moment wünschte ich mir, ich hätte ihr gegenüber nicht zugegeben, dass ich noch nie mit einem Kerl den letzten Schritt gewagt hatte. „Ich bin mir sicher, dass es nicht alle auf einmal sein werden", sagte ich. Bisher hatten sie sich mir immer einzeln genähert. Bei dem Gedanken, dass mehr als einer von ihnen mich küsste, mich berührte, schoss plötzlich Wärme durch meinen Körper.

Vielleicht war ich von dieser Vorstellung nicht ganz abgeneigt. Aber jetzt ewar nicht wirklich der richtige Moment, um das genauer zu erforschen.

Kylies Gesichtsausdruck wurde eine Nuance ernster. „Dir geht es doch *gut*, oder? Bist du sicher, dass du darauf vertrauen kannst, dass alles, was sie dir erzählt haben, wahr ist?"

„Ja. Ich erinnere mich an genug, dass es alles einen Sinn ergibt. Es ist überwältigend, aber gleichzeitig fühle ich mich mit jeder Info, die ich herausfinde mehr wie ich selbst." Ich hielt inne. „*Du* denkst doch nicht, dass es total verrückt ist, oder? Ich meine, Gestaltwandler und Vampire und wer weiß, was noch alles?"

„Bitte. Natürlich ist es verrückt. Aber das heißt nicht, dass ich es nicht glaube. Ich habe mit meinen eigenen Augen gesehen, wie sich Adonis in einen Bären verwandelt hat. Und ich weiß, dass du das Herz auf dem rechten Fleck hast. Deshalb bin ich mit dir befreundet."

Sie schlang ihren Arm um mich und umarmte mich kurz von der Seite. Bei der Geste spürte ich einen Stich in meiner Brust. Wie lange *würde* ich noch ihre Freundin sein? Wenn ich es schaffte, die Rolle der Drachenwandlerin voll auszufüllen, würde ich nicht die ganze Zeit mit Kylie in Brooklyn sein können.

Aber darüber konnten wir uns später Gedanken machen. Nachdem wir herausgefunden hatten, was Mom mir hatte mitteilen wollen.

Aarons Stimme ertönte. „Es ist hier." Er leuchtete mit der Taschenlampe auf eine Stelle an einer der Wände. Der Rest von uns tastete sich über den rissigen Zement und die verlassenen Gleise näher heran. Ein Lufthauch wehte über mich hinweg und ich fröstelte. Ich rieb mir die Arme, auf denen sich eine Gänsehaut gebildet hatte.

Die Mauer bestand aus ineinandergreifenden Steinen. Der Lichtkreis erhellte einen rechteckigen Stein, in den ein Symbol eingemeißelt war. Es sah aus, wie das Symbol in meinem Medaillon: eine auf dem Kopf stehende Flamme inmitten einer Spirale. Mein Herzschlag beschleunigte sich sofort.

„Das ist es tatsächlich", sagte ich.

Ich schaute mich um, als ob meine Mutter nun, da ich hier war, plötzlich aus der Dunkelheit treten könnte. Als ob sie die ganze Zeit hier unten gewartet hätte, oder zumindest seit meinem Geburtstag.

Doch außer Wests angespannter Gestalt bewegte sich in der Dunkelheit nichts. Dann näherten sich Marco und Nate vorsichtig dem Stein. Nate stupste ihn an, bevor er zurücktrat.

Marco untersuchte die Kanten mit seinen schlanken Fingern. „Es scheint nicht besonders erpicht darauf zu sein, seine Geheimnisse preiszugeben", bemerkte er.

„Die Geheimnisse sind nicht für euch bestimmt", sagte ich. Genau deswegen hatte ich darauf bestanden, mitzukommen. Im Schein der Taschenlampe ging ich auf die Wand zu. Als ich das Symbol aus der Nähe betrachtete, begann mein ganzer Körper zu kribbeln. Meine Hände schienen regelrecht davon angezogen zu werden. Ich hob meine Arme und drückte meine Handflächen an beide Seiten der Flamme, so wie es das Symbol zu wollen schien.

Der Stein bewegte sich mit einem schabenden Geräusch auf mich zu, und mein Geist öffnete sich. Die Empfindungen des Tunnels wurden in einer Welle von Erinnerungen weggespült.

Ich war ein kleines Mädchen, das durch den Wald rannte, um ein Versteck zu finden, bevor einer meiner Väter mit dem Zählen fertig war. Der saftige grüne

Geruch des Spätfrühlings umgab mich. Ich duckte mich hinter einen Baum und unterdrückte ein Kichern.

Meine Schwestern und ich tanzten im Takt des Popsongs, der aus ihrem alten Ghettoblaster ertönte, um unsere Mutter herum. Sie fasste abwechselnd jede von uns an der Hand und wirbelte uns herum. Unsere Füße trippelten über den Holzboden.

Wir saßen nebeneinander auf der Kante eines Podests, auf dem Mama eine Audienz hielt. Das Podest war hoch genug und meine Beine kurz genug, dass ich mit den Füßen schwingen konnte, ohne den Boden zu berühren. Die Gestaltwandler näherten sich einer nach dem anderen unserer Mutter. Wir tuschelten und errieten das Tier eines jeden Gestaltwandlers anhand des Geruchs und der Verhaltensweisen. „Der da muss ein Dachs sein." „Nein, nein, ich würde sagen, ein Waschbär."

Wir rannten den Flur entlang, Mama drängte uns, schneller zu werden. Mein Puls donnerte in meinen Ohren. Wir mussten raus, nach draußen, wo Mama sich verwandeln und kämpfen konnte. Eine riesige Löwin sprang aus einer Türöffnung und schnappte nach dem Arm meiner Schwester und ein Schwall hellroten Blutes spritzte aus der Wunde. Ein Schrei drang aus meiner Kehle.

Und so weiter und so fort. Die Erinnerungsfetzen trafen mich von innen und außen zugleich, wirbelten durch meinen Kopf und strömten aus dem Stein in mich hinein. Ich ertrank darin.

Dann kamen sie stotternd zum Stillstand. Mein Verstand leerte sich. Die Stimme meiner Mutter umspülte mich, sanft und beruhigend.

Es tut mir leid, dass es so kommen musste, Serenity. Ich habe mein Bestes getan, um dich zu beschützen. Folge dem Kristall–.

Ein Geräusch, das sich wie ein Einatmen anhörte, riss mich in die Realität zurück.

Ich stand vor der Wand des U-Bahn-Tunnels. Meine Finger umklammerten die kühle Steinplatte, in die das Flammensymbol gemeißelt war. Sie war aus der Wand gesprungen und hatte einen dunklen Hohlraum freigegeben. Die Alphas und Kylie standen immer noch um mich herum und warteten.

Meine Beine zitterten. Aaron sprang an meine Seite und legte beruhigend eine Hand auf meine Schulter. Ich lehnte mich an ihn und versuchte, einen Sinn in meinen wirbelnden Gedanken zu finden.

„Ich erinnere mich", sagte ich. Doch das stimmte nicht ganz. Mein Kopf fühlte sich an, als wäre er mit Erinnerungen an meine frühe Kindheit vollgestopft, die ich gerade wiedererlangt hatte, doch diese Erinnerungen stießen mit ausgefransten Kanten aneinander. Sie fühlten sich noch nicht wie meine an. Es gab noch Lücken und unscharfe Stellen. Was auch immer Mom getan hatte, um sie zu unterdrücken, die Magie war nicht wirklich exakt gewesen.

„Was ist da drin?", fragte Kylie.

Ich richtete meinen Blick auf den Hohlraum. Etwas Helles und Flaches lag auf der rauen Oberfläche im Inneren. Ich legte den Stein ab und zog das verborgene Objekt heraus, meine Fingerspitzen glitten über eine glatte Oberfläche.

Es war ein durchsichtiger Kreis, der stärker glänzte als

Glas und doppelt so breit war wie meine Handfläche. Ein blasses Muster aus Linien und Punkten war in die Oberfläche eingraviert. Blinzelnd versuchte ich, sie zu deuten, doch sie bildeten keine Buchstaben oder eindeutigen Formen.

Folge dem Kristall, hatte die Stimme meiner Mutter gesagt. Ich nahm an, das war der Kristall. Wie zum Teufel sollte ich ihm *folgen*?

Ich drehte ihn in meinen Händen, als ob das eine Art von Zug auslösen könnte, und ein Klopfen ertönte weiter hinten im Tunnel. Ich erstarrte. Die Jungs drehten sich um und blickten in die gleiche Richtung.

Mehrere Gestalten tauchten aus der Dunkelheit auf und kamen auf uns zu. Sie blieben am Rande des Lichtkegels von Aarons Taschenlampe stehen. Neun Männer und Frauen, alle schlank mit tiefliegenden Augen. Ihre Hautfarben reichten von blass bis dunkelbraun, doch alle sahen etwas fahl aus, als ob sie zu lange in der Sonne gewesen wären.

Oh. Die Erkenntnis überkam mich mit einem Prickeln, als mir ein modriger, säuerlicher Geruch in die Nase stieg. Ich war noch nie einem von ihnen begegnet, aber ich wusste trotzdem genau, was ich da vor mir hatte.

Auch wenn es damals nicht die Vampire gewesen waren, die meine Familie bedroht hatten, so taten sie es auf jeden Fall jetzt.

13

Ren

Einer der Vampire öffnete seinen schmalen Mund und kostete die Luft mit einem schlangenartigen Züngeln. Hinter seinen Lippen blitzten dünne Reißzähne auf. Ich unterdrückte ein Schaudern.

„Gestaltwandler", sagte er und rümpfte angewidert die Nase. „Euer Revier ist weit weg von hier. Das hier ist unser Territorium. Wie ihr wissen solltet, drohen Strafen, wenn ihr ungebeten hier eindringt."

Was für schmierige Bastarde! Ich trat zurück, näher an die Wand, aber meine Nackenhaare hatten sich aufgestellt. Wenn sie meine Alphas bedrohten, würden sie es mit mir zu tun bekommen.

„Wir wollten nur einen kleinen Spaziergang machen", warf Marco ein. „Die Sehenswürdigkeiten anschauen, ein kleiner Tapetenwechsel."

Ein paar der Vampire sahen sich um, als ob sie sich ernsthaft fragen würden, ob Gestaltwandler U-Bahn-

Tunnel für eine Sehenswürdigkeit hielten. Derjenige, der mit uns gesprochen hatte, grinste.

„Wir haben keine Zeit für Spielchen."

Marco zuckte mit den Schultern. „Komisch, ich hätte gedacht, unsterblich zu sein bedeutet, dass man alle Zeit der Welt hat."

„Was macht ihr hier?", fragte der Vampir. „Ihr seid nicht ohne Grund so weit in unser Revier vorgedrungen."

„Schon möglich", sagte West und verschränkte die Arme vor der Brust. Es war schön, dass sein Blick ausnahmsweise auf jemanden gerichtet war, der es verdient hatte. „Aber du kannst es vergessen, wenn du glaubst, dass wir hier herumstehen und mit dir plaudern werden. Zieht euch zurück, und wir gehen."

Die Vampire taten das genaue Gegenteil. Sie schlichen näher heran und mehr Reißzähne blitzten auf. Nate rückte enger an mich heran, seine Muskeln waren angespannt und er sah aus, als wäre er bereit, vor mich zu springen, falls es nötig sein sollte.

„Beantwortet meine Fragen, oder wir werden euch vernichten", forderte der Vampir. „Dann wird es sowieso keine Rolle mehr spielen, warum ihr hergekommen seid."

Aaron trat vor, die Hände erhoben. „Wir entschuldigen uns dafür, dass wir in euer Gebiet eingedrungen sind", sagte er. „Und ich entschuldige mich für die Unhöflichkeit meiner Freunde. Leider hat uns eine dringende Angelegenheit keine Zeit gelassen, eure Anführer um Erlaubnis zu bitten. Ich schwöre bei Mond und Erde, dass wir ohne böse Absichten gekommen sind und genauso friedlich wieder gehen werden."

„Dafür ist es zu spät", zischte eine Frau am hinteren

Ende des Vampirrudels. „Ihr seid uneingeladen hier aufgetaucht. Dafür müsst ihr die Konsequenzen tragen.“

„Heilige Scheiße“, sagte Kylie aus dem Mundwinkel. „Das ist ein bisschen abgefahrener, als ich erwartet habe.“

Dem konnte ich nur zustimmen. Ich ergriff ihre Hand und zog sie näher an mich heran. Ich wollte nicht, dass *ihr* etwas passierte, besonders, weil sie nur hierhergekommen war, um mir beizustehen. Wir hätten sie einfach um die Wegbeschreibung bitten und alleine runtergehen sollen. Es war egoistisch von mir gewesen, sie dabeihaben zu wollen, aber sie war nun einmal die einzige Person, mit der ich noch reden *konnte*.

„Bitte“, sagte Aaron. „Es gibt keinen Grund für Gewalt. Wir haben unsere Angelegenheit hier erledigt. Es war eine Gestaltwandler-Angelegenheit, die nichts mit eurer Art zu tun hat. Wenn ihr–“

„Genug geredet“, schnauzte der erste Vampir. Sein kalter Blick ruhte auf mir. „Irgendetwas an dieser hier riecht seltsam. Sie riecht anders als die Gestaltwandler, die ich kenne.“ Seine Augen verengten sich. „Was *bist* du?“

Er schnippte mit den Fingern, und der Vampir neben ihm stürzte auf mich zu, als wolle er mich an sich reißen. Nate schob sich mit einem Knurren zwischen uns. Er schubste den Vampir zurück zum Rest der Gruppe, allerdings so hart, dass der junge Mann auf seinem Hinterteil landete.

„Wagt es ja nicht, sie anzufassen.“

Der Anführer-Vampir schnitt eine Grimasse. „Das ist unser Revier. Wir nehmen uns, was wir wollen. Wenn ihr euch weigert zu gehorchen, werdet ihr nicht lebend hier rauskommen.“

Und mit diesen Worten stürzten sich die Vampire blitzschnell auf uns. Ein Aufschrei brach aus meiner Kehle hervor. Ich riss Kylie zurück, als die vier Alphas nach vorne sprangen, um den Angriff der Vampire abzuwehren.

Sie verwandelten sich, während sie losstürmten. Nates Körper sprengte seine Kleidung, als er wieder zu dem Grizzlybären wurde, den ich gestern in Marcos Wohnzimmer kennengelernt hatte. Nur war er jetzt kein Teddybär mehr. Er warf sich nach vorne, schlug den Kopf eines Vampirs mit einem dumpfen Aufprall gegen die Wand und holte gleichzeitig mit seiner massiven Pranke nach einem anderen aus, der versuchte, an ihm vorbeizukommen.

Ein Steinadler tauchte aus einem Kleiderhaufen auf und stürzte sich mit ausgefahrenen Krallen auf einen der Vampire. Aarons Kampfschrei schallte durch den Tunnel. Der Strahl der heruntergefallenen Taschenlampe erhellte die hellen Federn seiner riesigen Schwingen.

Ein Wolf erhob sich aus Wests Jeans, sein rötliches, silberfarbenes Fell schimmerte im flackernden Licht. Er umklammerte eines der Beine des Vampires mit seinem Maul und zerrte daran. Der Vampir stürzte auf den Tunnelboden und knallte mit dem Kopf gegen eine der U-Bahn-Schienen. Sofort wirbelte der Wolf herum und ging auf einen weiteren Angreifer los. Etwas glänzte knallrot auf seiner Brust. War er verletzt?

Ein großer schwarzer Jaguar stürmte ins Getümmel. Marco stieß einen weiteren Vampir zu Boden und hielt ihn fest. Sein schlanker Schwanz peitschte hin und her, während er dem Vampir einen Schlag gegen die Wange versetzte. Das Knacken eines gebrochenen Genicks hallte von den Wänden wider.

Die Gewalt war erschreckend, doch gleichzeitig raubte mir die Kraft und Geschwindigkeit meiner Gestaltwandler-Gefährten den Atem. Immerhin waren ihre Gestalten keine Kostüme. Sie *waren* diese Tiere, bis in den Kern ihres Wesens, und sie bewegten sich wie durch Zauberhand.

Ich umklammerte Kylies Hand fester. Mein Herz schlug mir bis zum Hals. Die Jungs hatten einige der Vampire ausgeschaltet, aber die anderen kämpften immer noch, schwangen Dolche und entblößten ihre Reißzähne. Ich sollte da draußen bei meinen Gefährten sein und meinen Teil beitragen. Nur meinetwegen waren wir alle hier unten.

Doch was konnte ich mit diesem menschlichen Körper gegen diese untoten Kreaturen ausrichten? In der feuchten Tunnelluft fühlte ich mich plötzlich so nutzlos wie nie zuvor in meinem Leben. Ich hatte keine Waffen, keine Krallen außer denen, die in meiner Brust krabbelten. Wenn ich mich da hineinstürzte und versuchte zu kämpfen, würde ich den Vampiren nur die Chance geben, mich zu packen und das Blatt für die Alphas zu wenden.

Wenn ich mich verwandeln könnte … Wenn ich sie als Gleichgestellte unterstützen könnte, beweisen könnte, dass ich die Risiken, die sie für mich eingingen, wert war …

Ich schob Kylie zur Wand. „Bleib hier", sagte ich. „Egal, was passiert. Komm auf keinen Fall näher."

Sie nickte, ausnahmsweise einmal sprachlos. Ich ballte die Hände zu Fäusten und betrachtete den Kampf. Ich wusste, wie sich die Verwandlung anfühlen sollte. Ich hatte das Gefühl in meinen Erinnerungen flüchtig gesehen. Dieses dehnende, sich entfaltende Gefühl, das meinen Körper zerreißen würde. Ich wollte es jetzt, so sehr.

Ich ging in mich hinein, bis zum wilden Schaben dieser inneren Krallen. *Komm raus. Befreie dich. Lass die Drachin in dir raus.* Ich war diese Drachin. Ich wusste es, genauso, wie ich gewusst hatte, dass der Drache aus meiner Erinnerung meine Mutter gewesen war. Ich konnte ihren feurigen Atem regelrecht auf meiner Zunge schmecken.

Aber mein Körper gehorchte nicht. Meine Gestalt blieb menschlich. Die Drachin blieb in mir gefangen. Ich stöhnte auf, brachte meine gesamte Willenskraft auf, und trotzdem stand ich immer noch als Frau da.

Meine Erinnerungen waren entfesselt worden. Moms Magie war verschwunden. Warum war es immer noch so schwer für mich, meiner wahren Natur zu folgen?

Vor mir schlitzte ein Vampir Nates Seite auf und zog einen dunkelroten Streifen durch das kastanienbraune Fell des Bären. Er brüllte und holte mit seiner Pfote aus, doch sein Angreifer flüchtete. Eine weitere Blutsaugerin kämpfte mit Marco auf dem Boden. Sie versenkte ihre Reißzähne tief in dem Vorderbein des Jaguars, woraufhin er ein schmerzerfülltes Knurren ausstieß.

Die Erinnerung an die Löwin, die ihre Zähne in meine Schwester versenkt hatte, schoss mir durch den Kopf. Und sie ließ weitere Fragmente vor meinem geistigen Auge auftauchen. Teile der Vergangenheit, über die ich im Moment nicht nachdenken wollte. Ein Warzenschwein, das seine Stoßzähne in die Seite eines großen, braunen Berglöwen schlug. *Daddy*. Ein polierter Boden, der mit Blut besudelt war. Die Finger meiner Mutter, die meine fest umklammerten, dass ein stechender Schmerz durch meine Knochen schoss. Ein Wimmern, das durch das Aufschlitzen einer Kehle in ein Glucksen überging.

Ein heiseres, grollendes Kichern, das überall um mich herum widerzuhallen schien und immer lauter wurde, je mehr Blut floss.

Mir drehte sich der Magen um und mein hastiges Mittagessen drohte, mir hochzukommen. Ich hielt mich an der Wand fest, um mein Gleichgewicht nicht zu verlieren.

„Ren!", sagte Kylie. Sie umarmte mich von hinten. Ich ließ mich eine Sekunde lang gegen sie sinken, bevor ich mich wieder abstieß.

Ich musste helfen. Ich konnte kein weiteres Massaker mit ansehen.

Ich suchte nach irgendetwas, das ich als Waffe benutzen könnte. Ein Stück eines gebogenen Rohrs lag an der gegenüberliegenden Wand. Ich schnappte es mir, drehte mich um und suchte nach einem Vampir, dem ich den Kopf abschlagen konnte, bevor ich innehielt.

Es gab niemanden mehr, auf den ich losgehen könnte. Während ich in meinen Erinnerungen gefangen gewesen war, hatten meine Alphas alle erledigt. Der Wolf wich von einem Vampir zurück, dem er die Kehle aufgeschlitzt hatte. Der Grizzly schlug den letzten Angreifer, der bei Bewusstsein war, ein weiteres Mal gegen die Wand, und der Blutsauger sackte auf den Boden. Aaron und Marco hatten bereits wieder ihre menschliche Gestalt angenommen. Marcos Arm und eine Seite seines Körpers waren mit Blut bedeckt, und Aaron hinkte ein wenig, als er sich in die Richtung seiner weggeworfenen Kleidung bewegte, aber ansonsten sahen sie gut aus.

Und ich meinte wirklich *gut*. Trotz des Adrenalins, das immer noch durch meine Adern rauschte, konnte ich nicht umhin, den Anblick ihrer beeindruckenden Körper zu genießen. Die Götter hatten sich wirklich selbst übertroffen, als sie dieses Quartett von Männern erschaffen hatten.

Aarons beeindruckender, äh, Körperbau und sein ebenso spektakulärer Po verschwanden in seiner Boxershorts und schließlich in seiner Jeans. Marco schlenderte zu einem der gefallenen Vampire hinüber und sah aus, als hätte er kein Problem damit, jedem seine Ausstattung in voller Pracht zu präsentieren. Nein, es machte ihm definitiv nichts aus. Er sah mich über seine muskulöse Schulter hinweg an und zwinkerte mir zu. Mein Gesicht errötete.

„Ren", sagte Nate, der jetzt auch wieder ein Mann war. Er schritt auf mich zu, blieb dann jedoch plötzlich stehen, als hätte er gemerkt, dass sein großer, muskulöser Körper plus Nacktheit ein wenig überwältigend sein könnte. Ich vermutete, dass seine Kleidung die Verwandlung nicht überlebt hatte. Aaron drückte Nate sein Hemd in die Hand. Nate schenkte mir ein verlegenes

Lächeln, während er es sich notdürftig um die Taille band, um sich zu bedecken. „Geht es dir gut? Bist du verletzt?"

Ich schüttelte den Kopf und sah zu Kylie hinüber. Ihr ging es auch gut, aber ihre Knöchel waren weiß, so fest umklammerte sie den Saum ihres Tanktops. „Ist es vorbei?", fragte ich. „Habt ihr … sie alle umgebracht?"

„Sie sind nicht tot", sagte Marco und stupste mit seinem Zeh gegen das Bein eines Vampires. „Oder zumindest nicht toter, als sie es schon waren. Aber sie werden uns in nächster Zeit nicht mehr belästigen."

„Wenn Vampire schwer genug verletzt sind, gehen sie in einen Ruhezustand über, während sie heilen", erklärte Aaron. „Sie werden mindestens für ein paar Stunden außer Gefecht gesetzt sein."

„Sie haben nicht damit gerechnet, dass sie auf einen Haufen Alphas stoßen würden", sagte Marco leichtfertig. „Das wird sie lehren, in Zukunft nicht mehr so übermütig zu sein."

Aaron warf ihm einen warnenden Blick zu. „Wir sollten übrigens auch nicht übermütig sein. Es könnte Verstärkung unterwegs sein. Sie werden auf jeden Fall von der Begegnung berichten, sobald sie sich erholt haben. Und wenn sie das tun, wird der Vampirfürst nicht erfreut sein. Es war ihr gutes *Recht*, uns zu befragen und anzugreifen, als sie uns in ihrem Territorium vorgefunden hatten."

Marco zuckte mit den Schultern, doch Nates Gesichtsausdruck hatte sich verfinstert. „Dann müssen wir Ren schnellstens von hier wegbringen."

Aaron nickte. „Ich glaube auch nicht, dass es eine gute Idee ist, länger in Marcos Haus zu bleiben. Das ist der erste Ort, an dem sie nach Gestaltwandlern suchen werden, die sich vor kurzem in ihrem Revier aufgehalten haben. Gibt es irgendwelche Gestaltwandler-Siedlungen, zu denen wir es heute noch schaffen können?"

West seufzte. Mein Blick fiel auf ihn. Ich hatte nicht bemerkt, dass er sich zurückverwandelt hatte und bereits wieder angezogen war. Er knöpfte gerade sein Hemd zu, ein weißer Fleck, der wie ein Verband aussah, verschwand unter dem Stoff, zusammen mit einem Sixpack, bei dem die meisten Profisportler vor Neid erblassen würden. Auch wenn er ein Idiot war, stellte ich fest, dass ich ein wenig enttäuscht war, den Anblick seines nackten Körpers verpasst zu haben.

Dann fing er wieder an zu reden. Leider.

„Meine Sippe hat ein Dorf südlich von Morgantown, West Virginia", sagte er deutlich widerstrebend. „Oder wollt ihr euch noch weiter weg verkriechen, wie Feiglinge?"

Aaron warf ihm einen abschätzigen Blick zu. „Ich denke, das wird reichen." Er wandte sich an Kylie. „Du musst nicht mit uns kommen, wenn du lieber hierbleiben willst, aber ich denke, es wäre besser, wenn du die Stadt für eine Weile verlässt. Wenn die Vampire deine Fährte aufgenommen haben, könntest du zur Zielscheibe werden."

Kylie betrachtete unverhohlen seine nackte – und muskulöse – Brust und grinste ihn verschmitzt an. „Oh, keine Sorge, ich bin *viel* lieber bei euch als bei diesen Widerlingen." Sie streckte mir ihre Hand entgegen. „Roadtrip! Wir wollten sowieso schon lange einmal einen machen."

Ich rang mir ein Lächeln ab und verschränkte meine Finger mit ihren. Das war nicht der Roadtrip, den ich mir mit meiner besten Freundin vorgestellt hatte. Zum einen hätte ich es vorgezogen, er würde nicht mit halbtoten Leichen beginnen. Und zweitens hätte er nicht den Grund haben sollen, vor der Rache der Vampire zu fliehen.

14

Zum dritten Mal in ebenso vielen Tagen wachte ich in einem fremden Bett auf. Da es in diesem Haus, das eher eine Hütte als ein Haus war, keine Klimaanlage gab, hing die Hitze des späten Junimorgens dick in der Luft. Ich hatte meine Decke weggestoßen, und das Laken war um meine Beine gewickelt.

Ich setzte mich auf das Einzelbett und nahm den Raum in Augenschein, den ich bei unserer Ankunft gestern Abend nur im Halbdunkel gesehen hatte. Ein paar von Wests Hundewandler-Artgenossen hatten uns vorübergehend bei sich aufgenommen.

Kylie lag im Bett gegenüber von mir, das Gesicht im Kissen vergraben. Sie schnarchte leise vor sich hin. Die einzigen anderen Möbel im Zimmer waren ein abgenutzter Teppich, ein Zedernschrank, der einen süßlichen, stechenden Geruch verströmte, und ein Hocker am Fenster. Das Tageslicht schien auf den Holzboden.

Ich streifte das Laken ab und kramte in der Tasche, die ich vor unserer überstürzten Abreise aus der Stadt gepackt hatte. Die Jungs hatten Kylie und mir das Okay gegeben, kurz in unserer Wohnung vorbeizufahren, also hatte ich ein paar meiner eigenen Klamotten dabei, anstatt Marcos ausgefallener Teile. Da es durchaus sein konnte, dass wir noch einmal rennen – oder kämpfen – mussten, schnappte ich mir eine Jogginghose und ein bequemes T-Shirt. Sobald ich angezogen war, band ich meine dunklen Wellen zu einem Zopf zurück.

Mom hatte mir immer Zöpfe geflochten, als ich klein war. Der Geist ihrer Finger strich über meinen Nacken, als ich sie zwirbelte und flocht. Ich hatte einen Kloß im Hals.

Folge dem Kristall, hatte ihre Stimme gestern zu mir gesagt. Ich hatte den Großteil der Fahrt nach West Virginia damit verbracht, diese Kristallplatte anzustarren, und ich hatte immer noch keine Ahnung, wie ich ihr irgendwohin folgen sollte. Falls das Muster darauf irgendeine Bedeutung hatte, war ich immer noch ratlos. Für mich sah es wie ein zufälliges Durcheinander von Linien und Punkten aus.

Warum musstest du gehen, Mom? Ich dachte an sie, wo immer sie auch sein mochte. *Warum konntest du nicht bleiben, um das hier mit mir gemeinsam durchzustehen? Warum bist du ohne eine Erklärung verschwunden?*

Natürlich würde ich auf diese Fragen im Moment keine Antwort bekommen. Ich seufzte und stieß die Tür auf.

Das Haus war entweder leer oder die anderen Bewohner schliefen noch. Der Brotaufstrich auf dem Küchentisch deutete darauf hin, dass bereits *jemand* hier gewesen war. Ein süßer Geruch stieg mir in die Nase und ich erblickte frisch gebackene Blaubeerscones. Ich zögerte, aber der Tisch war offensichtlich für Gäste gedeckt. Ich nahm mir einen Scone, bestrich ihn mit Butter und ging in Richtung Haustür, während ich einen Bissen nahm.

Das krümelige Gebäck zerging auf meiner Zunge. Das war der Himmel. Ich schloss meine Augen und genoss den Geschmack. Dann spähte ich nach draußen.

Das Dorf, in dem wir angehalten hatten, bestand anscheinend nur aus Gestaltwandlern. Aaron hatte mir auf der Fahrt hierher etwas mehr über die Kultur der Gestaltwandler erzählt. Seinen Erklärungen zufolge war es für Gestaltwandler üblich, eigene Gemeinschaften zu gründen, in denen sie, für jeden der zufällig vorbeikam, den Eindruck erweckten normale Menschen zu sein. Den Rest der Zeit hatten sie dort jedoch etwas mehr Freiheit. „Es ist einfacher, als ständig auf der Hut zu sein und daran zu denken, dass man sich anpassen muss."

Als ich auf der Türschwelle der Hütte stand und über die festgetretene Erde des vermeintlichen Dorfplatzes blickte, konnte ich den Reiz erkennen. Die meisten Leute, die in die Geschäfte gingen oder sich mit Freunden unterhielten, sahen wie normale Menschen aus. Aber dort drüben stand eine Gruppe älterer Teenager, von denen einige damit experimentierten, ihre Hundeohren aus ihrem menschlichen Haar herausragen zu lassen. Gegenüber drängten sich ein paar Füchse, die wohl einen Morgenlauf gemacht hatten, durch eine schwingende Hintertür in ihr Haus. Es lag ein Gefühl von Offenheit in der Luft, bei dem es mir schwerfiel, weiter in den gestrigen Sorgen zu schwelgen.

Dann kam plötzlich eine vertraute Gestalt am Rande der Menge in Sicht. Das morgendliche Sonnenlicht fing das Silber in Wests hellbraunem Haar ein und erinnerte mich an das rötliche Fell mit den silbernen Spitzen seiner Wolfsgestalt. Er ging neben einer älteren Frau her, die wild gestikulierte, während sie sprach. Als sie fertig war, sagte er etwas zu ihr, bei dem sich ihr Gesicht aufhellte.

West nahm ihre Hände in seine und beugte seinen Kopf zu ihr hinab. Als er ihre Hände wieder losließ, tätschelte sie liebevoll seine Wange. Dann schlurfte sie lächelnd davon.

Einige der Teenager schlenderten auf ihn zu. Ihren Gesichtern nach zu urteilen, war das, was sie sagten, ziemlich frech. West gab dem ersten Jungen einen spielerischen Klaps auf die Ohren. Sie tänzelten ein wenig hin und her, wobei West dem Jungen eindeutig etwas Spielraum ließ, um seine Kraft zu testen. Er ließ den Jüngeren ein paar Faustschläge ausführen, bevor er ihn rasch packte, herumwirbelte und auf den Rücken legte.

Der Junge schüttelte mit einem bedauernden Lachen den Kopf, und West grinste – ein echtes, entspanntes Lächeln, nicht das angespannte Grinsen, das ich bisher von ihm gesehen hatte. Ein Schmerz erfüllte meine Brust, als die Verbindung zwischen uns an mir zerrte. Dieser Mann dort drüben, der für seine Leute den Alpha mimte … Das war ein Mann, in den ich mich verlieben könnte.

Als hätte er meinen Blick gespürt, schaute West in meine Richtung. Unsere Blicke trafen sich. Ein heißes Kribbeln durchfuhr mich und beschleunigte meinen Puls.

Ich sollte nicht hier stehen und gaffen, oder? Ich stieß

mich von der vorderen Stufe der Hütte ab und ging auf den Dorfplatz zu.

Die beiden Teenager, die bei West standen, starrten mich an, als ich mich näherte. Zuerst dachte ich, es wäre normale Neugierde. Doch einer der beiden winkte dem Rest der Gruppe zu. Noch bevor ich West erreicht hatte, war ich umringt. Sie musterten mich von Kopf bis Fuß und zuckten mit ihren Nasen.

„Du bist die Drachenwandlerin", sagte einer von ihnen ehrfürchtig. „Das ist so cool! Wir sind sozusagen die Ersten, die dich kennenlernen, jetzt, wo du wieder da bist."

„Oh", sagte ich unbeholfen. „Ja, ich denke schon. Ich freue mich auch, euch kennenzulernen?"

„Ich will *unbedingt* sehen, wie du dich verwandelst", sagte einer der Jungs. „Das muss unglaublich sein."

„Ähm ..."

„Kinder!", ertönte eine Frauenstimme. Ein Ehepaar mittleren Alters hatte sich unserer Gruppe genähert. Die Frau scheuchte die Teenager weg. Sie drehte sich zu mir um. „Es tut mir leid. In ihrem Alter fehlt ihnen der gebührende Respekt, und da es so lange her ist ... Es ist mir eine Ehre, dich hier willkommen zu heißen."

„Wir sind dabei, Geschichte zu schreiben", stimmte ihr Mann zu. Er drückte kurz meine Hand und schenkte mir ein fröhliches Lächeln.

Immer mehr Menschen kamen aus ihren Häusern und den Geschäften um uns herum. Meine Brust begann sich zusammenzuziehen. Meine Finger juckten. Ich zog sie ruckartig an meinen Körper, aber zu spät. Ein warmer Metallkreis drückte sich gegen meine Handfläche. Ich hatte mir den Ring der Frau geschnappt, ohne es zu wollen.

Schamesröte stieg mir ins Gesicht. Ich bückte mich und tat so, als würde ich ihn vom Boden aufheben. „Ich glaube, Sie haben da etwas verloren", sagte ich und reichte ihr den Ring.

„Oh! Vielen Dank. Keine Ahnung, wie der mir runtergerutscht ist."

Ich biss mir auf die Zunge. Eine größere Menschenmenge versammelte sich um mich herum. „Drachenwandlerin!", raunten sie. „Ich habe zuerst mit ihr gesprochen!", prahlte eines der Teenager-Mädchen.

Was erwarteten sie von mir? Ich hoffte verdammt noch mal, dass sie nicht darauf warteten, dass ich meine fantastischen – und absolut nicht vorhandenen – Wandlerkräfte demonstrierte.

West bahnte sich einen Weg durch die Menschenmenge. Zum ersten Mal, seit ich ihm begegnet war, musste ich zugeben, dass ich froh war, ihn zu sehen. Er schenkte mir ein knappes Lächeln, aber seine dunkelgrünen Augen waren sanfter als sonst.

„Ich glaube, wir haben ein paar Dinge unter vier Augen zu besprechen", sagte er, laut genug, dass die Dorfbewohner es hören konnten. Sie ließen sich zurückfallen, während er mich zu dem Haus führte, in dem ich die Nacht verbracht hatte. Seine Hand strich über meinen nackten Arm. So überwältigt ich auch war, das Bewusstsein, dass sich sein Körper so nah an meinem befand, ließ ein Kribbeln in mir aufsteigen.

West blieb stehen, als wir außer Hörweite waren, und trat zur Seite, um mir mehr Raum zu geben. Die

Trennung fühlte sich an, als wäre etwas in meinem Inneren gerissen. Was auch immer ich von dem Wolfsalpha und seinem Verhalten hielt, ein Teil von mir wollte ihn unbedingt an meiner Seite haben.

„Sie, ähm, sind begeistert", sagte ich und hoffte, dass meine Sehnsucht nicht allzu offensichtlich war.

West rieb sich über die dunklen Bartstoppeln an seinem Kiefer, die sein hübsches Gesicht noch attraktiver machten. Er blickte zurück zur Dorfgemeinschaft. „Sie haben lange auf die Rückkehr der Drachinnen gewartet. Dich hier zu sehen, gibt einigen von ihnen die Hoffnung, die sie vorher nicht hatten."

„Im Gegensatz zu dir." Ich konnte mir die spitze Bemerkung nicht verkneifen.

Er zuckte mit den Schultern. „Ich habe mich noch nicht entschieden."

Natürlich nicht. Schließlich hatte ich gestern in einer Ecke gekauert, während unser aller Leben in Gefahr gewesen war? Ich verkniff mir eine Grimasse und drehte mich um, um seinem Blick zu folgen. Einige der Dorfbewohner standen immer noch zusammen und blickten in unsere Richtung. Ob sie über mich redeten?

Irgendetwas kam mir komisch vor, als ich mich umsah. Es dauerte einige Sekunden, bis ich wusste, was genau es war. „Hier sind gar keine Kinder. Oder dürfen sie das Haus nur zu bestimmten Zeiten verlassen?" Ich hatte niemanden gesehen, der jünger als fünfzehn war.

West spannte sich an. „Seit sechzehn Jahren wurden keine Gestaltwandler-Kinder mehr geboren. Zumindest nicht innerhalb der Sippen-Gruppen. Die Paare der einzelnen Sippen können keine Kinder zeugen, es sei denn, ihr Alpha hat eine Gefährtin. Es ist eine biologische Sperre, um sicherzustellen, dass in extrem unruhigen Zeiten keine verletzlichen Jungen geboren werden.“

„Oh.“ Meine Augen weiteten sich. „Weil ich–“. Weil Mom und ich uns in New York versteckt hatten, waren alle Gestaltwandler die ganze Zeit über kinderlos geblieben. Ich sah zu West auf. Er blickte immer noch zum Dorfplatz, sein Blick finsterer als sonst. „*Hättet* ihr denn eine andere Gefährtin nehmen können? Ich weiß nicht, wie das Ganze funktioniert.“

„Ja“, sagte er. „Das könnte ich immer noch. Ich könnte die bestehende Bindung aufgeben, um eine neue einzugehen. Aber wenn das einmal geschehen ist, kann sich ein Gestaltwandler nie wieder mit der Gefährtin binden, die er aufgegeben hat. Die Entscheidung kann nicht rückgängig gemacht werden.“

Mir wurde flau im Magen. Also hatte er die ganze Zeit, trotz seiner Zweifel auf mich gewartet. Obwohl er mit ansehen hatte müssen, wie seine Leute kinderlos geblieben waren.

Vielleicht hätte ich ihm nicht vorwerfen sollen, dass es ihm an Loyalität mangelte.

„Es … hat nicht den Anschein gemacht, als hättest du ein Problem mit diesem Ergebnis“, sagte ich zaghaft.

Wests Blick schnellte zu mir zurück. „Ich *sagte*, ich habe mich noch nicht entschieden.“ Er rieb mit dem Daumen über seine Handfläche, die Narbe dort war identisch mit der, die Aaron mir gezeigt hatte. Das Alpha-Mal. „Ich wusste, dass du am Leben bist, auch wenn ich nicht wusste, wo du bist. Ich habe angenommen, dass du nicht für immer wegbleiben würdest. Man sollte nicht einfach etwas wegwerfen, ohne zu wissen, was es ist."

„Zumindest scheinst du zu denken, dass ich es wert bin, am Leben zu bleiben", sagte ich und neigte den Kopf, als würde ich darüber nachdenken. „Du hast gestern mit den Vampiren gekämpft, um sie davon abzuhalten, mich anzugreifen. Ich sollte dir dafür danken. Also danke. Das meine ich ernst."

„Nicht der Rede wert", meinte West, und seine Stimme wurde wieder rau. „Kein Vampir wird es schaffen, mich zu verletzen. Aber du hast tatsächlich für ganz schön viel Ärger gesorgt."

„Ja. Das habe ich gemerkt. Das tut mir leid. Das war alles nicht in meinem Lebensplan vorgesehen, weißt du."

„Natürlich nicht." Prüfend musterte er mein Gesicht, und seine Züge entspannten sich etwas. Eine Sekunde lang dachte ich, er würde noch etwas hinzufügen. Mein Puls flatterte angesichts seiner plötzlichen Aufmerksamkeit. Doch er schwieg.

Als das Schweigen anfing, an mir zu nagen, musste ich es brechen. „Glaubst du wirklich, dass die alten Traditionen, mit den Drachenwandlerinnen und den Alphas, falsch sein könnten?"

Er wandte seinen Blick ab und betrachtete die Gebäude um uns herum. „Ich weiß es nicht. Es gefällt mir nicht, dass sich dieses System als so zerbrechlich erwiesen hat. Ein wilder Angriff, und wir wären fast ins Chaos gestürzt. Wenn die Abtrünnigen dich und deine Mutter erwischt hätten … Ich sage nicht, dass es definitiv falsch ist. Aber ich bin auch nicht davon überzeugt, dass es richtig ist. Ich muss sicher sein, dass ich das Richtige für meine Sippe tue, bevor ich Schritte unternehme, die ich nicht mehr rückgängig machen kann."

Nun, wenn er es von Anfang an so formuliert hätte, wäre ich vielleicht die letzten zwei Tage nicht so oft auf ihn sauer gewesen. „Okay", sagte ich. „Das macht Sinn. Ich respektiere deine Meinung."

Er warf mir einen Blick zu, den ich nur als verblüfft beschreiben konnte. „Was?", fragte ich und stemmte meine Hände in die Hüften. „Glaubst du, dass ich nicht zu grundlegendem menschlichen Mitgefühl fähig bin?"

Seine Mundwinkel zuckten. „Um ehrlich zu sein, bist du nicht wirklich ein Mensch."

„Dann eben zu grundlegendem Gestaltwandler-Mitgefühl. Ich habe nämlich den Eindruck gewonnen, dass wir das auch haben."

„Zumindest manchmal." Er ließ seinen Blick auf mir verweilen. Die Energie zwischen uns hatte sich irgendwie verschoben, und ich spürte ein elektrisches Kribbeln auf meiner Haut. Er hob seine Hand. Fast rechnete ich damit, dass er nach mir greifen würde, um mich an sich zu ziehen–.

Stattdessen machte er eine abweisende Geste und wich einen Schritt zurück. „Ich muss noch mit ein paar Leuten sprechen, während wir hier in der Stadt sind", sagte er. „Versuch, dir nicht *noch mehr* Ärger einzuhandeln, in Ordnung, Flamme?"

„Ich werde mir Mühe geben", murmelte ich. Bildete ich es mir nur ein, oder klang dieser Spitzname zum ersten Mal ein bisschen liebevoll? Mit seinem schroffen, unnachgiebigen Tonfall, war das schwer zu sagen.

West stolzierte die Straße hinunter. Er musste den

Leuten auf dem Platz irgendetwas gesagt haben, denn die Gruppe, die mich beobachtet hatte, zerstreute sich. Ich rieb mir die Arme, die zunehmende Sommerhitze machte mich unruhig. Genauso wie die Hitze, die in mir aufgestiegen war, als ich neben ihm gestanden hatte.

„Ist schon gut", sagte eine gealterte Stimme hinter mir. Als ich mich umdrehte, stand eine ältere Frau mit einem Wuschelkopf aus krausem weißen Haar neben mir. Sie tätschelte meine Hand. „Matilda. Freut mich, dich kennenzulernen, Drachenwandlerin."

Ihr Auftreten war nach der Ehrfurcht, mit der mich die anderen Dorfbewohner empfangen hatten, überraschend sachlich, sodass ich mich sofort entspannte. „Ich freue mich auch, dich kennenzulernen, Matilda."

Mit ihren hellen haselnussbraunen Augen blickte sie in die Richtung, in die West gegangen war. „Ich bin froh, dass Westley dich endlich gefunden hat", sagte sie. „Ich weiß, dass du ihm guttun wirst."

West*ley*, hm? Ich stieß ein kurzes Lachen aus. „Ich bin mir nicht so sicher, ob er dir da zustimmen würde."

„Ach, lass dich nicht von seinem Temperament abschrecken. Er ist ein guter Junge, auch wenn es ihm manchmal schwerfällt, zu vertrauen."

Wie lange kannte sie ihn schon? Seit er ein Kind war – oder, was, ein Welpe? Und jetzt war er der Anführer der ganzen Sippe. „Ihr scheint alle eine Menge Respekt vor ihm zu haben", sagte ich.

„Den hat er sich verdient", sagte Matilda und brummte leise, als ob sie sich selbst zustimmen würde. „Der Junge hat seine Sippe immer über alles andere gestellt, sogar über die Leute, die ihm am meisten am Herzen lagen."

Das klang wie eine Geschichte, die ich hören musste. Doch bevor ich nach Details fragen konnte, kam Nate zu uns herüber. Er nickte der älteren Gestaltwandlerin respektvoll, bevor er sich an mich wandte.

„Nach gestern Abend denken wir, dass es eine gute Idee wäre, dir ein Selbstverteidigungstraining zu geben, Ren. Wenn du dazu bereit bist."

Alles, wenn es bedeutete, dass ich das nächste Mal nicht wie eine hoffnungslose Jungfrau herumstand, wenn wir in eine Auseinandersetzung gerieten, so sehr ich auch hoffte, dass es kein nächstes Mal geben würde.

„Sicher", sagte ich. „Klingt gut."

15

Meine Flammenprinzessin würde am Ende des Tages zwar keine Vampire vernichten, aber es würde auch nicht lange dauern, bis sie sich behaupten konnte. Sie ahmte die Bewegung der Schläge nach, die Aaron vorführte, während Nate seine breiten Hände als Zielscheiben hochhielt.

Der Bärenwandler holte mit seinem Bein aus, und sie sprang geschickt zur Seite. Aaron packte sie an den Schultern. Sie befreite sich aus seinem Griff, wie er es ihr beigebracht hatte, und grinste. Die körperliche Anstrengung hatte eine unglaublich reizvolle Röte auf ihre Wangen gezaubert. Ich könnte wetten, dass sich ihr ganzer geschmeidiger Körper heiß anfühlte.

Kylie, West und ich standen als Zuschauer an der Lichtung am Rande des Dorfes. Rens Menschenfreundin pfiff und jubelte. Der Wolfswandler sah aus, als hätte er in etwas Saures gebissen, doch das war sein

Standardausdruck, also war es schwer, irgendetwas darin zu lesen.

Ren hatte allerdings noch einen weiten Weg vor sich. Die Jungs schonten sie immer noch. Ich war mir nicht sicher, ob das die beste Taktik war. Sahen sie nicht, was für ein Energiebündel das Mädchen war? All die Kraft in ihr wartete nur darauf, sich zu entladen.

Und wenn sie so weit war, würde ich direkt an ihrer Seite sein.

Aaron tauschte ein paar Probeschläge mit Ren aus. Sie blockte ab und schlug ihm mit der Faust in die Rippen. „Gut", sagte er. „Spürst du, wie die Kampfenergie deine Drachin ruft? Versuche, das Gefühl festzuhalten und diese Gestalt an die Oberfläche zu bringen."

Ren nickte, ihre Miene wurde entschlossener. Ach, Prinzessin, als ob eine Verwandlung etwas wäre, das man erzwingen müsste. Sie musste sich mit ihrer inneren Drachin anfreunden, nicht gegen sie kämpfen.

Nate trat vor und bewegte sich für einen so großen Kerl überraschend schnell hin und her. Der Bär war nicht nur massig. Er drängte Ren zurück, bis sie sich unter einem seiner Schläge hindurchduckte und um ihn herumflitzte. Seine Augen blitzten wütend auf. Dann geriet sie ins Stocken. Ihre Schultern sackten nach unten, und sie fuhr sich mit der Hand über den Mund.

„Ich versuche es", sagte sie zu Aaron. „Ich kann sie da drinnen spüren. Ich weiß nicht, warum ich es nicht schaffe."

Ich trat vor. „Vielleicht brauchst du eine andere Art der Provokation", schlug ich vor.

Sie richtete sich auf, das Feuer kehrte in ihre Augen zurück. „Woran hast du da gedacht?"

Ich rollte meine Schultern zurück und testete die Grenzen meines Hemdes. Der Stoff war relativ dehnbar. „Kämpf gegen mich, dann wirst du es sehen."

Aaron gab mir durch eine Geste zu verstehen, dass ich die Führung übernehmen sollte. „Wenn du meinst, dass du eine bessere Idee hast, Marco ..."

„Auch wenn ich keine habe, ein bisschen Abwechslung hat noch niemandem geschadet." Ich grinste ihn an, bevor ich mich Ren zuwandte. „Los geht's, Prinzessin."

Wir umkreisten uns, Ren beäugte mich misstrauisch. Sie wartete darauf, dass ich den ersten Schritt machte, damit sie entscheiden konnte, wie sie reagieren würde. Gut, ich konnte mitspielen. Ich täuschte eine Finte vor und setzte zu einem kontrollierten Schlag in den Magen an. Sie wich aus und schlug meinen Arm mit einem gut ausgeführten Block zur Seite. Dann stürzte sie sich auf mich und holte mit ihrem Ellbogen aus. Ich konnte gerade noch ausweichen. Verdammt, das Mädchen war schnell, wenn sie wollte.

Erneut ging ich zum Angriff über, beschleunigte meine Bewegungen. Ein Tippen auf die Schulter, ein Hieb gegen ihren Hals. Und kleinere Gesten, auf die ich mich so sehr konzentrierte, dass ich sicher sein konnte, dass sie den gewünschten Effekt erzielen würden. Eine kleine Berührung an ihrer Hüfte. Ein flüchtiges Streifen ihrer Seite. Ich blockte ihre fliegende Faust ab – und ließ meine Fingerknöchel über ihren Busen streifen.

Ihr Atem stockte, ihre Wangen färbten sich noch dunkler. Sie kniff die Augen zusammen, als wolle sie mir sagen, dass sie wusste, was ich vorhatte. Das war gut so. Ich wollte, dass sie es fühlte. Dass sie das Verlangen spürte, das jedes Mal, wenn wir uns berührten, heiß zwischen uns aufloderte.

Wenn Aggression ihre Drachin nicht zum Vorschein brachte, dann vielleicht Leidenschaft. Und wenn nicht, genoss ich es auf jeden Fall, es zu versuchen.

Wahrscheinlich war es inzwischen sogar unserem Publikum klar, was ich da tat, doch das war mir egal. Sie war genauso meine Gefährtin wie die der anderen Alphas. Sie sollten sich besser daran gewöhnen, sie mit mir zu sehen.

Als sie sich duckte, um einen Tritt abzuwehren, nutzte ich die Gelegenheit, um mit meinen Fingerspitzen über ihre Wange zu streichen. Sie schoss nach oben und holte zum Schlag aus. Ich wich aus und kniff ihr kurz in den Po.

Mit einem hitzigen Laut der Frustration ging sie mit schwingenden Fäusten auf mich los. Ich wankte hin und her und stürzte mich auf sie, als sie es am wenigsten erwartete. Sie jaulte auf, als ich sie zu Boden riss. Ich drückte sie ins Gras, mein Körper presste sich gegen ihren und mein Schwanz wurde mit jedem ihrer Atemzüge, bei dem sich ihre Brüste gegen meine Brust drückten, härter.

„Marco", knurrte sie und funkelte mich an, während sich ihre Hüften jedoch sehnsuchtsvoll an meine drückten. In ihren Augen lag ebenso viel Lust wie Frustration.

„Ja, Prinzessin?", erwiderte ich sanft. Bevor sie antworten konnte, küsste ich sie.

Ren

Marcos Kuss war so heiß wie der Blick, den er mir eine Sekunde zuvor zugeworfen hatte. Ein Schauer der Lust durchfuhr mich. Gott, wie sehr ich diesen Mann wollte. Mir blieb nichts anderes übrig, als den Kuss genauso heftig zu erwidern.

Er ließ meinen Arm los und fuhr mit seinen Fingern an meiner Seite hinunter zu meiner Hüfte, meine Hand schnellte hoch und griff in sein Haar. Ich zog seinen Mund fester an meinen. Marco brummte zustimmend und drückte meine Lippen mit seiner fordernden Zunge auseinander. Meine Zunge glitt über seine, kostete seinen Mund.

Ich konnte seinen Puls in der Brust pochen fühlen, seinen würzigen Kaffeeduft riechen, jede Bewegung und jedes Anspannen seiner Muskeln spüren, als wäre ich ganz bei ihm. Die Krallen in meiner Brust spreizten sich, griffen zu. Ich nahm einen Aschegeschmack im hinteren Teil meines Mundes wahr, der den Kuss allerdings noch süßer machte.

Ich knabberte an seiner Unterlippe – und schmeckte Blut. Mein Herzschlag beschleunigte sich. Ich war nicht nur irgendein Mädchen, mit dem er rummachen konnte. Ich war eine Drachin, und wir waren hier, um zu kämpfen. Ich konnte nicht zulassen, dass er mich das vergessen ließ.

Mit einer Kraft, von der ich nicht gewusst hatte, dass sie in mir steckte, schubste ich Marco weg. Er strauchelte, erlangte sein Gleichgewicht jedoch sofort wieder. Ein Lachen entwich ihm, erschrocken und beeindruckt zugleich. Dann sprang ich hinter ihm her, meine Füße schienen kaum den Boden zu berühren.

Marco hob die Augenbrauen, als ich meinen Arm nach ihm ausstreckte. Der Wind pfiff seltsam durch meine Finger.

Oder besser gesagt, meine Klauen. Über meinen Fingerspitzen hatten sich Schuppen gebildet und dolchartige Krallen ragten daraus hervor. *Endlich.* Ein Lächeln breitete sich in meinem Gesicht aus. Ich rannte schneller, spürte die sehnige Energie, die mich durchströmte, bereit, aus mir herauszubrechen.

Rufe hallten über das Feld. „Gut gemacht, Ren! Du bist unglaublich!" „Wunderbar. Gib dich der Verwandlung hin." „Du schaffst das, Ren!"

Die Stimmen erschütterten meine Gedanken. Ich hatte es nicht geschafft, noch nicht. Ich brauchte mehr — ich musste zu dieser Drachin *werden*–.

Obwohl ich mich bemühte, das schlangenartige Gefühl in mir festzuhalten, entglitt es mir. Ich stolperte über das Gras. Meine Hände schlugen auf dem Boden auf, sie waren nun wieder menschlich. Ich starrte sie an, diese schwachen, blassen Finger. Meine Sicht verschwamm. Ich blinzelte heftig.

Nein. Ich würde nicht weinen. Nicht vor den Jungs. Auch wenn ich mich gerade als noch größere Versagerin erwiesen hatte als zuvor.

Ich war so verdammt *nah* dran gewesen.

Ich grub meine Finger in die Erde und krallte meine Enttäuschung auf die einzige Art und Weise, die mir möglich war, in sie hinein. Eine große Gestalt kniete sich neben mich.

„Ist schon gut", sagte Nate. „Du machst das schon. Das war ein Fortschritt."

„Er hat recht, Prinzessin", sagte Marco, der in einiger Entfernung stand. „Es dauert seine Zeit, bis du die volle Kontrolle über deine Kräfte hast, genauso wie es dauert, bis wir vollwertige Gefährten werden. Und was Letzteres betrifft, bin ich deutlich ungeduldiger, das kann ich dir versichern." Er gluckste.

Nate warf ihm einen finsteren Blick zu und streichelte meine Schulter. „Du solltest stolz auf dich sein."

Stolz auf mich? Wenn ich nicht einmal die Hälfte von dem hinbekam, was sie alle so mühelos schafften?

Ich riss mich von ihm los und rappelte mich auf. „Ich brauche keinen Kuschelkurs", sagte ich. „Ich muss das hinkriegen."

Aaron schlenderte zu uns herüber. West und Kylie waren zurückgeblieben, meine Freundin sah zwar besorgt, aber auch verunsichert aus. Dies war eine Herausforderung, die sie nicht mit mir gemeinsam meistern konnte.

„Ich glaube, du setzt dich zu sehr unter Druck", sagte Aaron mit seiner sanften Stimme. Die Sanftheit in Verbindung mit dem leichten Krächzen schien die scharfen Kanten meiner Gefühle abzufeilen. „Ich kenne ein paar mentale Übungen, die dir bei deinem nächsten Versuch helfen könnten. Du könntest eine Pause machen, und dann –".

„Keine Pause", unterbrach ich ihn. „Wenn du mir

etwas beibringen kannst, das helfen könnte, dann will ich sofort damit anfangen."

Er hielt inne, nickte dann aber. „In Ordnung." Er schaute in die Runde zu den anderen. „Dafür müssen wir ungestört sein."

Marco salutierte vor ihm. „Viel Spaß bei deinen Psycho-Spielchen, Adlerjunge."

Nate zog sich zurück, sein Blick war besorgt. Ich wusste nicht, was ich zu ihm sagen sollte, damit er sich besser fühlte. Mein Gefühl des Versagens bohrte sich tiefer in meine Brust. Ich drehte mich zu Aaron um. „Na dann los."

Er gab mir ein Zeichen, ihm zu folgen. Am Rande der Lichtung, in der Nähe der nächstliegenden Gebäude des Dorfes, bildete ein Kreis aus Buchen eine kleine, geschützte Waldwiese. Wir zwängten uns zwischen ihnen hindurch. Aaron setzte sich im Schneidersitz in die Mitte, und ich tat es ihm gleich und setzte mich ihm gegenüber.

„Ist das eine Art Mediation oder so?", fragte ich.

„So etwas in der Art. Für den Anfang kannst du dich auf deinen Atem konzentrieren. Fühle, wie er in deine Lunge hinein und wieder herausströmt. Lass ihn deinen Brustkorb komplett ausfüllen, bevor du ihn ausstößt. Verschaffe dir die Kontrolle darüber und ein Gefühl dafür, wie du durch die Regulierung deiner Atmung deine Emotionen regulieren kannst."

Offenbar merkte er, dass meine Emotionen dringend reguliert werden mussten. Ich sog einen Atemzug ein, zitternd vor Frust. Meine Hände ballten sich zu Fäusten. Nein, das war definitiv nicht Sinn und Zweck des Ganzen. Ich musste es wirklich versuchen.

Vielleicht war da keine künstliche Blockade in mir, die mich von meiner Drachin fernhielt. Vielleicht war *ich* diejenige, die sie in mir festhielt, weil ich mich zu sehr verkrampfte.

Ich atmete langsamer ein, ließ die Luft in meine Lungen strömen. Meine Rippen dehnten sich aus. Mein Atem zitterte auf dem Weg nach draußen, und ich biss die Zähne zusammen. Warum bekam ich nicht einmal das richtig hin?

„Hey", sagte Aaron sanft. „Komm her."

Er winkte mich zu sich. Ich drehte mich um und rutschte nach hinten, sodass ich mich gegen seine angewinkelten Beine lehnen konnte. Er legte seine Hände auf meine Oberarme, seine Daumen zeichneten kleine Bögen auf meinen Bizeps. Die Wärme seiner Anwesenheit sickerte in meinen Rücken, obwohl mindestens ein halber Meter zwischen unseren Körpern lag. Diese Verbundenheit, dieses Ziehen. Die Verbindung, die uns als Gefährten kennzeichnete. Ich befeuchtete meine Lippen und versuchte, das aufsteigende Verlangen zu verdrängen.

„Niemand schafft das beim ersten Versuch", sagte Aaron. „Sich zu entspannen ist für jemanden wie uns besonders schwer. Willst du es noch mal versuchen? Ein und aus, langsam und leicht. Konzentrier dich auf das Gefühl meiner Hände, und versuch, alle anderen Gedanken an dir vorbeiziehen zu lassen."

Seine Daumen bewegten sich weiter in einem langsamen Bogen auf meiner Haut hin und her. Die Gedanken, die sie hervorriefen, waren auf eine ganz andere Art und Weise frustrierend. Aber ich befolgte seine Anweisungen und schloss meine Augen. Ein und aus. Wie das Hin und Her seiner Liebkosung. Langsam und gleichmäßig. Nichts war wichtig, nur die Wärme seiner Berührung.

Ein weiterer Atemzug entwich meiner Lunge, und ich merkte, dass es funktionierte. Die Anspannung war aus mir herausgesickert. Die Enttäuschung schmerzte nicht mehr hinter meinem Brustbein. Ich wusste nicht, ob mir das helfen würde, meine Drachin hervorzubringen, aber es hatte definitiv nicht geschadet.

„Danke", sagte ich. „Ich glaube, das habe ich gebraucht."

Ich hörte Aarons Lächeln in seiner Stimme. „Manchmal kommt es vor, dass wir Gestaltwandler uns zu sehr in unserer animalischen Seite verlieren. Ich denke, es ist wichtig, sich daran zu erinnern, dass wir so viel mehr als das sind. Unser Geist ist auch wichtig. So vergnüglich gewisse animalische Impulse auch sein mögen."

Bei diesem letzten Satz schlich sich ein etwas verschmitzter Unterton in seine Stimme. Ich warf ihm einen Blick über die Schulter zu, und bei seinem süffisanten Lächeln wurde mir heiß. Mein Disney-Prinz hatte es also faustdick hinter den Ohren.

Die Anziehungskraft, die zwischen uns brannte, weckte eine Erinnerung – eine von vor nicht allzu langer Zeit. „Marco hat da etwas gesagt ... Er sagte, mit der Zeit würden wir ‚vollwertige Gefährten' werden. Ich dachte, wir wären bereits Gefährten. Müssen wir noch irgendetwas dafür *tun* ...?"

Aarons Lächeln wurde schief. „Es gibt keinen Grund zur Eile", sagte er. „Du solltest diesen Schritt erst machen, wenn du dich mit dem Gedanken vollkommen wohlfühlst, mit jedem von uns. Die Paarung ist erst dann besiegelt, wenn sie vollzogen wurde – das heißt, wenn die Gefährten–".

„– Sex haben", ergänzte ich für ihn. „Ah." Meine Wangen wurden rot. „Ja, ich weiß nicht, wie lange es dauern wird, bis ich dazu bereit bin. Ich … habe es noch nie getan."

Denn dieses zerrende, kratzende Gefühl war mir bisher immer in die Quere gekommen. Bei den Alphas hatte ich es jedoch nicht gespürt. Ich wollte mich ihnen gegenüber öffnen. Zumindest dachte ich, dass ich es wollte. Die letzten Tage waren so turbulent gewesen, wie konnte ich mir da wirklich sicher sein, was ich wollte? Was das Beste für mich war?

Was das Beste für *sie* war?

„Du wusstest, dass du gebunden bist, ohne es zu verstehen", sagte Aaron. Seine Hände glitten über mein Shirt und massierten meinen Rücken. „Man kann zwar mit jemandem intim sein, mit dem man nicht verbunden ist, aber ein Teil von dir wird sich immer sträuben. Ich will nicht behaupten, dass ich nicht auch schon Sehnsüchte hatte und ihnen bis zu einem gewissen Grad nachgegangen bin, aber mich hat dieses Gefühl immer zurückgehalten. Es fühlte sich einfach nicht richtig an, jemand anderem auf diese Weise näher zu kommen."

Also lag es nicht nur an mir. Die Jungs spürten es auch? Ich blickte wieder zu ihm hinüber und spürte ein Flattern in meiner Brust. Ich hatte auf sie gewartet, ohne es zu wissen. Und er hatte auf mich gewartet.

„Die Sache mit der Bindung hat wirklich keine Eile", sagte er und schaute mich mit seinen strahlend blauen

Augen an. „Wir haben dich gerade erst gefunden. Wir können dir so viel Zeit geben, wie du brauchst."

Das sah nicht jeder so. Meine Gedanken wanderten zu Wests Worten von heute Morgen. Es musste für alle Sippen gleich sein, auch für Aarons. Je länger ich zögerte und er keine Gefährtin hatte, desto länger blieb der Rest seiner Sippe unfruchtbar.

„Bist du sicher?", fragte ich, ohne darüber nachzudenken „Ich meine, dass es die richtige Entscheidung ist, auf mich zu warten? Was ist, wenn …"

Meine Stimme zitterte. Meine Zweifel wirbelten unbeholfen in meinem Kopf herum.

Aaron beugte sich vor, schlang seine Arme um mich und legte sein Gesicht neben meines. „Ich war mir noch nie bei etwas so sicher, Serenity. Du bist alles, was ich mir von einer Gefährtin wünschen könnte."

Mein Rücken spannte sich an seiner Brust an. Er wich ein paar Zentimeter zurück. „Du magst es nicht, wenn Leute dich mit deinem vollen Namen ansprechen, oder?"

Ich schnitt eine Grimasse. „Nein, das ist es nicht. Es ist nur … ich habe mich einfach so daran gewöhnt, so zu tun, als wäre es nicht mein Name. Ich habe einfach immer noch das Gefühl, dass es gefährlich ist, ihn auszusprechen."

„Noch etwas, das du zurückerobern musst", raunte er. „Du bist Serenity Drake. Du bist die Letzte in der Linie der Drachenwandlerinnen. Dieses Erbe gehört dir und niemandem sonst. Niemand kann es dir wegnehmen."

Er drückte einen Kuss auf die empfindliche Stelle direkt hinter meinem Ohr. Ein Blitz der Begierde schoss durch meinen ganzen Körper und direkt in meinen

Unterleib. Ich drückte mich an ihn und er ließ mich auf seinen Schoß sinken. Als ich meinen Kopf hob, fanden seine Lippen direkt die meinen.

Wir küssten uns, bis ich kaum noch Luft bekam. Aaron schob seinen Daumen unter den Saum meines T-Shirts. Ich gab ein ermutigendes Murmeln von mir, und er ließ seine Hand unter den Stoff und über meine nackte Haut gleiten. Er strich mit den Fingerknöcheln über meine Brust, woraufhin meine Brustwarze heftig kribbelte. Ich stöhnte auf und küsste ihn noch inniger. Zwischen meinen Beinen pulsierte wildes Verlangen.

Vorsichtig schob er den Träger meines BHs über meine Schulter. Dann tauchte er seine Finger in das Körbchen und streichelte mich Haut an Haut. Ich keuchte, als er seinen Daumen über meine Brustwarze gleiten ließ und sie noch steifer wurde. Er beugte seinen Kopf und knabberte an meinem Hals.

Jedes Nervenende in meinem Körper summte bei seiner Berührung. Ich ließ mich wieder hinreißen, aber diesmal fühlte es sich nicht mehr ganz so beängstigend an. Ich konnte es zulassen. Ich konnte mir dieses Vergnügen erlauben. Und wenn ich aufhören wollte, brauchte ich es nur zu sagen.

Ich schob meine Hände unter Aarons Hemd, wollte seine heiße, feste Brust spüren. All die geballte Kraft. Ich ließ meine Hand über seine definierten Muskeln bis hinunter zum Bund seiner Hose gleiten. Aaron stöhnte und drückte meine Brüste zusammen. Seine Erektion stieß gegen meinen Oberschenkel. So groß und so *hart*, nur für mich.

Bei dem Gedanken durchzuckte mich ein

Hungergefühl, das jedoch von einem eisigen Splitter der Panik begleitet wurde.

Ich könnte ihn haben. Ihn an mich binden, damit er für den Rest meines Lebens mir gehörte. Wenn ich ihm sagte, dass ich jetzt bereit war, dass ich ihn ganz wollte, würde er nicht zögern. Er würde sich mir einfach so hingeben, für alle Zeiten. Einer Gestaltwandlerin, die sich nicht einmal verwandeln konnte, einer Drachin, die nicht einmal ihre Flügel ausbreiten konnte.

Ich zog mich zurück und senkte den Kopf. Aarons Hand erstarrte. „Weit genug?"

Ich holte tief Luft, um mich zu beruhigen. Der Hunger nagte immer noch an mir. Meine Lippen sehnten sich danach, die seinen zu spüren.

„Weit genug", stimmte ich zu. „Aber … wir können noch eine Weile so weitermachen."

Er grinste und presste seinen Mund wieder auf meinen.

16

Ren

„Wow“, sagte Kylie und fasste mich am Arm. „Gestaltwandler scheinen wirklich gerne zu essen, oder?“

Wir standen an einem Ende des riesigen Tisches, der auf dem Dorfplatz aufgestellt worden war. Er erstreckte sich über den gesamten Platz und war trotzdem nicht groß genug für alle Dorfbewohner. Viele bedienten sich an den Schüsseln und Platten, die in der Mitte des Tisches standen, und schlenderten dann mit ihren Tellern davon, um sich einen Sitzplatz auf dem Boden oder auf den Stühlen zu suchen, die überall auf dem Platz verteilt standen.

Köstliche Gerüche stiegen mir in die Nase: gebratenes Fleisch, gedünstetes Gemüse und frisches Brot. Ich sabberte zwar nicht, aber ich war definitiv kurz davor. Nach dem Training und dem wilden Geknutsche hatte ich wirklich Appetit. Ich schnappte mir einen der Teller.

„Ich glaube nicht, dass sie das immer machen“, sagte ich.

„Natürlich nicht.“ Kylie verdrehte die Augen. „Das ist alles deinetwegen. Du bist eine Berühmtheit!“

Sie sagte es scherzhaft, aber es stimmte schon irgendwie. Die Augen jedes Gestaltwandlers, an dem wir vorbeikamen, verweilten länger auf mir als auf allen anderen. Mehrere Köche eilten herbei, um mich zu ermutigen, die Kasserolle oder die Rippchen zu probieren. Als wir auf ein paar Stühle an der Seite zusteuerten, hielt uns ein Mann mittleren Alters auf und winkte uns zurück an den Tisch.

„Nein, nein, du sitzt natürlich hier“, sagte er und senkte den Kopf. „An unserem Tisch ist immer Platz für dich.“

Ich hielt Ausschau nach meinen Alphas, in der Hoffnung, einer von ihnen würde einschreiten und allen sagen, sie sollten aufhören, so viel Aufhebens um mich zu machen, weil ich so wichtig nun auch wieder nicht sei. Allerdings hielten sie mich ebenfalls für wichtig, nicht wahr? West drehte eine Runde durch die Menge und verteilte einen Gruß hier und einen freundlichen Klaps auf die Schulter dort. Marco plauderte mit ein paar Typen, die ziemlich verschlagen aussahen. Nate und Aaron saßen am anderen Ende des Tisches und unterhielten sich. Keiner von ihnen kam mir zur Hilfe.

Während ich aß, kamen noch mehr Dorfbewohner vorbei. Kaum hatte ich etwas von meinem Teller probiert, brachte mir jemand zwei weitere Leckerbissen. Sie beobachteten mich aufmerksam, und ich versuchte, alles zu probieren, aber schon bald protestierte mein Magen vor Fülle und Druck.

„Was hältst du von einem Verdauungsspaziergang nach diesem Festmahl?", sagte ich zu Kylie.

Sie nickte. „Ja, ich glaube, eine Verschnaufpause wäre eine gute Idee. Berühmt zu sein ist ganz schön anstrengend."

Sie stieß mich spielerisch mit dem Ellbogen an, als wir aufstanden und uns einen Weg durch die Menge bahnten. „Wir machen nur einen kleinen Spaziergang. Wir sind bald wieder da!"

Wir verschwanden zwischen zwei Läden, die heute Abend geschlossen waren, eilten an einer kurzen Häuserzeile vorbei und liefen am Rand der baumbewachsenen Hügel entlang, die den Großteil der Stadt umgaben. Sobald die Geräusche des Festes hinter mir verklungen waren, atmete ich erleichtert auf. Kylie hakte sich bei mir ein.

„Ganz schön seltsam das Ganze, oder?", fragte sie.

„*Unglaublich* seltsam." Ich lachte und war froh, dass es hier eine Person gab, die das verstand. Ich mochte zwar von Geburt an eine Gestaltwandlerin sein, aber nach all den Jahren in der Stadt, in denen ich wie ein Mensch gelebt hatte und auch gedacht hatte, ich sei nur ein Mensch, gehörte ich nicht hierher. Nicht wirklich.

„Aber hey, wenigstens sind vier hingebungsvolle, superheiße Typen an dieser Seltsamkeit beteiligt."

Ich versetzte ihr einen leichten Schubs. „Drei hingebungsvolle Typen und einer, der sich nicht sicher ist, ob es sich lohnt, Zeit in mich zu investieren."

Sie kicherte. „Oh, nein. Ich habe gesehen, wie der große böse Wolf dich ansieht."

„Wir sind immer noch miteinander verbunden", murmelte ich. „Er kann nicht anders, als etwas zu fühlen. Das heißt aber nicht, dass er will, dass das so bleibt."

„Oh, du hast also vielleicht nur drei superheiße Gefährten? Na ja, das wirst du schon irgendwie überleben. Wenn du die Königin aller Gestaltwandler bist, findest du ja vielleicht ein paar Kandidaten, die du zu mir schicken kannst?"

„Würdest du das wirklich wollen?" Kylie traf sich ab und zu mit Jungs, wenn sie in der Stimmung war, aber sie schien nie wirklich aufrichtig an einem interessiert gewesen zu sein.

Sie zuckte mit den Schultern. „Warum nicht? Wenn sie so aussehen und den Boden anbeten, auf dem ich laufe, kann doch nichts schiefgehen."

„Ich weiß es nicht. Du könntest zum Beispiel herausfinden, dass die gesamte Zukunft der Gestaltwandler von dir abhängt. Ich habe mich gerade erst an die Verantwortung gewöhnt, Miete zahlen zu müssen." Ich warf einen Blick zurück zu der Gemeinschaft, die sich hinter den Häusern verbarg. „All diese Leute denken, dass ich sie irgendwie *retten* werde."

„Okay, ich verstehe, dass das ein bisschen viel ist." Kylie ließ ihre Hand sinken und drückte meine. „Du *musst* es ja nicht tun, oder? Ich meine, dein Wolfsmann redet immer davon, dass er eine Wahl hat und seine eigenen Entscheidungen treffen kann. Also darfst du das doch bestimmt auch. Wenn du wirklich keinen Bock auf die ganze Gestaltwandler-Königinnen-Sache hast, könntest du ihnen dann nicht sagen, dass du raus bist, dass sie sich eine andere Gefährtin suchen sollen?"

Ich hielt inne. Diese Möglichkeit hatte ich bisher nicht in Betracht gezogen. „Ich denke schon. Doch dann sind die Sippen auf sich allein gestellt und haben nichts, was sie eint. Soweit sie mir erzählt haben, waren die Drachenwandlerinnen immer das Bindeglied. Und ich bin die Einzige hier." Vielleicht sogar die Einzige überhaupt.

Was wäre wohl passiert, wenn meine älteren Schwestern überlebt hätten? Wäre mir diese Rolle dann überhaupt zuteilgeworden oder hätte ich vom Rand aus zugesehen? Ich hatte bisher nicht daran gedacht, diese Frage zu stellen, aber sie brannte mir auf den Nägeln. Ich würde die Jungs fragen müssen, wenn ich das nächste Mal die Gelegenheit dazu hatte.

Kylie wedelte mit ihrer freien Hand durch die Luft. „Ich meine ja nur, du hast dir das nicht ausgesucht. Es ist auch dein Leben. Wenn du deine Mom findest, kann sie dir vielleicht helfen, die Sache zu regeln."

„*Falls* ich meine Mom finde. Ich habe immer noch keine Ahnung, warum sie mich in diesen U-Bahn-Tunnel geschickt hat." Ich griff in meine Handtasche und holte die Kristallplatte heraus. Sie war im Moment meine einzige Verbindung zu meiner Mutter, deshalb hatte ich sie immer bei mir, seit ich sie gefunden hatte. Doch der Anblick der glänzenden Oberfläche machte mich nur wütender. „Warum konnte sie mir nicht wenigstens einen Zettel hinterlassen mit einer Erklärung, was ich damit machen soll?"

Hatte sie mir noch mehr sagen wollen? Ich dachte an die Stimme, die ich in meinem Kopf gehört hatte, und dass sie so abrupt verklungen war … Weil sie nichts weiter zu sagen gehabt hatte oder weil sie unterbrochen worden war? Vielleicht hatte sie sich da unten auch mit Vampiren herumschlagen müssen.

Vielleicht hatte sie es ohne eine Gruppe von Alphas an ihrer Seite nicht geschafft, an ihnen vorbeizukommen.

Nein. So durfte ich nicht denken.

Ich drehte die Scheibe und beobachtete, wie sich das Licht auf ihrer Oberfläche mit der verblassten Gravur spiegelte. „Darf ich mal sehen?“, fragte Kylie. Ich reichte sie ihr, und sie hob sie über ihren Kopf, als würde sie den Himmel durch die Scheibe betrachten. Sie rümpfte die Nase und reichte sie mir zurück. „Nö. Ich verstehe es immer noch nicht. Aber es ist ein wirklich schönes abstraktes Kunstwerk.“ Sie fuhr mit den Fingern darüber. „Vielleicht ist ein bisschen Voodoo nötig, um sie zu aktivieren–“.

Einen Augenblick, nachdem ich den sich bewegenden Schatten aus dem Augenwinkel wahrgenommen hatte, sprang ein schwarzer Wolf aus der Dunkelheit hervor. Dieser Augenblick rettete mir das Leben. Der Wolf schnappte direkt nach meiner Kehle, und meine Reflexe setzten gerade rechtzeitig ein, um mich zur Seite zu drehen.

Stattdessen traf die Bestie meine Schulter, ihre Zähne bohrten sich durch den Ärmel meines Oberteils in mein Fleisch, als sie mich mit ihren Pranken zu Boden warf. Schmerzen durchzuckten meinen Arm. Keuchend holte ich mit dem Einzigen aus, was einer Waffe nahekam, nämlich der Kristallplatte in meiner Hand. Ich schlug damit auf den Schädel des Wolfes ein.

Die Kreatur zuckte ein paar Zentimeter zurück, Blut tropfte aus ihrem Maul. Mit einem Knurren schlug sie mit ihrer Pranke gegen die Platte. Der dicke Kristall zerbrach nicht, rutschte mir aber aus den Fingern und fiel ins Gras.

Eine Bewegung peitschte wirbelnd an mir vorbei. Kylie kreischte. Ich erhaschte einen Blick auf fuchtelnde Arme und zwei Körper mit grauem Fell, die sich über sie beugten. Dann schnappte der Wolf wieder nach mir. Ich trat gegen seinen schweren Körper, rammte ihm meinen Ellbogen in den Kiefer und schrie vor Panik und Schmerz auf.

„Hilfe! Wir brauchen Hilfe!"

Knurrend verpasste mir der Wolf einen so kräftigen Hieb gegen die Schläfe, dass mir schwindelig wurde. Ich holte mit all meinen Gliedmaßen aus. Solange ich in Bewegung blieb, solange ich mich wehrte, hatte ich eine Chance. Er bohrte seine Zähne in meinen blockierenden Unterarm, und ein noch schärferer Schmerz durchzog mein Fleisch. Ein Wimmern drang aus meiner Kehle. Ich rammte der Kreatur ein Knie in den Bauch, aber sie bewegte sich nicht. Als sie mit ihren Krallen über meinen Unterleib fuhr, schrie ich erneut vor Schmerz auf.

Wo waren diese gottverdammten Krallen, die ich heute Morgen aus meinen Fingern sprießen lassen hatte? Wenn ich mich nur in dieses geschuppte, feuerspeiende Tier verwandeln könnte, von dem ich wusste, dass es in mir steckte, dann würde ich dieser Bestie zeigen, was echte Schmerzen waren.

Doch das Kratzen in mir fühlte sich eher verzweifelt als entschlossen an. Jedes Mal, wenn ich versuchte, nach der Kraft in mir zu greifen, zerrte der Wolf an meinem

Arm oder grub seine Krallen in meine Haut. Durch den Dunst des Schmerzes konnte ich mich auf nichts konzentrieren.

Schreie ertönten. Der Wolf wich zurück. Er schnappte ein letztes Mal nach meiner Kehle, aber es gelang mir, seine Schnauze mit meinem pochenden Arm zur Seite zu schlagen. Der Gestank seines röchelnden Atems stieg mir in die Nase, als seine Reißzähne mein Kinn erwischten. Dann flüchtete er.

Um mich herum ertönte das Geräusch von heraneilenden Pfoten. Ein ganzes Rudel Wölfe schoss knurrend an mir vorbei und schnappte nach den fliehenden Tieren.

Mein ganzer Körper brannte – und zwar nicht auf eine angenehme Art. Ich rollte mich auf die Seite, um nach Kylie zu sehen. Mein zerfetztes Oberteil zerrte an meinen Wunden und war blutverschmiert. Auch meine Hand, die ich nach meiner besten Freundin ausstreckte, war voller Blut.

Kylie lag im Gras, ihr Gesicht von mir abgewandt, den Arm in einem unnatürlichen Winkel hinter sich abgewinkelt. Ihr rosa Kurzhaarschnitt war an einer Seite rot gefärbt.

Es war meine Schuld. Ich hatte sie nicht beschützt. Ich hatte mich nicht einmal selbst beschützen können.

Ein paar der rennenden Körper um uns herum nahmen wieder menschliche Gestalt an. Nates warme Hand drückte gegen meine Seite. „Ren! Schnell, wir müssen die Blutung stoppen."

Aaron drückte mir ein gefaltetes Hemd in die Seite. Das Brennen weitete sich aus, und ich erschauderte. „Alles wird gut", sagte er. „Die Wunde heilt bereits. Bei Drachen heilen Verletzungen schnell." Aber selbst seine sonst sanfte Stimme klang rau.

„Kylie", sagte ich. Marco ließ sich neben mir auf die Knie fallen und drückte meine Hand, um mich daran zu hindern, meinen Arm noch mehr zu bewegen, als ich es ohnehin schon getan hatte. Vier Frauen hatten sich um meine Freundin geschart. Eine davon kratzte mit den Zähnen an ihrem eigenen Handgelenk und träufelte Blut auf Kylies Wunden. Die anderen drückten Verbände darauf.

„Sie lebt", sagte eine der Frauen und fing meinen Blick auf. „Wir werden dafür sorgen, dass das auch so bleibt. Kein Schurke wird unter unserer Aufsicht ein Leben nehmen. Eher gebe ich mein ganzes Blut, bevor ich das zulasse."

Sie lebte. Kylie war am Leben. Ein kleiner Schauer der Erleichterung durchlief meinen Körper. Nicht genug, um den Knoten der Schuld in meinem Magen zu lösen, allerdings genug, um mich ins Gras sinken zu lassen.

Aaron hatte recht. Eine sengende Hitze kroch jetzt von innen bis zu meiner Haut hinauf und ließ mein Fleisch wieder zusammenwachsen. Wenigstens musste ich diesen Teil meiner Wandlerkräfte nicht erst mühsam dazu bringen, zu funktionieren.

Das Zusammenwachsen war fast so schmerzhaft wie die Entstehung der Wunde. Ich schloss die Augen, als mich die Erschöpfung überrollte.

„Was haben sie ihr angetan?", sagte eine Stimme über mir. War das West? Ich hatte ihn noch nie so gequält klingen hören.

„Sie haben sie gebissen und zerkratzt, aber zum Glück war die Wunde nicht tief, sodass sie sich selbst heilen konnte", sagte Aaron. „Sie hatten eindeutig Schlimmeres im Sinn. Habt ihr einen von ihnen erwischt?"

„Nicht wirklich", erwiderte West verächtlich. „Ein paar von den anderen haben sich auf einen Kojoten gestürzt, haben sich aber nicht die Zeit genommen, Fragen zu stellen. Und jetzt wird er auch keine mehr beantworten. Die anderen sind zu schnell abgehauen. Abtrünnige."

„Sie sahen aus wie Hundewandler", bemerkte Nate.

„Das waren definitiv *keine* Hundewandler", schnauzte West. „Egal, wie sie aussahen."

„Natürlich haben die Abtrünnigen Hunde auf uns gehetzt", sagte Aaron. „Bestimmt haben sie gehofft, dass du sie nicht riechst, wenn sie sich nähern, da sich ihr Geruch mit dem der Einheimischen mischen würde." Er strich mir mit der Hand übers Haar. Ich öffnete die Augen, und er schenkte mir ein verschmitztes Grinsen. „Gut, dass wir mit dem Selbstverteidigungstraining angefangen haben."

„Ich konnte sie nicht abschütteln", murmelte ich, meine Kehle war heiser. „Ich habe es versucht – ich konnte sie nicht aufhalten–".

„Hey", sagte Nate. „Du hast sie davon abgehalten, dich zu *töten*. Das ist alles, was zählt."

Marco richtete sich auf. „Sie wissen also bereits, dass wir hier sind. Das ist ein Jammer. Wir müssen davon ausgehen, dass sie von jetzt an Jagd auf uns machen und uns überall hin folgen werden."

Wollten wir weiterziehen? Ich wollte nirgendwo hin.

Und ich wollte auch nicht, dass die Jungs irgendwo anders hingingen. Wenn sie gingen …

Meine Gedanken wirbelten in meinem Kopf durcheinander. Es tat mir zu sehr weh, sie zu ordnen. Ich neigte den Kopf, und mein Blick blieb an der Kristallplatte hängen.

Sie lag im Gras und lehnte an einem Stein, auf den sie gefallen war. Ein Blutspritzer war auf der durchsichtigen Oberfläche zu sehen. Das Blut sickerte in die Linien und Punkte der Gravur. Das Muster verschwamm vor meinen Augen, während ich es betrachtete und mein ganzer Körper pochte. Eine Erinnerung rauschte vor meinen Augen vorbei.

Mom, die an unserem Esstisch sitzt. Über eine Karte auf ihrem Tablet gebeugt. Ich hatte ihr beim Vorbeigehen über die Schulter geschaut, und sie hatte die App geschlossen.

Was siehst du dir da an?, hatte ich sie gefragt, und sie hatte gesagt: *Nichts, worüber du dir Sorgen machen musst.* Zwei Tage später war sie verschwunden.

Die Linien und Punkte – dieses spezielle Muster hatte ich so noch nie gesehen, aber ich hatte ähnliche Muster gesehen. Sie waren wie die Straßen, Flüsse und Städte auf einer Landkarte angeordnet. Vorher hatte es wahllos ausgesehen, aber jetzt, in diesem Winkel und durch mein Blut deutlich hervorgehoben, schärfte sich das ganze Bild plötzlich.

Folge dem Kristall. Das verdammte Ding war im wahrsten Sinne des Wortes eine Karte.

17

„Bist du sicher, dass das der richtige Ort ist?", fragte West und betrachtete stirnrunzelnd mein Handy. Ich hatte es in die Mitte des Tisches zwischen uns fünf gelegt und die Karten-App geöffnet.

„Sieh es dir an", sagte ich und deutete zwischen ihm und der Kristallplatte hin und her. „Sie sind praktisch identisch. Ich habe das ganze Land durchforstet, und das ist der einzige Ort, der dem Muster annähernd ähnelt."

Aaron zog das Telefon ein wenig näher an sich heran, um die Karte zu studieren. „Sunridge, Wyoming. Hast du eine Ahnung, warum deine Mutter wollte, dass du dorthin gehst?"

„Oder warum so ein kunstvolles Bild davon auf einem Kristall eingeprägt ist?", bemerkte Marco.

Ich schüttelte den Kopf. Die Muskeln in meiner Schulter schmerzten bei der Bewegung. Die Wunde war letzte Nacht im Schlaf abgeheilt, aber mein Arm, meine Brust und mein Unterleib waren immer noch mit rötlichen Flecken übersät, wo der Wolf mich mit seinen Krallen erwischt hatte. Und auch der Schmerz hatte noch nicht ganz nachgelassen.

„Ich habe noch nie davon gehört", sagte ich. „Mom hat ihn nie erwähnt. Aber warum sollte sie mich losschicken, um den Kristall zu suchen, wenn sie nicht will, dass ich zu dem Ort fahre, den er zeigt?"

„Wir können hinfahren", sagte Nate. „Selbst wenn wir irgendwo übernachten, wären wir morgen da. Und sobald wir wissen, was uns dort erwartet, können wir weitersehen."

„So sehr ich ein gutes Abenteuer auch zu schätzen weiß", erwiderte Marco, „ich habe im Moment keine Lust auf Überraschungen. Ich schlage vor, dass wir nicht aufbrechen, bevor die Leute des Wolfsjungen ihre Patrouille beendet haben."

Er warf West einen Blick zu, der ihm kurz zunickte. „Sie untersuchen die Gegend um das Dorf herum auf weitere Spuren dieser Abtrünnigen. Ich nehme an, dass sie uns in den nächsten paar Stunden Bericht erstatten werden."

„Also bleiben wir bis dahin hier?", fragte ich. „Wenn das so ist, würde ich gerne noch ein bisschen Verteidigungstraining machen."

Aarons Augenbrauen hoben sich leicht. „Du hast dich noch nicht vollständig erholt. Du solltest deinen Körper nicht zu sehr beanspruchen."

Ich schob meinen Stuhl zurück. „Ich sage ja nicht, dass

wir unbedingt aufs Ganze gehen müssen. Aber ich muss in der Lage sein, in einem Kampf besser zu reagieren. Diese Typen sind offensichtlich immer noch hinter mir her. Dieser Angriff wird nicht der letzte gewesen sein. Ich will wissen, dass ich das nächste Mal nicht nur mit Glück überleben kann."

„Ren", begann Nate, doch West funkelte ihn grimmig an.

„Sie will trainieren. Und sie sagt, dass sie fit genug ist. Ist sie jetzt eine Drachin oder nicht?"

Gute Frage. Mein Blick huschte zur Decke. Kylie lag in einem der Schlafzimmer im Obergeschoss und erholte sich von ihren Verletzungen, da sie keine übernatürlichen Fähigkeiten hatte, um sich zu heilen. Es stand nicht nur mein eigenes Leben auf dem Spiel.

„Wenn keiner von euch mitkommen will, kämpfe ich eben mit West", sagte ich. West kniff die Augen zusammen, als ich ihn herausfordernd anlächelte.

Schließlich machten wir uns alle fünf auf den Weg zurück zur Lichtung, auf der wir gestern Vormittag trainiert hatten. Ein paar der Dorfbewohner folgten uns, aber zu meiner Erleichterung sprach West mit ihnen und sie verzogen sich. Ich verlagerte mein Gewicht von einem Fuß auf den anderen, und meine Muskeln begannen zu kribbeln.

Ich war viel zu aufgekratzt. Das hatte mir gestern schon nicht geholfen. Ich dachte an mein kleines Intermezzo mit Aaron zurück, – den Teil, bevor ich von seinen Händen und Lippen abgelenkt worden war – atmete langsam ein und spürte, wie sich meine Lungen ausdehnten. Ein und aus. Ruhig und gleichmäßig. Ich hatte so viel Zeit damit verbracht, mich zu verstecken, ohne zu wissen, warum, aber jetzt war es sicher für mich, meine Drachin herauszulassen. Jetzt *musste* ich es tun.

Den abtrünnigen Gestaltwandlern, die mich letzte Nacht angegriffen hatten, war es egal gewesen, dass ich meine Kräfte noch nicht voll nutzen konnte. Sie hatten mich auch so als Bedrohung gesehen. Bei diesem Gedanken braute sich Zorn in meiner Brust zusammen und ein Energieschauer fegte wie der Schlag mächtiger Flügel über mich hinweg. Ich konnte diese Bedrohung sein. Ich hatte es in mir – ich wusste es.

„Wenn du von jemandem angegriffen wirst, der stärker ist als du, ist es keine Schande, jeden Vorteil auszunutzen, den du dir verschaffen kannst", sagte Aaron. Er deutete auf seinen eigenen Körper. „Wir alle haben Schwachstellen, an denen ein schneller Treffer viel Schaden anrichten kann. Augen. Hals. Leistengegend. Wenn du an einer dieser Stellen einen Treffer landen kannst, solltest du es versuchen."

„Aber vielleicht nicht, wenn du mit uns Sparring machst", warf Marco ein. „Ich persönlich würde es bevorzugen, wenn meine Kronjuwelen intakt bleiben."

Nate verdrehte bei dem Kommentar des Jaguar-Wandlers die Augen. „Nicht hilfreich, Marco." Er blickte zu Aaron. „Vielleicht könnten wir eine Waffe für sie finden, mit der sie vorerst trainieren kann."

„Das Gestaltwandler-Gesetz brechen?" West schüttelte den Kopf. „Hast du den Verstand verloren? Ich dachte, es ginge darum, sie zurück in die Herde zu holen, um alle zu beruhigen, nicht um für noch mehr Aufruhr zu sorgen."

„Es gibt ein Gesetz, das es uns verbietet, Waffen zu benutzen?", fragte ich.

Aaron nickte. „Die verschiedenen Sippen haben gemeinsam beschlossen, dass Gestaltwandler sich ausschließlich mit ihrer angeborenen Kraft angreifen dürfen. Wir haben unsere Kraft geerbt und uns verdient; einen Kampf so zu gewinnen ist demnach ein fairer Sieg. Das bedeutet auch, dass in den meisten Fällen niemand bei einer Rauferei stirbt."

„Aber sie kann noch nicht ihre ganze Kraft einsetzen", sagte Nate. „Wenn es jemals gerechtfertigt war, eine Ausnahme zu machen–".

„Nein", sagte ich schnell. Ich wollte nicht, dass meinetwegen noch mehr Ausnahmen gemacht wurden. „Ich muss lernen, das auf die Gestaltwandler-Art zu machen. Also, kommt schon. Wer will gegen mich antreten?"

Marco trat mit seinem schiefen Grinsen vor. Ich winkte ihn mit einem gekrümmten Finger heran. „Diesmal keine Dummheiten."

„Ich weiß nicht, ob ich das, was wir gestern gemacht haben, als *Dummheit* bezeichnen würde", sagte er. Belustigung und Hitze mischten sich in seinen Blick. Die Erinnerung an unseren Kuss schürte die Glut des Verlangens in mir. Ich schluckte und hob abwehrend die Hände.

Dieses Verlangen hatte sich gestern zu meinen Gunsten ausgewirkt. Wenn es sich mit Aarons klarem Verstand und meiner Wut auf die Angreifer von gestern Abend kombinieren ließe …

Marco ging mit einer schnellen Finte und einem Faustschlag auf mich los. Ich wich zur Seite aus und schaffte es, einen Tritt gegen sein Knie zu landen. „Oh, damit kommst du nicht durch", sagte er mit leuchtenden indigoblauen Augen und packte mich um die Taille. Es gelang mir, mich aus seinem Griff zu befreien, und wirbelte herum, wobei mein Herz schneller schlug.

Als er mich umkreiste, erinnerte ich mich an den Angriff von letzter Nacht. Der brennende Schmerz der Zähne und Klauen des Wolfs, die sich in mein Fleisch gebohrt hatten. Schuppen hätten sie nicht durchbohren können. Ich hätte mich über ihn stellen und ihn in Flammen aufgehen lassen können.

Nächstes Mal würde ich es tun. Nächstes Mal.

Ich hielt an diesem Gedanken fest, holte mit der Faust nach Marco aus und wich vor ihm zurück. Meine Brust begann sich, vor Anspannung zusammenzuziehen, aber ich atmete in sie hinein, um sie zu lösen. Ich wollte meine Drachin nicht zwingen. Ich wollte sie ganz natürlich herauskommen lassen. Denn sie war ein Teil von mir. Diese Bestien hatten mich und die Menschen, die mir etwas bedeuteten, bedroht, und das würde ich *nicht* einfach so hinnehmen.

Aus dem Augenwinkel sah ich, wie Aaron auf Nate zuging. „Dann wollen wir die Sache mal ein bisschen aufmischen." Nate zog sich mit ein paar flinken Bewegungen aus. Noch bevor ich richtig begriff, was geschah, stürmte er in seiner Bärengestalt auf mich zu. Marco wich zur Seite und kicherte leise vor sich hin.

Nate fletschte die Zähne, aber sein Grizzlygesicht

schaffte es gleichzeitig, entschuldigend auszusehen. „Na gut", sagte ich zu ihm. „Dann komm und hol mich."

Er machte einen weiteren Satz auf mich zu und stellte sich auf seine Hinterbeine. Eine riesige Tatze sauste auf meinen Kopf zu.

Ich duckte mich darunter hindurch, mein Puls raste. Die glänzenden Krallen und die massive animalische Präsenz riefen weitere Erinnerungen an die Schrecken des gestrigen Abends wach. Die Schnitte an meinen Armen und am Oberkörper kribbelten.

Ich war stärker als das. Das *war* ich. Ich stürzte mich auf Nates Beine und versuchte, ihn aus dem Gleichgewicht zu bringen. Er schwankte und fiel auf mich, aber ich rollte mich gerade noch rechtzeitig zur Seite. Meine Füße schienen sich im Boden festzukrallen, als ich mich aufrichtete. Kraft kroch durch meine Oberschenkel. Ein Asche-Geschmack stieg in meiner Kehle auf.

Ja. Er stürzte sich auf mich, und ich sprang zur Seite, diesmal etwas schneller. Mein Gesäß spannte sich an, ungenutzte Muskeln entfalteten ihre Kraft. Ein Panzer aus Schuppen bedeckte meine Haut von den Knien bis zur Taille und in der Mitte meines Rückens, wo sich meine Flügel bilden sollten, verspürte ich einen starken Juckreiz.

Lass es zu. Lass es zu. Doch als das Gefühl immer stärker wurde und meine Lungen sich ausdehnten, durchfuhr mich ein plötzlicher Anflug von Panik.

Was tat ich da nur? Ich konnte es nicht kontrollieren, konnte nicht spüren, wo es aufhören würde.

Ich hatte so verdammt viel verloren. Ich konnte mich nicht auch noch selbst verlieren.

Die Gedanken ergaben keinen Sinn, aber sie behinderten meine Verwandlung. Ich stolperte und fiel auf die Knie. Blasse, menschliche Knie, die durch die Risse in meiner Jogginghose hervorlugten.

Ich hatte *tatsächlich* angefangen, mich zu verwandeln. Meine Hose schlackerte lose um meine Beine, die kurz zuvor zu Drachenbeinen angeschwollen und nun wieder auf ihre normale Größe geschrumpft waren. Ich griff nach den Fetzen und betrachtete die Haut darunter, als könnte ich die Schuppen zurückholen.

Ich war meiner Verwandlung einen Schritt nähergekommen. So nah, dass ich das Feuer in meinem Mund noch schmecken konnte.

„Weißt du, Flamme, ich glaube langsam, *du selbst* willst am wenigsten, dass es funktioniert", sagte West vom Rande der Lichtung aus. Ruckartig hob ich den Kopf, meine Wangen glühten.

Nate knurrte, verwandelte sich wieder in einen Menschen und ging auf West zu. „Würdest du einfach mal die Klappe halten?", schnauzte er. „Ich würde gerne sehen, wie leicht es dir fallen würde, dich zu verwandeln, wenn du sechzehn Jahre lang keine Gelegenheit dazu hattest."

„Nate", sagte Aaron, und der größere Kerl hielt inne. Der Adler-Wandler drehte sich zu West um. „Aber er hat recht. Wenn du nur herumstehst und meckerst, können wir dich hier nicht gebrauchen."

West runzelte die Stirn. Die Spannung, die in der Luft lag, zerrte an mir. Der Streit zwischen den Alphas war auch meine Schuld. Weil ich nicht das tun konnte, wozu ich geboren worden war. Verdammt noch mal!

Marco legte den Kopf schief. „Da kommt Besuch", sagte er. „Komm her, Prinzessin."

Er bot mir seine Hand an, um mir aufzuhelfen. Ich betastete meine ruinierte Hose und versuchte meinen Schritt mit den größeren Stofffetzen zu bedecken. Marco grinste und lehnte sich kurz zu mir, als ich aufstand. „Nichts, was ich nicht ohnehin bald sehen würde." Sein verschmitzter Unterton jagte mir trotz meiner aufgewühlten Gefühle einen erwartungsvollen Schauer über den Rücken.

Eine Gruppe von Gestaltwandlern tauchte am Rande der Lichtung auf. Wests Leute – ich lernte langsam, die verschiedenen Arten zu unterscheiden. Die Hundewandler waren eher schlank und schlaksig, ruhig und wachsam. Die Rothaarige, die nicht viel älter als einundzwanzig aussah, war bestimmt ein Fuchs.

West pirschte sich an sie heran. „Bericht?", sagte er.

„Keine Spur von den Abtrünnigen im Umkreis von zwanzig Meilen", sagte der Mann, der die Gruppe anführte. „Wir haben sie nicht einmal gewittert. Wie auch immer sie hierhergekommen sind, jetzt sind sie weg."

„Nicht allzu weit weg, da bin ich mir sicher", murmelte West. Er drehte sich wieder zu den anderen um. „Wir sollten von hier verschwinden, solange wir wissen, dass die unmittelbare Umgebung sicher ist. So ist die Wahrscheinlichkeit geringer, dass sie uns beobachten und sehen, wohin wir gehen. Ich will die Details hören, und dann bin ich bereit aufzubrechen. Flammenprinzessin, besorg dir in der Zwischenzeit eine neue Hose."

Mit meiner gepackten Tasche und einer Hose, die meine Beine komplett bedeckte, ging ich in das Zimmer, in dem Kylie untergebracht war.

Sie saß auf dem Bett, den Rücken an ein Kissen gelehnt, und wischte mit dem Daumen auf dem Bildschirm ihres Telefons herum. Ihr Hals und ihr rechter Arm waren dick einbandagiert, und das waren nur die Verbände, die ich sehen konnte. Auf ihrer Stirn prangte ein violetter Bluterguss. Unsere Gastgeber hatten das Blut aus ihrem Haar gewaschen, doch die rosa Strähnen hingen etwas schlaffer als sonst herunter. Aber sie lächelte, als sie mich sah, und legte das Telefon weg.

„Ist es so weit?", sagte sie.

„Ja." Ich zögerte. „Ich will dich nicht einfach mit einem Haufen Fremder hierlassen, aber wir wissen nicht, ob wir vielleicht wieder angegriffen werden, wenn wir–".

„Ach, Ren." Sie streckte ihre Arme aus und winkte mich zu sich. Ich lief in ihre Umarmung und drückte sie vorsichtig, weil ich ihr nicht noch mehr Schmerzen zufügen wollte, sie drückte mich jedoch mit aller Kraft. „Mach dir keine Sorgen um mich. Diese Leute kümmern sich sehr gut um mich. Du hast eine wichtige Mission. Ich werde noch eine Weile hierbleiben, und Aaron hat gesagt, dass ich in die Stadt zurückkehren kann, wenn ich wieder gesund bin. Du musst mir nur versprechen, dass du mich besuchen kommst, auch wenn du mit deinen Aufgaben als Königin der Gestaltwandler beschäftigt bist, hörst du?"

Ein gequältes Lächeln zerrte an meinen Lippen. „Natürlich. Du bist meine beste Freundin."

„Ganz genau. Beste Freundinnen für immer." Sie ließ

mich los, hob ihre Hand, und wir tippten unsere Knöchel gegeneinander. „Lass dich nicht zu sehr von den heißen Männern ablenken, okay? Aber gönn dir auch ein bisschen Spaß.“

Ich errötete leicht. „Ich glaube, den habe ich schon.“

„Oh ho! Noch etwas, worüber ich unbedingt alles wissen will.“ Sie gab mir einen letzten Klaps auf den Arm. „Konzentrier dich darauf, deine Mutter zu finden. Du musst mir unbedingt berichten, was es mit diesem Geheimnis auf sich hat.“

„Ich hoffe irgendetwas Gutes“, sagte ich ehrlich. Was würde uns wohl in Sunridge, Wyoming, erwarten? Noch ein Hinweis auf eine weitere Station dieser seltsamen Schnitzeljagd, auf die meine Mom uns geschickt hatte, oder diesmal richtige Antworten?

Würde *Mom* dort warten? Ich wusste nicht, wie ich reagieren würde, wenn ich sie endlich wiedersah, aber Gott, ich wünschte es mir so sehr.

„Geh“, sagte Kylie und scheuchte mich regelrecht weg. „Lass dich von mir nicht aufhalten.“

Die Jungs standen um den Achtsitzer-SUV herum, den West besorgt hatte, was für einen Alpha wohl kein Problem war. Die Idee war, dass wir darin übernachten konnten und uns nicht die Mühe machen mussten, ein Hotel zu suchen. Und ich vermutete, dass die Jungs gerne etwas mehr Platz hatten, anstatt sich in einem normalen Auto zusammenzupferchen.

Ich warf meine Tasche in den Kofferraum, und Nate klappte den Deckel zu. Ohne jede Diskussion – oder vielleicht hatte ich sie einfach verpasst – setzte West sich auf den Fahrersitz. Aaron stieg neben ihm ein. Er hatte die Karten studiert.

Als Marco in der mittleren Reihe Platz nahm, ergriff Nates warme Hand fest die meine. Es war komisch: Obwohl ich ihn in seiner Tiergestalt öfter gesehen hatte als irgendeinen der anderen Jungs, und obwohl sein Tier das bedrohlichste von allen vieren war, war seine Gegenwart überaus beruhigend. Na ja, und vielleicht auch ein bisschen aufregend. Mein Blick verweilte auf den Muskeln, die sein dünnes T-Shirt ausfüllten, und eine berauschende Wärme breitete sich in meinem Bauch aus.

Er zog mich mit sich auf den Rücksitz, was ich widerspruchslos geschehen ließ. Als wir uns auf das weiche Leder setzten, legte er seinen Arm um mich und zog mich an seinen muskulösen Oberkörper. Ich atmete seinen moschusartigen, pfeffrigen Geruch ein. So verdammt köstlich. Die Situation, in der ich mich befand, war in vielerlei Hinsicht beschissen, aber diese vier Kerle an meiner Seite zu haben … zumindest die drei, die es unbedingt sein wollten … machte den ganzen Rest vielleicht wieder wett.

Der Motor des Wagens brummte und die Vibration summte leise durch die Sitze, als West den Wagen auf die Straße und aus der Stadt hinaus lenkte. Ich ließ meinen Kopf auf Nates breite Schulter sinken.

Ich wollte jetzt nicht nachdenken – weder über Kylies Verletzungen noch darüber, dass ich sie zurücklassen musste. Nicht über die Abtrünnigen, die mich aufgespürt hatten, um mich umzubringen – und zwar nur zwei Tage, nachdem ich herausgefunden hatte, wer ich wirklich war – und auch nicht über die Mission, auf die meine Mutter mich geschickt hatte. In Nates Duft und dem Gefühl seines Körpers zu ertrinken, war einfach himmlisch. Wenn ich mein Gesicht nur ein paar Zentimeter angehoben hätte, hätte ich meine Lippen auf den Ansatz seines Schlüsselbeins direkt über dem Ausschnitt seines Shirts drücken und ihn schmecken können.

Doch ich hielt mich zurück. Die anderen Jungs waren *direkt* neben uns. Natürlich mussten sie wissen, dass ich mich zu ihnen allen hingezogen fühlte, aber ich war nicht der größte Fan von öffentlicher Zurschaustellung von Zuneigung. Und außerdem war ich mir nicht sicher, ob ich es nach einem weiteren Fehlschlag heute Morgen verdient hatte, mir etwas zu gönnen.

Nates Hand strich über meinen Arm. „Du bist angespannt", murmelte er. „Gibt es irgendetwas, worüber du reden möchtest?"

„Nein", sagte ich automatisch, obwohl es da vielleicht tatsächlich etwas gab. „Ich finde es nur schrecklich, dass ich diese Blockade zu haben scheine, was die Verwandlung betrifft. Wenn es mir gestern Abend gelungen wäre, mich zu verwandeln, hätte ich diese abtrünnigen Gestaltwandler vernichtet."

Er lächelte. „Das hättest du ganz bestimmt, Ren. Aber du musst dir deswegen keine Sorgen machen. Du hast ja uns. Wir werden nicht zulassen, dass dir noch einmal jemand so nahekommt. Wir hätten von Anfang an vorsichtiger sein sollen. Aber es konnte ja keiner wissen, dass sie so dreist sein würden, dich so nahe an einer Gestaltwandler-Siedlung anzugreifen."

Scheiße, ich wollte nicht, dass er sich schuldig fühlte. „Es ist nicht eure Schuld", sagte ich. „Und ich weiß, dass ihr mich alle beschützen wollt. Aber ich will mich *selbst* verteidigen können, so wie ich es können sollte."

„Und das wirst du auch bald können." Er drückte seine Lippen auf meinen Kopf. Bei der Berührung kribbelte meine Kopfhaut. „Du vergleichst dich mit uns vieren, dabei hatten wir Jahrzehnte lang Zeit, in unsere Kräfte hineinzuwachsen. Ich bin *beeindruckt*, wie schnell du dich selbst entdeckst."

„Oh." Er klang, als würde er es ernst meinen. War ich zu hart zu mir selbst? Es fiel mir schwer, das zu glauben, doch der Knoten der Schuldgefühle in mir löste sich ein wenig.

Ich schmiegte mich enger an ihn und legte meine Beine auf seinen Schoß. Mein großer kuscheliger Bär. Mit seiner anderen Hand streichelte er noch immer meinen Arm, wobei er seine Bewegungen immer größer werden ließ, sodass er die Seite meiner Brust streifte. Ich unterdrückte ein Keuchen und wölbte mich instinktiv der Berührung entgegen. Ich korrigiere, mein großer *heißer* Bär.

Nate beugte seinen Kopf vor und knabberte an meinem Ohrläppchen. Mein Herz hüpfte. „Ich finde, du verdienst eine Belohnung für all deine harte Arbeit", sagte er leise, wobei sich ein neckischer Ton in seine Stimme schlich.

„Was genau schwebt dir da vor?", flüsterte ich zurück.

„Das hier scheint dir ganz gut zu gefallen." Wieder fuhr er mit den Fingerspitzen über die Wölbung meiner Brust und erwischte dieses Mal meinen Nippel. Ich presste meine Lippen aufeinander, um zu verhindern, dass mir ein Wimmern entwich.

„Die anderen …"

„Wird das nicht im Geringsten stören. Wir gehören dir, Ren. Was immer du brauchst. Was immer du willst."

Seine Antwort erinnerte mich an Kylies Bemerkung im U-Bahn-Tunnel, als es darum gegangen war, gleichzeitig mit allen Jungs zusammen zu sein. Nate küsste meinen Hals und ließ neckisch seine Zunge über meine Haut fahren, und plötzlich fragte ich mich, wie es wohl wäre, gleichzeitig die Hände eines meiner anderen Alphas auf mir zu spüren. Dadurch würde das berauschende Gefühl noch intensiver werden. Mich noch wilder machen.

Bei dem Gedanken wurde mein Höschen feucht. Nate umfasste meine Brust, sein Daumen glitt über meine harte Brustwarze. Schauer der Lust durchliefen mich. Es gab nichts auf der Welt, was ich mir in diesem Moment mehr wünschte, als das zu fühlen, was ich gerade fühlte. Ein letztes Zögern hielt mich davon ab, mich ihm ganz hinzugeben.

„Ich glaube, ich bin noch nicht so weit. Ich meine, um—".

„Ren", raunte Nate. Als er meinen Namen in seinem tiefen, sehnsuchtsvollen Bariton aussprach, errötete ich. „Du brauchst nichts zu tun. Überlass einfach alles mir."

Seine freie Hand wanderte meinen Oberschenkel hinauf. Er bewegte sie auf und ab, während er mit der anderen immer noch meine Brust streichelte, bis sich eine glühend heiße Hitze in mir aufbaute, die mich fast zum Schmelzen brachte. Ich ließ meine Hüften kreisen, und er schob seine Finger zwischen meine Beine, um die Stelle zu finden, die sich so sehr nach seiner Berührung sehnte.

Mein ganzer Körper fing Feuer, als er meinen Schritt streichelte. Er fuhr mit seinen Fingern über jede meiner empfindlichen Stellen, als ob er genau wüsste, was ich unbedingt fühlen wollte. Lust schoss durch meine Adern. Ich umklammerte sein Hemd, mein Atem wurde zittrig. Ich schmolz und brach gleichzeitig auseinander.

Nate strich mit dem Daumen über meinen Kitzler. Ich schaffte es gerade noch, mir ein Stöhnen zu verkneifen. Meine Hüften bewegten sich im gleichen Rhythmus wie seine Finger. „So ist es gut", sagte er leise. „Ich mache das schon."

Oh, und wie er es machte. Er beugte seinen Kopf, um mich zu küssen, und genoss mein Wimmern, während seine Hand nach oben wanderte, um unter meine Kleidung zu gleiten. Er fuhr mit einem Finger über meine Öffnung, wobei sein Handgelenk über meinen Kitzler strich. Eine Welle der Glückseligkeit schwoll in mir an und mein ganzer Körper kribbelte von Kopf bis Fuß. Ich erwiderte seinen Kuss, als würde ich mich danach verzehren, und meine Finger krallten sich fester in sein Hemd.

Behutsam rieb er mit seiner Hand zwischen meinen Beinen hin und her, bevor er seinen Rhythmus beschleunigte. Ich erschauderte und war kurz vor dem Höhepunkt, als er seinen Finger in mich hineinsteckte.

Der Damm brach. Lust durchströmte mich wie ein Strohfeuer, verzehrte meine Knochen und ließ meine Muskeln beben.

Nate streichelte mich immer weiter, bis die letzten Wellen meines Orgasmus abgeklungen waren. Dann küsste er mich erneut, zärtlich, aber fordernd und zog mich an sich, als wäre ich dazu bestimmt, in seine Arme zu passen. Ich hielt mich an ihm fest, vorübergehend befriedigt.

Ich fragte mich, womit um alles in der Welt ich so viel Hingabe verdient haben könnte.

18

Die Spur eines Rehs roch ein wenig frischer als die der anderen. Dieses Tier war hinter der Herde zurückgeblieben. Dem Geruch nach zu urteilen war es ausgewachsen, aber jung. Wahrscheinlich war es verletzt. Vermutlich war es gestolpert und dadurch zu einer leichten Beute geworden.

Ich pirschte mich an das Tier heran, die Blätter der Büsche streiften über mein Fell. Alles, was ich zum Jagen brauchte, war in meiner Wolfsgestalt ausgeprägter: mein Geruchssinn, meine Krallen, meine Zähne. Es fühlte sich gut an, mich zu bewegen, nachdem ich so lange im Auto eingesperrt gewesen war. Kein Lebewesen sollte einen ganzen Tag auf der Straße in einem dieser Metallkästen verbringen.

Während ich mich durch den Wald schlich, versuchte ich weitere Gerüche zu erschnüffeln. Der Geruch von stechendem Harz und lehmigem Moos lag in der Luft.

Aber was ich eigentlich suchte, war die zuckrige Süße der Feen.

Bisher keine Spur von ihnen, aber man konnte nicht vorsichtig genug sein, wenn man sich in die Wildnis wagte. Die wilden Landstriche waren ebenso Feen-Territorium wie die menschlichen Städte den Blutsaugern gehörten. Die magische Verbrennung, von der die Narbe auf meiner Brust herrührte, kribbelte bei dem Gedanken.

Die einzige Süße, die momentan in der Luft lag, war der schwache Hauch, der von unserem Lager zu mir herüberdrang. Rens süßlicher Honigduft. Selbst aus dieser Entfernung zog er mich wie magisch an, was mich daran erinnerte, dass es meine Bestimmung war, bei ihr zu sein. Als ob die Jagd nach dem Abendessen nicht schon Pflicht genug war. Aber dieses Ziehen würde nicht nachlassen, bis ich sie für mich beansprucht hatte.

Oder sie ablehnte.

Bei diesem Gedanken erinnerte ich mich an ihren Gesichtsausdruck von gestern Morgen, als ich ihr gesagt hatte, wie leicht ich unsere Bindung lösen könnte, wenn ich es wollte. Es hatte ihr wehgetan, das zu hören, wenn auch nur für einen Moment. Aber sie hatte mir trotzdem gesagt, dass sie meine Haltung respektierte. Sie hatte weder gefleht noch versucht, mich zu irgendetwas zu überreden. Sie hatte mir geglaubt, dass ich tun würde, was ich für richtig hielt, und dass es mein Recht war, dies zu tun.

Vielleicht war ich in den letzten Tagen zu hart zu ihr gewesen. *Sie* war nicht wirklich weggelaufen. Und es war definitiv nicht ihre Entscheidung gewesen, sich zu verstecken. Wenn ich wegen der Situation, in der wir uns befanden, auf jemanden wütend sein wollte, dann auf ihre Mutter.

Es gefiel mir nicht, Ren Kummer zu bereiten. Und als ich mich an ihr gequältes Keuchen erinnerte, als sie gestern Abend blutend im Gras gelegen hatte–.

Meine Brust spannte sich an. Das war genau der Grund, warum sie jemanden brauchte, der hart zu ihr war. Sie musste lernen, allem standzuhalten, was ihr entgegengeschleudert wurde. Denn unsere Feinde würden weitaus härter sein, als ich es jemals sein würde.

Der Geruch des Rehs wurde intensiver. Ich war fast da. Ich verlangsamte meinen Schritt und spitzte die Ohren. Hufe scharrten im Unterholz. Ungleichmäßig. Es hinkte, genau wie ich vermutet hatte.

Meine Muskeln spannten sich an, dann schoss ich nach vorne und sprang. Ich schlug meine Reißzähne in den schlanken Hals des Rehs.

Mit einem Biss durchtrennte ich die Halsschlagader. Ein heißer Schwall frischen Blutes füllte meinen Mund. Das Reh quiekte auf, sackte aber bereits in sich zusammen. Als sein Kopf auf dem Boden aufschlug, war das arme Tier bereits völlig schlaff und alles Leben war aus seinem Körper gewichen.

Mein Wolfsherz klopfte vor Freude und dem Verlangen, hineinzubeißen. Doch ich jagte nicht nur für mich. Es würde einfacher sein, die Beute in Menschengestalt ins Lager zu bringen.

Ich verwandelte mich und genoss den sanften Übergang von Muskeln und Knochen von einer Form zur anderen. Nie war ich mir meiner selbst und meiner Bestimmung so sicher wie in diesen Momenten. Mit dem

Handrücken wischte ich mir das restliche Blut vom Mund. Kein schöner Anblick in Menschengestalt. Ich hob das Reh an, ließ das meiste Blut aus seinem Hals fließen und hievte den schlaffen Körper über meine Schulter.

Meine Kleidung hatte ich hinter dem Wäldchen am Straßenrand liegen lassen, wo wir den Van geparkt hatten. Ich legte das Reh ab und zog mich an, bevor ich zu den anderen zurückging. Ich hatte nichts zu verbergen, aber ich wollte Ren nicht die seltsame Narbe erklären müssen. Und sie war es noch nicht gewohnt, dass Leute nackt vor ihr herumspazierten. Das war an der Hitze zu erkennen, die sich in ihren Blick legte, sobald einer von uns keine Klamotten anhatte.

Ich wollte nicht, dass sie diese Hitze auf mich richtete. Sie weckte ein zu großes Verlangen in mir.

„Ein Reh, bereit zum Abendessen", verkündete ich, als ich hinter der Baumgruppe hervortrat. Die anderen Jungs hatten bereits ein großes Feuer gemacht. Aaron war gerade dabei, einen behelfsmäßigen Spieß aufzustellen.

Nate grinste und machte Anstalten, mir das Reh abzunehmen. Ren, die ein paar Meter von der Feuerstelle entfernt auf einem Stein saß, rümpfte die Nase. Das Unbehagen, das ich jetzt in ihren Augen sah, gefiel mir genauso wenige wie die Hitze. Vielleicht hätte ich doch *nackt* herauskommen sollen.

„Du bist also einfach in den Wald gegangen und hast es erlegt?", fragte sie.

Ich würde nicht zulassen, dass sie mir wegen so etwas Einfachem Schuldgefühle einredete. „Was, ein Tier? Falls du es vergessen hast, ich bin selbst eins. Ich habe diesen Vampiren vor ein paar Tagen viel Schlimmeres angetan."

„Ja, aber sie haben uns zuerst angegriffen." Ihr Blick fiel auf das Reh, als Nate es auf einen Baumstamm legte, um es zu häuten. Als das Messer in die Haut schnitt, zuckte sie zusammen und wandte ihren Blick ab.

„Wir müssen essen. Wir sind alle Raubtiere, Flamme. So läuft das in der Wildnis nun einmal." Ich deutete auf das Reh. „Ich habe eins erlegt, das ohnehin schon lahmte. Es hätte nicht lange überlebt. Also lass es dir schmecken. Du kannst mir später danken."

Ren

Ich zog meine Beine näher an den Stein heran, auf dem ich saß und balancierte mein Handy auf meinen Knien. *Er macht mich einfach ständig runter*, schrieb ich an Kylie. *Er behandelt mich, als wäre ich ein Idiot.*

Was sich liebt, das neckt sich, schrieb sie mit einem zwinkernden Emoji zurück. *Er steht auf dich.*

Ich ließ meinen Blick über den Hain schweifen, wo West Nate dabei half, den Rehkadaver an dem Spieß zu befestigen, den Aaron gebastelt hatte. Der Schein des Feuers ließ seine roten und silbernen Haarsträhnen schimmern und sein markantes Gesicht kantiger erscheinen.

Viel zu gutaussehend. Auch wenn er mir auf die Nerven ging, konnte ich die Sehnsucht nicht unterdrücken, ein aufrichtiges Lächeln in diesem Gesicht zu sehen, das mir galt.

Er ist siebenundzwanzig, antwortete ich. *Ich denke, er ist über das Vorschulstadium des Flirtens hinaus.*

Du würdest dich wundern. Manche Männer werden in dieser Hinsicht nie erwachsen. Ich würde sagen, du gehst direkt auf ihn zu und knallst ihm eine. Und dann schreibst du mir und erzählst mir alles über den tollen Sex, den ihr beide hattet.

Ich schüttelte meinen Kopf. *Ha ha. Unwahrscheinlich. Oh, hey, es gibt Abendessen. Bis bald!*

Ich steckte das Telefon in meine Tasche und sah zu, wie die Jungs den Bratspieß mit *unserem* Abendessen über das Feuer hielten. Die Flammen knisterten und ein paar Tropfen Blut tropften von dem gehäuteten Fleisch. Die Masse aus rosa und roten Muskeln erinnerte mich an die Kratzspuren, die noch immer nicht ganz von meiner Haut verschwunden waren. An das Blut in Kylies Haar von gestern Abend. Ich rieb mir die Arme.

Was hatte West über dieses Reh gesagt? Dass es schwach gewesen sei. Nicht in der Lage zu überleben. Dachte er dasselbe, wenn er mich ansah? Ich konnte nicht einmal annähernd mit meinen angeblichen Gefährten mithalten. Marco hatte gesagt, eine Drachenwandlerin würde den Rest von ihnen in den Schatten stellen. Ich wurde dieser Erwartung wohl kaum gerecht.

Ein Zweig knackte im Wald hinter mir. Ich zuckte zusammen und wirbelte herum, mein Herz pochte. Doch es war nur Marco, der nach einem Rundgang zu unserem Lager zurückkam. Er warf mir ein schiefes Grinsen zu. „Kein Grund zur Sorge, Prinzessin. Die Luft ist rein."

Die sich verdichtende Dunkelheit hinter ihm sah alles andere als rein aus. Die abtrünnigen Gestaltwandler waren vielleicht nicht nahe genug, dass er sie spüren konnte, aber sie könnten uns trotzdem auf den Fersen sein. Wer wusste schon, wie schnell sie sich bewegen konnten? Die meisten von denen, die mich und Kylie angegriffen hatten, waren vor Wests Sippe geflohen.

Ein mulmiges Kribbeln wanderte über meine Haut. Ich schlang die Arme um meinen Körper und wandte mich wieder dem Feuer zu.

Marco schlenderte an mir vorbei, legte den Kopf schief und beäugte den Spieß. „Was für ein schöner Anblick. Wie gut, dass ihr alle so häuslich seid.“

West grunzte. Nate stieß ein verärgertes Schnauben aus. „Ich möchte lieber nicht wissen, wie deine Beute aussieht, nachdem du damit gespielt hast“, sagte er.

Marco gluckste. „Ich bin ein Jaguar, keine Hauskatze. Und ich wette, ich hätte ein doppelt so großes Reh erlegen können.“

„Doppelt so viel Zeit zum Kochen und mehr Fleisch, als wir essen können. Klingt nach einem brillanten Plan.“ West gestikulierte in Richtung der Bäume. „Nur zu, versuch es, wenn du uns was beweisen willst.“

„Ach, wozu die Mühe, wenn du die Arbeit schon für mich erledigt hast?“ Der Jaguarwandler ließ sich auf einen Baumstamm sinken und streckte seine Beine aus, als sei er völlig entspannt.

Ein dumpfer Schlag von der anderen Seite des Wagens ließ mich erneut aufschrecken. „Das ist Aaron, der zurückkommt“, sagte Nate, als er es bemerkte. Stimmt. Der Adlerwandler hatte in der Luft eine Runde über die

Umgebung gedreht, bevor es zu dunkel wurde, um unsere Feinde zu erkennen.

Einen Moment später tauchte er hinter dem Van auf und knöpfte sein Hemd zu, als er auf uns zukam. Ich konnte nicht umhin, es ein wenig zu bedauern, als ich sah, wie diese wohlgeformten Muskeln unter dem Stoff verschwanden.

„Hast du etwas Interessantes gesehen, Vogeljunge?", fragte Marco ihn. Er stocherte achtlos mit einem Stock im Feuer herum.

„Nichts, was von unmittelbarem Interesse für uns wäre", sagte Aaron. „Aber wir sollten trotzdem wachsam sein."

„Unmöglich mit euch."

Nate schnitt eine Grimasse. „Warum machst du dich nicht nützlich und drehst den verdammten Spieß um, Marco?"

„Hmm, ich glaube, diese Seite braucht noch ein bisschen."

„Gib mir das." West schnappte ihm den Stock weg. „Wenn du so weitermachst, geht das Feuer noch aus." Er stupste zwei der Holzscheite an, die Marco zusammengeschoben hatte. In meinem Kopf flackerte eine Erinnerung auf – ein kleiner Zank mit meinen Schwestern, ein Tauziehen um ein Spielzeug. In meinem Hals bildete sich ein Kloß.

Die Frage, die mir vorhin in den Sinn gekommen war, drängte sich mir erneut auf. Der Zeitpunkt war so gut wie jeder andere, um sie zu stellen.

„Es gibt doch immer nur vier Alphas, oder?", fragte ich.

Marco warf mir einen amüsierten Blick zu. „Reichen wir dir nicht, Prinzessin?"

Ich verdrehte die Augen. „So habe ich das nicht gemeint. Ich meinte nur … Eine Drachenwandlerin soll doch mit den Alphas eine Verbindung eingehen. Und was ist, wenn es mehr als eine Drachenwandlerin gibt? Es war nicht *vorgesehen*, dass meine Schwestern sterben würden."

Aaron senkte den Kopf. „Nein", erwiderte er. „Und es ist üblich, dass jede Drachenwandlerin mehr als eine Tochter zur Welt bringt, für den Fall, dass sich eine Tragödie ereignet. Normalerweise hätten eure Eltern diejenige von euch ausgewählt, die sie am geeignetsten für diese Aufgabe hielten, und die anderen hätten sie unterstützt. Sie hätten auch Gefährten haben können, aber ihre Linie hätte sich nicht fortgesetzt."

„Oh, aha. Ich nehme an, das ergibt Sinn." Hätten die Abtrünnigen meine Schwestern nicht umgebracht, wäre also jetzt vielleicht eine von ihnen mit den vier Männern verbunden. Bei diesem Gedanken begann meine Haut unangenehm zu kribbeln. Ich richtete meinen Blick wieder auf das Feuer.

Die Flammen loderten höher und berührten fast das Fleisch des Rehs. Es begann braun zu werden. Das Zischen, das ich hörte, waren Fetttropfen, kein Blut. Der Geruch von gebratenem Wild erfüllte die Luft.

Mir lief das Wasser im Mund zusammen. Vielleicht gefiel mir der Gedanke nicht, ein Reh zu töten, aber ich war nicht zu zimperlich, es zu essen, wenn es ohnehin schon tot war. Ich schätze, das machte mich irgendwie zu einer Heuchlerin.

Das flackernde Licht und die flimmernde Wärme

beruhigten meine Nerven. Ich ließ meinen Blick zum Feuer wandern. Die Flammen züngelten auf und ab, orange mit einem dunkleren Rot an den Rändern. In der Mitte waren sie gelb-weiß. Wunderschön, wie sie zum Leben erwachten. Fast wie–.

Der Erinnerungsfetzen tauchte so unerwartet in meinem Bewusstsein auf, dass ich erschüttert zusammenzuckte. Einen Augenblick lang war ich wieder ein kleines Mädchen, das sich an das geschuppte Bein seiner Mutter klammerte, während sich der Boden unter uns immer weiter entfernte. Zischend schlugen ihre Flügel durch die Luft. Unter uns ertönten laute Knackgeräusche. Was war das für ein Geräusch? Ich hatte es noch nie gehört, aber es machte mir Angst.

Mama öffnete ihr Drachenmaul und spuckte einen Flammenstrahl auf unsere Angreifer. Mein Arm pochte. Blut sickerte aus einer Wunde knapp oberhalb meines Ellenbogens. Tränen liefen mir über die Wangen. Ein weiterer Feuerstrahl schoss durch mein Blickfeld, und–.

Ich stellte gerade noch rechtzeitig die Füße fest auf den Boden, bevor ich umkippen konnte. Die Hitze des Lagerfeuers überflutete mich, heißer als zuvor. Meine Hand wanderte zu meinem Arm, zu dem Phantomschmerz dieser längst verheilten Verletzung. Ich rieb über die Haut an der Stelle, obwohl dort keine Narbe war, die beweisen würde, dass es sie tatsächlich gegeben hatte.

„Ren?", sagte Nate von der anderen Seite des Hains. „Geht es dir gut?"

„Ja, mir geht's gut." Ich stand auf. Ich konnte nicht mehr das kleine Mädchen sein, das sich hilflos festklammerte, während jemand anderes kämpfte. Es spielte keine Rolle, welche meiner Schwestern meine Mutter und meine Väter als Anführerin gewählt hätten. Ich war die Einzige, die übrig war, und ich hatte die Kraft in mir … irgendwo.

Mein Blick wanderte an einer der hohen Birken am Rande des Hains hinauf. Ihre weiße Rinde leuchtete in der Dunkelheit. Ohne mir zu erlauben, meinen Impuls zu hinterfragen, ging ich darauf zu und griff nach den unteren Ästen.

„Was hast du vor, Prinzessin?", fragte Marco.

„Ich muss mir nur ein bisschen die Beine vertreten", sagte ich. „Kümmere dich nicht um mich."

Ich kletterte von Ast zu Ast nach oben und stützte mich, wenn nötig, am Stamm ab. Die bröckelige Rinde knirschte unter meinen tastenden Händen. Der Geruch des gebratenen Fleisches und des Feuers wurde zunehmend schwächer. Stattdessen nahm ich den würzigen Geruch des Harzes wahr.

Ich hielt inne, als der Stamm ein wenig schmäler wurde, und blickte nach unten. West war dabei, das Fleisch zu drehen. Die anderen Jungs schauten zu mir hoch und beobachteten meinen Fortschritt. Der Schein des Feuers tanzte über ihre Gesichter.

Ich war ungefähr so weit oben wie vor ein paar Tagen in der Kiefer. Ich wusste, dass ich den Sprung schaffen konnte. Aber ich wollte nicht landen. Ich wollte, dass sich die Flügel auf meinem Rücken entfalteten und mich in den Himmel hinauftrugen.

Der Drang zu fliegen hatte mich mein ganzes Leben lang begleitet. Vielleicht konnte ich sie hervorlocken, wenn mein Körper glaubte, dass die einzige Möglichkeit, mich vor dem Sturz zu bewahren, darin bestand, mich zu verwandeln?

Ich atmete ein. Dann stürzte ich mich in die Luft.

Normalerweise hätte ich sofort meine Landehaltung eingenommen: die Füße gestreckt, die Knie gebeugt und den Körper richtig ausgerichtet. Aber ich musste mir selbst glauben machen, dass ich mich verletzen würde, wenn ich auf dem Boden aufschlagen würde. Ich breitete meine Gliedmaßen aus, ein Keuchen entwich meinen Lippen und mein Haar peitschte hinter mir durch die Luft. Ich könnte mir ein Bein oder Schlimmeres brechen, wenn ich mich jetzt nicht verwandelte.

Ich verspürte ein Flattern in meiner Brust, doch mein Körper blieb menschlich und sauste weiter nach unten. Der Boden kam immer näher. Verdammt. Ich unterdrückte einen Fluch und streckte in letzter Sekunde die Füße aus.

Ich geriet ins Taumeln, als ich landete, schaffte es aber, meinen Sturz zumindest ein bisschen abzufangen. Mein linker Fuß hatte zu viel von meinem Gewicht abbekommen. Er pochte, als ich mich aufrichtete. Ich biss die Zähne zusammen und schaffte es, ohne zu humpeln, zu meinem Stein zurückzugehen.

„Wenn du auf Nervenkitzel aus bist, wüsste ich da eine Menge anderer Aktivitäten", sagte Marco mit hochgezogenen Augenbrauen.

Ich streckte ihm die Zunge raus, was nicht gerade ein Zeichen meiner Reife war. Er lachte. Mein Sprung schien ihn nicht beunruhigt zu haben, doch als mein Blick um das Feuer herumwanderte, bemerkte ich, dass Aaron und

West mich musterten. Aaron sah nachdenklich aus. Wests Augen hatten sich verengt. Meine Haut juckte bei dem Verdacht, dass mir keiner der beiden die Geschichte vom „Beine vertreten" abgenommen hatte.

Zum Glück meldete sich Nate zu Wort und lenkte sowohl sie als auch mich von meinem anhaltenden Versagen ab, mich zu verwandeln. Er schnitt ein Stück Fleisch aus dem Reh und bot es mir auf einem Pappteller an. „Du solltest etwas essen", sagte er. „Wir werden alle unsere Kraft brauchen."

Ja. Ich biss hinein und schloss die Augen, als der rauchige Saft meinen Mund füllte. Köstlich. Wann hatte ich jemals in meinem Leben so frisches Fleisch gegessen?

Aber es konnte das mulmige Gefühl in meinem Magen nicht ganz vertreiben. Ein weiterer Versuch, mich zu verwandeln, war in Flammen aufgegangen – oder besser gesagt, *ohne* Flammen. Wie viele Versuche würde ich noch bekommen?

19

Ren

Ich habe schon an wesentlich schlimmeren Orten geschlafen als auf dem Sitz eines ziemlich luxuriösen Geländewagens. In Ecken von leerstehenden Gebäuden, umgeben von Drogensüchtigen. Versteckt in einer Gasse unter schäbigen Decken, die nach Katzenpisse rochen. Auf dem harten Betonboden des Kirchenkellers, in dem Fisher arbeitete, mit einem heftigen Schuldgefühl im Bauch wegen der Diebstähle vom Vortag und derer, die ich am nächsten Tag begehen würde.

Doch heute Nacht kam ich einfach nicht zur Ruhe. Ich zog die Wolldecke, die West mir gegeben hatte, über meine Schultern und kuschelte mich an die Sitzlehne. Aber mein Körper weigerte sich, sich auf dem weichen Leder zu entspannen.

Auf dem Rücksitz, hinter mir, verrieten mir Marcos leise, gleichmäßige Atemzüge, dass er keine Probleme gehabt hatte, einzuschlafen. Nate hatte sich auf dem

Fahrersitz ausgestreckt, den er bis knapp über meine Füße nach hinten gekippt hatte, und seine kantigen Gesichtszüge waren im Schlaf entspannt. West und Aaron hielten irgendwo im Wald Wache.

Ich war von meinen Alphas umgeben. Vollkommen sicher. Aber vielleicht nagte der Gedanke, auf ihren Schutz angewiesen zu sein, mehr an mir, als dass er mich tröstete.

Ich schloss die Augen und versuchte, in den Schlaf zu sinken. Draußen vor dem Fenster zirpten Grillen. Ein Windhauch wehte raschelnd durch die Äste der Bäume. Und ich hatte immer noch den Geschmack von gebratenem Wild im Mund. Langsam wurde er sauer. Da es hier draußen in der Wildnis keine Zahnbürsten gab, tastete ich nach der Wasserflasche, die ich irgendwo auf dem Boden liegen gelassen hatte.

Kaum hatte ich sie wieder abgestellt, ertönte ein leises Piepen von Nates Sitz. Er regte sich und griff in seine Tasche, um den Alarm auszuschalten, den er wohl auf seinem Telefon eingestellt hatte. Als er sich aufsetzte, wurde ich noch unruhiger. Ich konnte es nicht ertragen, eine Sekunde länger in dem Geländewagen eingeschlossen zu sein, nicht jetzt.

Er drehte sich zu mir um, als ich mich aufsetzte. „Ich gehe Aaron ablösen“, sagte er leise. „Er wird in ein paar Minuten hier sein.“

„Ich kann nicht schlafen“, sagte ich. „Ich denke, ein kleiner Spaziergang würde mir guttun.“

Ein besorgter Ausdruck trat in seine Augen, aber er versuchte nicht, mich aufzuhalten. Er stieg vom Fahrersitz, und ich öffnete die Hintertür.

Der Himmel war klar und die Sterne leuchteten in der

Dunkelheit. Ich konnte mich nicht erinnern, wann ich das letzte Mal die Sternbilder so deutlich gesehen hatte. In New York City verdeckte der Dunst der Stadtlichter für gewöhnlich alle Sterne bis auf die hellsten.

Ich folgte Nate schweigend in den Wald und fragte mich, ob Aaron und er einen Treffpunkt vereinbart hatten oder ob er den Adlerwandler ausschließlich über seine Fährte ausfindig machte. Ich spürte die Sommernachtsbrise auf meiner Haut, immer noch angenehm warm. Nachdem wir einige Minuten lang durch den Wald gelaufen waren, erblickte ich Aarons goldblondes Haar, das von einem Streifen Mondlicht erhellt wurde. Er drehte sich um, um Nate zu begrüßen. Sein Blick verweilte auf mir.

„Bisher alles ruhig", sagte er zu Nate und dann zu mir, „ich dachte, du würdest schlafen."

Es lag kein Urteil in seinem Ton, nicht einmal so etwas wie Nates fast erstickende Sorge. Nur Neugierde. Meine Schultern sackten nach unten. „Ich habe es versucht", sagte ich mit einem schwachen Lächeln. „Es hat nicht geklappt. Ich hatte gehofft, der Spaziergang würde helfen."

„Ich kann dich begleiten." Er nickte Nate zu und reichte mir seine Hand. Ich nahm sie und genoss das Gefühl, wie sich seine starken Finger um meine legten.

„Hat das Laufen geholfen?", fragte er, als wir zurück zu unserem Lager schlenderten.

Ich biss mir auf die Lippe. Mit ihm an meiner Seite entspannte ich mich ein wenig, doch die Unruhe nagte immer noch an meinen Nerven. „Ich weiß es nicht. Nicht so sehr, wie ich gehofft hatte."

Er strich mit dem Daumen über meinen Handrücken. „Willst du darüber reden, was dich beschäftigt?"

„Woher weißt du, dass mich etwas beschäftigt?"

„Du kannst nicht schlafen, und deshalb wanderst du mitten in der Nacht durch den Wald. Ziemlich eindeutig."

Ich schnitt eine Grimasse, und er schenkte mir ein schiefes Lächeln. Nun, da hatte er nicht ganz Unrecht. „Ich weiß nicht, ob Reden da hilft."

„Einen Versuch ist es wert, oder?" Er hielt inne und drehte mich zu sich. „Was hast du auf dem Herzen."

Ich schaute auf den Boden. „Es ist nur … Ihr seid alle großartig gewesen. Na ja, West – ach, lassen wir das. Der Rest von euch war es. Und all die Leute in diesem Dorf. Alle sind so begierig darauf, mich willkommen zu heißen. Als die wichtigste Gestaltwandlerin überhaupt. Aber ich schaffe es nicht einmal, mich zu verwandeln."

„Du versuchst es erst seit ein paar Tagen", sagte Aaron. „Du schaffst das schon."

„Vielleicht. Aber es ist nicht nur das. Ich weiß nicht, wie ich auch nur die Hälfte der Dinge sein kann, die ich sein sollte. Was, wenn … Was, wenn ich ruiniert bin, wegen all der Jahre, in denen ich nicht wusste, wer ich bin. In denen ich auf die falsche Art und Weise aufgewachsen bin, ohne eine Ahnung von all dem zu haben? Was ist, wenn ich niemals eine richtige Drachenwandlerin sein kann?"

„Ach, Serenity." Er breitete seine Arme aus, und ich machte automatisch einen Schritt auf ihn zu. Es wurde immer schwerer, sich der Anziehungskraft, diesem Bedürfnis, den Männern nahe zu sein, zu widersetzen. Er umfasste mein Gesicht, und ich neigte meinen Kopf, um seinen Kuss zu erwidern. Die Hitze seiner Lippen durchströmte mich. Der Kuss nahm mir zwar nicht meine Zweifel, war aber eine willkommene Ablenkung.

Nach einer Weile schob er mich sanft zurück, ließ aber seine Hände auf beiden Seiten meines Gesichts liegen. Er neigte den Kopf, bis seine Haare meine Stirn berührten. „Ich werde dir etwas sagen", sagte er. „Etwas, worüber ich noch nie mit jemandem gesprochen habe. Ich habe die meiste Zeit meines Lebens damit verbracht, mich zu fragen, ob ich vielleicht nicht das war, was ein Gestaltwandler sein sollte."

„Was?" Ich zog mich weit genug zurück, um ihm in die Augen zu sehen. „Wie kannst *du* so etwas denken? Du bist nicht nur ein Gestaltwandler, sondern auch noch der Auserwählte deiner Sippe, der Alpha!"

„Ich wurde von einem Mann auserwählt, der es sich vielleicht anders überlegt hätte, wenn er lange genug gelebt hätte, um mich bis ins Erwachsenenalter zu begleiten", erklärte Aaron. „Es können sich immer Zweifel einschleichen, egal wie sicher eine Position zu sein scheint. Und meine hat sich nie besonders sicher angefühlt. Die Vogelwandler … Wir werden nicht immer als gleichberechtigt mit den anderen Arten angesehen. Die meisten Hunde- und Katzenwandler betrachten uns als minderwertig."

„Das ist doch lächerlich", meinte ich. „Wenn überhaupt, dann sollten sie neidisch sein. Du kannst *fliegen*."

Er gluckste. „Natürlich weißt du das zu schätzen. Aber es ist, wie es ist. Und selbst unter meinen eigenen Leuten

– ich habe dir doch erzählt, wie wichtig es für mich ist, mehr mit meinem Verstand als mit meiner tierischen Seite zu führen. Das ist keine übliche Einstellung unter Gestaltwandlern, egal welcher Sippe sie angehören. Einige aus meiner Sippe waren misstrauisch, weil ich mich so für Wissen und Geschichte interessiere. Ein paar haben sogar gedacht, dass ich dadurch einen Mangel an ‚echter‘ Stärke ausgleichen wollte, die ein Alpha braucht, um zu führen.“

Ich musterte ihn und wusste, dass sich meine Wertschätzung für seinen wohlgeformten Körper in meinem Gesicht widerspiegeln musste. „Diese Leute müssen blind gewesen sein, nehme ich an.“

Aarons Grinsen wurde breiter. „Es ist einfach leichter, dem zu misstrauen, was man nicht versteht. Aber ich habe mich inzwischen mehr als einmal bewährt. Als es darauf ankam und ich die Gelegenheit hatte, die Alpha-Rolle an jemand anderen abzugeben, wusste ich, dass ich das nicht konnte. Dass ich das hier wollte. Dass ich dafür bestimmt war. Also bin ich immer noch hier.“

Ich zögerte, als mir einfiel, was er mir darüber erzählt hatte, wie ein anderer Gestaltwandler zum Alpha werden konnte. „Du musstest also kämpfen. Du wurdest herausgefordert?“

„Ja.“ Sein heiterer Gesichtsausdruck schwankte einen Moment lang. Er wandte seinen Blick ab und schaute zu den Bäumen. Wahrscheinlich erinnerte er sich an Ereignisse, an die er nicht gerne zurückdachte. „Der Schlimmste war einer meiner Berater. Er hatte sich daran gewöhnt, mehr Autorität als alle anderen zu haben. Als ich einundzwanzig wurde und meine volle Rolle als Alpha übernehmen sollte, hat er mich angegriffen. Ich habe nur äußerst ungern gegen ihn gekämpft. Er war wie ein Onkel für mich gewesen. Aber ich war schlauer und schneller, und damit lässt sich Brutalität schlagen, wenn man diese Fähigkeiten richtig einzusetzen weiß."

„Und du bist immer noch hier", wiederholte ich seine Worte.

„Hier bin ich." Er richtete seinen Blick wieder auf mich. In diesem Moment war er so intensiv, dass ich fast vergaß, zu atmen. Mein Herz pochte schneller.

Er war nicht nur stark und überwältigend sexy. Er war auch *gut*. Nachdenklich und mutig und mitfühlend. Die Art von Mann, von der ich gedacht hätte, dass ich sie nie in meinem Leben haben würde. Die Art von Mann, in die ich mich verlieben könnte.

Ich könnte nicht nur. Ich war bereits dabei es zu tun. Vor allem, wenn er mich weiterhin mit seinen strahlend blauen Augen ansehen würde.

„Also, meiner Meinung nach, ist jeder, der denkt, dass du den anderen unterlegen bist, ein Idiot", sagte ich, um etwas zu sagen. „Und außerdem blind."

„Wahrscheinlich", pflichtete Aaron mir bei. „Ich mache mir keine Gedanken mehr darüber. Und es fällt mir ebenso schwer zu glauben, dass irgendjemand in deiner Nähe denken könnte, du wärst weniger als eine echte Drachenwandlerin. Du hast es im Blut. Das ist alles, was zählt. Der Rest wird sich von selbst ergeben."

Ich hatte meine Finger in die Vorderseite seines Hemdes gekrallt, ohne es zu merken. Ich zog daran, und er näherte sich mir.

Diesmal küsste er mich leidenschaftlich und drängte mich einen Schritt zurück, damit ich mich an einen

Baumstamm lehnen konnte. So musste ich mich nicht bemühen, aufrecht stehen zu bleiben, sondern konnte mich ganz auf die Wärme seines Körpers an meinem und seinem Mund auf meinen Lippen konzentrieren. Seine Hand wanderte an meiner Seite hinunter zu meinem Oberschenkel und wieder hinauf zu meiner Schulter, als wäre er sich nicht sicher, welchen Teil von mir er am liebsten berühren wollte.

Überall. Ich wollte seine Hände überall fühlen.

Seine Hüften berührten meine, und ich spürte einen Schmerz zwischen meinen Beinen. Dort, wo Nate mich vor weniger als einem Tag so gekonnt zum Höhepunkt gebracht hatte. Ich wimmerte, als Aaron mich erneut küsste und meine Brust streichelte, doch ein letzter Faden der Unsicherheit hielt mich zurück.

Ich umfasste Aarons Gesicht und er wich zurück und begegnete meinem Blick. Seine Augen waren voller Verlangen, das so heiß war, dass jeder Nerv in mir Feuer fing.

Meine Stimme war heiser. „Es macht dir doch nichts aus, dass du nicht der Einzige bist? Dass ich auch mit den anderen zusammen sein soll?" Und dass ich bereits mit ihnen zusammen gewesen war, was er miterlebt oder zumindest gespürt hatte.

Aaron rieb seine Nase an meiner und küsste sie liebevoll. „Ganz und gar nicht", raunte er. „Du verdienst nichts Geringeres. Es braucht mehr als einen Mann, um eine Drachin zu befriedigen." Seine Finger glitten unter mein Shirt. Ich löste meinen Rücken von dem Baumstamm und wölbte ihn, damit er meinen BH öffnen konnte. Er umkreiste meine Brustwarze mit seinem

Daumen, bevor er mit einer Geschwindigkeit darüberstrich, die mich nach Luft schnappen ließ.

„Du verdienst jedes bisschen Lust, das sie dir bereiten können", fuhr er fort und begann, meine andere Brust zu streicheln. Er küsste meine Wangen, die empfindliche Haut meines Halses. Seine Worte sprudelten mit seinem heißen Atem hervor. „Alles, was dich erfüllt, mit wem auch immer, erfüllt auch mich. Die Röte in deinen Wangen, nachdem du geküsst wurdest. Die Laute, die du von dir gibst, wenn du kommst."

Er hatte Nate und mich also auf dem Rücksitz des Wagens gehört. Mein Gesicht errötete. Aber guter Gott, Aaron erregte mich mit jeder Berührung seiner Lippen und seiner Finger.

„Ich freue mich schon darauf, eines Tages zu sehen, wie viel Lust wir dir zusammen bereiten können", fuhr er fort. „Aber bis dahin ..."

Seine Hände glitten an mir hinab. Ich wimmerte und presste meine Hüften an seinen Körper. Ich suchte jeden Zentimeter Kontakt, den ich bekommen konnte.

„Ich muss dich sehen", murmelte er. Er riss mein Shirt hoch und ich hob meine Arme, damit er es mir mit einer einzigen sanften Bewegung ausziehen konnte. Mein BH rutschte von meinen Schultern und fiel neben unseren Füßen zu Boden. Aaron betrachtete mich, meine kleinen Brüste, die Brustwarzen, die von seinen Berührungen gerötet waren, und die Röte, die dazwischen hinunterkroch. Dann beugte er den Kopf, um eine dieser Knospen in seinen Mund zu nehmen.

Ich stöhnte auf, und die Lust raste über meine Haut. Seine sanfte Zunge glitt über meine Brust und er streifte sie leicht mit den Zähnen, bis ich mich zitternd an ihn schmiegte und in sein Haar griff. Er leckte ein letztes Mal über die eine Brustwarze, bevor er sich mit ebenso großer Begeisterung meiner anderen Brust widmete.

Das war nicht annähernd genug für den Hunger in mir. Ich griff nach dem Saum seines Hemdes. „Ausziehen", keuchte ich. „Sofort."

Er zog es sich schneller über den Kopf, als ich es für möglich gehalten hätte, und mindestens ein Knopf riss dabei ab. Irgendwie machte mich das nur noch mehr an. Ich schien völlig hemmungslos zu sein, wenn es um diese Typen ging.

Er küsste mich erneut mit leidenschaftlicher Begierde. Der Druck seiner nackten Brust gegen meine entlockte mir ein weiteres Stöhnen. Meine Fingernägel zeichneten Linien auf seinen muskulösen Rücken. Er hob mich hoch, als würde ich nichts wiegen, und hielt mich mit einer Hand an dem Baum fest, wobei er meinen Po stützte und meine Beine spreizte. Ich schlang meine Oberschenkel um seine Hüfte. Seine harte Länge drückte gegen meinen Schritt, und ich wimmerte.

Aaron schmiegte sich an mich, als er sich für einen weiteren, noch leidenschaftlicheren Kuss vorbeugte. Ich konnte spüren, wie sich seine Muskeln zusammenzogen, um mich festzuhalten, aber er war auch bereit, sich zurückzuziehen, sobald ich ihm sagte, er solle aufhören. Lust durchströmte mich, doch plötzlich fühlte sie sich nicht mehr beunruhigend an.

Ich war genau da, wo ich sein wollte. Ich gehörte hierher, zu diesem Mann, und zwar in jeder Hinsicht, in der er mit mir zusammen sein wollte.

Meinem Verlangen nachzugeben bedeutete nicht, die Kontrolle abzugeben. Es bedeutete, sie zu übernehmen. Ich lebte ein Schicksal aus, das ich mir nie hätte vorstellen können, und *beanspruchte* es für mich.

Sobald ich diese Entscheidung traf, stieg ein Gefühl der Macht in mir auf, stärker als ich es je zuvor empfunden hatte. Ich verschränkte meine Arme hinter Aarons Nacken und senkte meinen Kopf zwischen zwei Küssen.

„Ich will es", hauchte ich atemlos, „ich will *dich*."

Er zögerte und sah mir in die Augen. Sein Blick war ungehemmt. „Du meinst–".

„Aaron", sagte ich so deutlich, wie es mir möglich war. „Willst du mein Gefährte sein?"

Ein ersticktes Lachen brach aus ihm heraus, als könne er nicht ganz glauben, was ich gesagt hatte. Er presste seinen Mund auf meinen und küsste mich, bis mir schwindelig wurde. Ich fummelte am Knopf seiner Hose herum. Meine Hand strich über seine Erektion, und er stöhnte.

„Ich glaube, wir sollten das lieber auf den Boden verlegen", meinte er und führte mich von dem Baum weg. Er nahm sein Hemd und breitete es auf dem Boden aus, bevor er mich darauf ablegte. „Zumindest für unser erstes Mal."

„Wir haben später noch genug Zeit für Experimente", sagte ich, und seine Augen blitzten. Er kickte seine Hose beiseite. Ich konnte es kaum erwarten, seinen Schwanz zu berühren. Seine gewaltige, steife Länge pulsierte durch seine Boxershorts an meiner Handfläche.

Aaron senkte den Kopf und atmete stockend aus. Er

stützte sich mit einem Arm über mir ab und ließ die andere Hand zwischen meine Beine gleiten. Ein miauender Laut entwich mir, als er mich streichelte. Mein Atem verwandelte sich in ein Keuchen, als er seine Finger unter den Bund meiner Jogginghose schob. Ich war bereits feucht vor Erregung. Er fuhr mit seiner Hand über die Nässe und stöhnte in mein Haar.

„Bitte", flehte ich. Mehr brauchte ich nicht zu sagen. Er zog mir Hose und Höschen aus und riss sich seine Boxershorts herunter. Meine Hüfte streckte sich ihm entgegen, als er sich zwischen meinen Beinen niederließ. Die Spitze seines Schwanzes rieb über meine Öffnung. Ich zog seinen Mund wieder an meinen.

Er küsste mich und drang gleichzeitig in mich ein. Seine Härte füllte mich mit einem brennenden Gefühl aus, das jedoch unglaublich angenehm war. Ich war ausgefüllt, ganz und gar, und es war alles, was ich brauchte.

„Du fühlst dich unbeschreiblich an, Serenity", flüsterte er zwischen zwei Küssen. Er hob meine Hüften an und stieß in einem immer schneller werdenden Rhythmus in mich hinein. Ich klammerte mich an ihn, während mich die Wogen der Lust immer höher trugen. Immer höher und höher, bis mein ganzer Körper erschauderte. Bis ich kaum noch den Boden unter mir spürte.

Wir flogen. Wir schwebten auf einer Wolke der Glückseligkeit auf und davon. Kein Sprung oder Fall war auch nur annähernd mit diesem Rausch vergleichbar.

Sein Schwanz stieß gegen meine empfindlichste Stelle, und die Glückseligkeit zersprang. Sie durchströmte meinen ganzen Körper und trug mich noch höher. Ich keuchte und grub meine Fingernägel in seine Schultern. Hinter meinen flatternden Augenlidern sprühten Funken. Die Anziehungskraft zwischen uns verdichtete sich zu einem intensiven Glühen, das uns zusammenhielt. Es erleuchtete mich wie eine Fackel von innen heraus.

Aarons Stöße wurden immer heftiger. Er stieß noch ein paar Mal in mich hinein und stöhnte, als er kam. Ich spürte seinen Körper auf mir, ohne dass er mich erdrückte. Jeder Zentimeter seiner nackten Haut lag auf meiner.

Ich fuhr mit den Fingern seinen Nacken entlang und durch sein schweißnasses Haar, um ihn zu einem letzten Kuss herabzuziehen. Meine Muskeln zitterten vor Glück.

Ich hatte ihn. Meinen Adlerwandler. Meinen Alpha.

Meinen Gefährten.

20

Ren

Ich wachte an Aaron gekuschelt auf dem mittleren Sitz des Geländewagens auf. Tageslicht strömte durch die Fenster. Mein Kopf fühlte sich noch immer benommen an, weil ich nicht genug geschlafen hatte, und verschiedene Teile meines Körpers schmerzten, aber auf angenehme Weise. Ich hatte absolut keine Lust, aufzustehen.

Ich vergrub meinen Kopf in Aarons Halsbeuge. Der herrlich salzige, frische Geruch seiner Haut stieg mir in die Nase. Wir hatten uns angezogen, bevor wir den Rest des Weges zum Auto zurückgelegt hatten, aber ich hatte ihn noch nicht loslassen wollen. Es war eng, unsere Beine waren ineinander verschlungen, und er lag halb auf mir, und doch fühlte ich mich dort mit ihm völlig wohl.

Mein Gefährte. Das Wissen pulsierte durch meine Adern. Nur der erste, wenn ich meine Rolle vollständig erfüllte, aber im Moment reichte einer.

Die Knöchel einer Hand klopften gegen das Fenster

über meinem Kopf. Blinzelnd blickte ich auf. Aaron drückte mir einen Kuss auf die Schläfe, bevor er den Kopf hob.

Marco schaute zu uns herein, die Augenbrauen hochgezogen. Er öffnete die Tür ein paar Zentimeter, um zu sprechen. „Wolfsjunge hat ein paar Eier gefunden. Ihr solltet aufstehen, wenn ihr welche wollt, bevor unser Bär sie alle auffrisst."

„Ich lasse genug für euch übrig", rief Nate von irgendwo hinter ihm. Marco legte den Kopf schief und schloss die Tür wieder.

War sein Gesichtsausdruck ein wenig angespannter als sonst gewesen? Irgendetwas an seiner Haltung war merkwürdig gewesen. Er war doch nicht etwa sauer, weil er mich mit Aaron gesehen hatte, oder? Er wusste doch genauso gut wie die anderen, wie das ablaufen sollte.

Wahrscheinlich war es meine Unsicherheit, die mir Kopfzerbrechen bereitete. Von den vier Jungs schien Marco der am *wenigsten* besitzergreifende zu sein. So wie er sich verhielt, wie er redete, war ich mir sicher, dass ihn ein wenig Unbehagen nicht davon abgehalten hatte, alle körperlichen Freuden mit anderen Frauen zu genießen, während er diese sechzehn Jahre auf mich gewartet hatte.

Aaron richtete sich auf und zog mich mit sich. Er fuhr mit den Fingern durch mein Haar und küsste mich erneut, diesmal auf die Lippen. Sein Mund verweilte gerade so lange auf meinem, dass ich mir wünschte, wir könnten unsere Aktivitäten von gestern Nacht fortsetzen. Dann zog er sich mit einem verlegenen Lächeln zurück. Sein blondes Haar war reizvoll zerzaust. Ich konnte nicht widerstehen, es noch ein bisschen mehr zu verwuscheln.

Er lachte. „Ich denke, wir sollten wirklich frühstücken gehen. Wir wissen nicht, was uns in Sunridge erwartet."

Da hatte er recht. Mein Hochgefühl verflog, während sich nervöse Erwartung in meinem Bauch breitmachte. Ich stieg aus dem Wagen. Nate, der gerade Spiegeleier von einem Blech über dem Feuer kratzte, blickte auf und seine Lippen kräuselten sich, als er meinen Blick bemerkte. Er wusste also, was ich gestern Abend mit Aaron getrieben hatte. Und Wests schrägen Augenbrauen nach zu urteilen, als er meinem Blick bewusst auswich, wusste der Wolfswandler ebenfalls Bescheid.

Nun, wir hatten nicht gerade versucht, unsere neue Intimität zu verheimlichen. Was hatte ich denn erwartet? Es würde sogar noch seltsamer werden, wenn ich die anderen ebenfalls als meine Gefährten akzeptierte ... wann immer ich mich dazu bereit fühlte.

Ich musste mich zuerst um andere wichtige Dinge kümmern. „Wie weit sind wir von Sunridge entfernt?", fragte ich das gesamte Lager.

Aaron holte sein Handy heraus, um die Karte zu prüfen, aber West meldete sich zuerst zu Wort. „Etwa zwei Stunden, je nach Verkehrslage. Hast du es eilig, Flamme?"

Ich warf ihm einen spitzen Blick zu. „Ich will schon seit sieben Jahren wissen, was mit meiner Mutter passiert ist, *Wolfie*. Also ja, vielleicht bin ich etwas ungeduldig."

Marco kicherte über den Spitznamen, und Nate unterdrückte ein Lachen. West warf mir einen bösen Blick zu. „Dann solltest du besser etwas essen."

Nate reichte mir einen Teller, und ich schlang die Spiegeleier mit einem der Brötchen hinunter, die uns die Dorfbewohner mitgegeben hatten. Wir stiegen in den

Geländewagen, West und Aaron nahmen ihre ursprünglichen Plätze vorne ein. „Komm, setz dich zu mir, Flammenprinzessin", sagte Marco. Er klopfte auf den Sitz neben sich in der mittleren Reihe und ich folgte seiner Einladung. Als Nate auf den Rücksitz kletterte und West die Zündung einschaltete, drückte der Jaguarwandler kurz mein Knie – gerade lange genug, um einen Funken Hitze durch mein Bein schießen zu lassen.

Marco grinste mich an und sah jetzt entspannter aus. Ich lächelte zurück, doch als ich durch die Windschutzscheibe blickte, erregte die Landschaft meine Aufmerksamkeit. Unten auf der Straße, wo der Wald sich lichtete, erhoben sich hohe Berge. Auf den höchsten der dunkelgrauen Gipfel schimmerte eine dünne Schneedecke. Sunridge lag gleich hinter dieser Bergkette.

„Hast du dich an irgendetwas erinnert, das erklären könnte, warum deine Mutter uns auf diesen kleinen Roadtrip geschickt hat?", fragte Marco.

Ich schüttelte den Kopf. „Ich glaube nicht, dass sie Wyoming jemals erwähnt hat. Gibt es in der Nähe irgendwelche wichtigen Gestaltwandler-Gemeinschaften?"

„Nicht, dass ich wüsste. Aber ich bin mir sicher, dass die Drachenwandlerinnen ein paar Geheimnisse für sich behalten haben."

Er nahm meine Hand, als wir weiterfuhren, und ließ seine Finger langsam auf meiner Handfläche hin und her gleiten, doch drängte nicht auf mehr. So sehr ich die Wärme seiner Berührung genoss, war ich zu abgelenkt, um mehr zu *wollen*.

In zwei Stunden würde ich vielleicht endlich ein paar Antworten bekommen. Vielleicht würde ich sogar Mom wiedersehen. Das erwartungsvolle Zittern kehrte zurück und mir wurde flau im Magen.

West nahm den Fuß etwas vom Gas, als sich die Straße verengte. Sie schlängelte sich an einem Pass zwischen zwei Bergen entlang. Kleine Felsbrocken schlugen gegen die Unterseite des Geländewagens und es wurde dunkel, als die Sonne hinter dem südlichen Gipfel verschwand.

„Da ist jemand auf der Straße", sagte Aaron. West verlangsamte den Wagen noch mehr. Er drückte den Knopf, um sein Fenster herunterzulassen, atmete tief ein und schnüffelte. Ich lehnte mich nach vorne und spähte zwischen den Vordersitzen hindurch. Ein paar hundert Meter vor uns stand eine Gestalt auf unserer Spur – ein Mann, der nicht viel älter aussah als ein Teenager.

„Er ist einer von uns", sagte West. „Dem Geruch nach ein Katzenwandler." Er wandte sich an Marco. „Kennst du ihn?"

„Klar", murmelte Marco. „Weil wir Katzenwandler uns alle untereinander kennen." Er kniff die Augen zusammen. „Nein, er kommt mir nicht bekannt vor, aber das muss nichts heißen."

„Kannst du erkennen, ob er ein Abtrünniger ist?", fragte ich. „Woran erkennt man das eigentlich?"

„Die Angehörigen einer Sippe tragen ein Mal der Loyalität auf ihren Handflächen, wie unser Alpha-Mal", sagte Aaron. „Wenn sich ein Gestaltwandler von seiner Sippe abwendet, verblasst das Mal. Wir müssen näher herangehen, um das herauszufinden."

„Mir gefällt die Sache nicht", sagte Nate von hinten. „Das ist ein zu großer Zufall."

„Mir gefällt es auch nicht", pflichtete West ihm bei.

„Aber einige meiner Leute aus dem Dorf wussten, wo wir hinwollten. Wenn es schlechte Nachrichten von einer anderen Gruppe gab, haben sie es vielleicht weitergegeben. Ich kann den Kerl nicht einfach überfahren, ohne das herauszufinden."

„Doch, das kannst du", sagte Marco. „Wenn er einer Sippe angehört, dann meiner. Du hast meine volle Erlaubnis, ihn zu überfahren. Wenn er auch nur einen Funken Überlebenswillen hat, wird er rechtzeitig aus dem Weg springen."

„Genau", sagte West mit einem deutlichen Anflug von Sarkasmus. „Das wird die Beziehung zwischen den Sippen wirklich verbessern."

Marco holte tief Luft. „Wie du willst, Wolfsjunge. Er ist nur ein Luchs. Ich bin mir sicher, dass wir es zu viert mit ihm aufnehmen könnten, wenn es sein muss."

Aber konnten wir es auch mit seinen Verbündeten aufnehmen, die vielleicht irgendwo in der Nähe lauerten? Mein Körper spannte sich an, als wir auf den Kerl zugingen und der Geländewagen zum Stehen kam. Ich suchte den Berghang entlang der Straße ab. Nichts bewegte sich, doch es gab unzählige Felsen und Geröll, hinter denen sich ein Feind verstecken konnte.

Der Mann schlenderte auf das Auto zu. West blickte sich zu Marco um. „Wie du schon sagtest, gehört er zu deiner Sippe, *Jaguar*. Geh du und rede mit ihm. Wenn etwas schiefläuft, kannst du gleich wieder ins Auto springen und wir fahren weiter."

Seine Stimme war trocken und ein Hauch von Anspannung lag darin. Eine seiner Hände lag immer noch auf dem Lenkrad und umklammerte es fest. Aaron beäugte den Mann durch die Windschutzscheibe. Auf dem Rücksitz löste Nate seinen Sicherheitsgurt. Er machte sich bereit, falls er sich verwandeln musste, vermutete ich. Wir waren alle in höchster Alarmbereitschaft.

Marco murmelte etwas von „undankbaren Hunden", aber er stand auf und öffnete die Tür. „Bleib hier, Prinzessin", sagte er zu mir. Dann sprang er aus dem Wagen und ging auf den Fremden zu. „Sippenmal?", fragte er.

Der Kerl hob die Hand und zwei scharfe Knackgeräusche durchschnitten die Luft. Das gleiche scharfe, hallende Geräusch, das ich in meiner Erinnerung gehört hatte, in der meine Mutter mit mir panisch aus unserem alten Zuhause geflohen war.

Der Geländewagen ruckelte, und einer der Reifen stotterte. Marcos Schulter zuckte. Er stolperte zur Seite und griff sich an die Brust knapp unterhalb des Schlüsselbeins. Blut quoll unter seinen Fingern hervor.

Mir blieb das Herz stehen. Schüsse. Das war dieses Geräusch also.

Die Abtrünnigen scherten sich offensichtlich einen Dreck um das Gestaltwandler-Gesetz. Sie hatten Waffen zu diesem Kampf mitgebracht. Genauso wie damals vor all diesen Jahren.

„Marco!", brüllte West. Er drückte auf das Gaspedal, doch der platte Reifen schlug nutzlos auf dem Pflaster auf. „Verdammt. Den schnappe ich mir. Unten bleiben."

Er sprang vom Fahrersitz, bevor jemand protestieren konnte. Eine weitere Kugel schlug in das Fenster gegenüber von mir ein. Das Glas zersprang. Ich wich zurück und duckte mich neben den Sitz. Nate knurrte. Aaron riss sich das Hemd vom Leib.

„Du willst dich verwandeln?", fragte ich, und Panik durchzuckte mich. „Sie werden dich da draußen erschießen." Zwei weitere Knallgeräusche ertönten, gefolgt von einem Schlag gegen die Seite des Geländewagens und einem Knurren auf der Straße draußen. Wo war West? Hatte er es zu Marco geschafft? Wie viele Abtrünnige waren an diesem Überfall beteiligt?

„Es ist viel schwieriger, ein Ziel zu treffen, das in Bewegung ist", sagte Aaron. Er warf mir einen kurzen Blick zu, seine strahlenden Augen waren aufmerksam. „Bleib unten. Überlass die Sache uns."

Er sprang aus dem Wagen und schlug die Tür hinter sich zu. Einen Augenblick später schoss ein Blitz aus goldenen Federn am Fenster vorbei.

Ein Zischen und ein Aufschrei waren von der Straße zu hören. Meine Alphas oder die Abtrünnigen? Ich wagte es nicht, meinen Kopf hoch genug zu heben, um aus dem Fenster zu schauen.

„Und es braucht mehr als ein paar Kugeln, um einen Bären aufzuhalten", knurrte Nate. Er schob die hintere Tür auf und verwandelte sich dabei. Sein riesiger pelziger Körper stürmte an meinem Fenster vorbei auf das Getümmel zu.

Ein weiterer Schuss hallte durch die Luft. Ich zuckte zusammen, meine Fingernägel gruben sich in den Ledersitz. Mein Herz klopfte so schnell, dass die Schläge miteinander verschmolzen.

Eine Stimme, belegt und kehlig, rief von irgendwo über mir. „Gib die Drachenwandlerin auf, Sippenführer, und du wirst weiterleben, um deinesgleichen herumzukommandieren.“

Die Worte lösten tief in meinem animalischen Inneren ein altvertrautes Gefühl aus. Ich hatte diese Stimme noch nie zuvor gehört, aber sie erinnerte mich an den ersten Angriff der Abtrünnigen, an das Knurren und Fauchen des schwarzen Wolfes, der versucht hatte, mir die Kehle aufzuschlitzen. Bei der Erinnerung begann meine Haut an der Stelle zu brennen.

Ich schluckte schwer. Er muss der Anführer dieser Gruppe sein. Aber meine Alphas waren offensichtlich nicht daran interessiert, sich auf den Handel einzulassen. Die Schnappgeräusche und Schreie auf der Straße wurden immer lauter.

Ein schriller Schrei erfüllte die Luft – Aarons Kampfschrei – bevor er abrupt verstummte. Mir blieb das Herz stehen.

Die Abtrünnigen hatten schon einmal vier Alphas getötet. Meine Väter. Auch meine Schwestern hatten sie ermordet. Sie hatten fast alle Menschen abgeschlachtet, die mir etwas bedeutet hatten. Und jetzt wollten sie mir auch noch meine Gefährten wegnehmen, um an mich heranzukommen.

Nein. Wut kochte in mir hoch. Meine Hände ballten sich zu Fäusten. Ich holte tief Luft, langsam und gleichmäßig, so wie Aaron es mir beigebracht hatte, und die Wut durchströmte mich wie ein weißglühendes Feuer. Ebenso stark wie die Verbindung, die zwischen ihm und mir entstanden war, als ich ihn letzte Nacht für mich beansprucht hatte. Als ich die Rolle, für die ich bestimmt war, mit beiden Händen ergriffen hatte.

Die Energie strömte durch meine Glieder. Ich wollte nicht, dass dies noch einmal geschah. Nicht hier. Nicht jetzt. Ich würde nicht *hierbleiben*. Meine Alphas verdienten eine Gefährtin, die sie genauso beschützen konnte, wie sie mich beschützten.

Und verdammt noch mal, sie hatten eine.

Ich stürzte nach vorne und griff nach dem Türgriff. Ich riss die Seitentür auf und stürmte aus dem Auto. Raus und *nach oben*.

Die Verwandlung durchströmte meine Muskeln, die sich ausdehnten und brannten. Mein Körper wurde größer, muskulöser, sehniger. Krallen schossen aus meinen gekrümmten Fingern und Flügel brachen aus meinem Rücken hervor. Sie schlugen instinktiv ein paar Mal kräftig auf und ab, und ich hob ab. Meine Augen schärften sich. Der Wind rauschte über die glatten Schuppen, die meine Haut bedeckten. Feuer loderte in meinem verlängerten Hals.

Ich hatte es geschafft. Ich war eine Drachin. Und es fühlte sich fantastisch an.

Ich schlug mit den Flügeln und stieg höher. Ich testete jeden Zentimeter meines neu entdeckten Körpers. Hatte allerdings keine Zeit, die Empfindungen auszukosten. Mein Schatten huschte über den Boden, doppelt so groß wie der Geländewagen, und mein Blick blieb an einer Frau hängen, die etwa zehn Meter weiter oben am Berghang neben einem Felsen kauerte. In ihren Händen hielt sie eine Pistole. Sie zielte auf mich.

Eine feurige Zuversicht durchflutete mich. Oh, nein. Das konnte sie vergessen. Sie würde es bereuen, sich jemals mit mir und den meinen angelegt zu haben.

Ich schoss auf sie zu. Sie drückte ab. Ein stechender Schmerz durchzuckte einen meiner Flügel, aber ich beachtete ihn nicht. Ich öffnete mein Drachenmaul und ließ das Feuer herausströmen, das in mir loderte.

Die Frau schrie auf, als die Flammen sie verschlangen. Ich flog über ihr Versteck und wirbelte herum, um nach ihren Begleitern Ausschau zu halten. Es war aus zwei Waffen geschossen worden. Wo war der andere Feigling, der sich hinter einer Pistole versteckte?

Dort! Ein grauhaariger Mann kauerte in einer Felsspalte auf der anderen Straßenseite, allerdings nicht mit einer Pistole, sondern mit einem Gewehr bewaffnet. Ich flog auf ihn zu.

Er erwies sich als ein noch größerer Feigling. Er ließ das Gewehr fallen, verwandelte sich in ein schwarz-grau gesprenkeltes Wiesel und flitzte den Berg hinauf.

Ich fegte hinter dem Wieselwandler her, aber er verschwand in einer tiefen Felsspalte. Nachdem ich Feuer hineingespuckt hatte, wirbelte ich herum. Ich kniff die Augen zusammen, als ich einen Mann mit zerzaustem schwarzem Haar erblickte, der aufsprang, um nach seinem Gewehr zu greifen.

„Bleibt an ihnen dran, bleibt an ihnen dran", brüllte er mit derselben kehligen Stimme den Hang hinunter, mit der er meine Alphas aufgefordert hatte, mich ihm zu übergeben. Sein Wolfsgeruch erfüllte die Luft. Das war er. Der Abtrünnige, der mich am ganzen Körper mit seinen Krallen gezeichnet hatte. Der seine Gefolgsleute dazu gebracht hatte, auch Kylie anzugreifen.

Wut kochte in mir hoch. Dazu würde er nie wieder die Chance bekommen.

Der Wolfswandler drehte sich zu mir um und riss das Gewehr nach oben, als hätte er gedacht, er könnte mich überraschen. Ein heißer, heftiger Schwall von Drachenfeuer brannte bereits in meiner Kehle. Ich öffnete mein Maul und ließ es herausströmen.

Meine Wut schoss über den Anführer der Abtrünnigen hinweg und hinterließ nichts als einen verkohlten Haufen Asche und den geschmolzenen Klumpen seines Gewehrs. Ein Anflug von brutaler Genugtuung erfüllte meine Brust.

Ich drehte mich zur Straße um. Ein paar der anderen Abtrünnigen waren bereits auf der Flucht und rannten den Berghang hinauf, über den sie gekommen waren. Der junge Mann, der unseren Geländewagen angehalten hatte, lag mit aufgerissener Brust und aufgeschlitzter Kehle auf der Straße. Mein Wolf und mein Adler hielten einen Schwarzbären zwischen sich auf dem Boden fest. Mein Grizzly versetzte einem Berglöwen einen Schlag gegen den Kopf. Er rannte davon, als mein Schatten über sie hinwegfegte. Marco war nirgends zu sehen.

Als ich mich erneut umdrehte, um ihn zu verfolgen, spürte ich ein Kribbeln in meinen Muskeln. Sie verkrampften sich, zogen sich zusammen, die Anstrengung der Verwandlung holte mich ein. Ich bemühte mich, in meiner Drachengestalt zu blieben, doch die Erschöpfung überwältigte mich.

Es war mein erstes Mal. Ich hatte keine Ausdauer.

Ich biss die Zähne zusammen, als ich in Richtung Boden stürzte.

21

Aaron

Serenity!

Der Schrei hallte durch meinen Kopf, als ich ihren schimmernden Körper vom Himmel fallen sah. Meine Adlerkehle konnte ihren Namen nicht aussprechen. Meine Krallen lockerten sich um die Schulter des Bären, und der Drang, zu ihr zu fliegen, durchströmte mich.

Der Schwarzbär war in meinem und Wests Griff erschlafft, doch jetzt holte er mit seiner Tatze zu einem letzten verzweifelten Schlag aus. Seine Krallen fuhren über einen meiner Flügel. Ein stechender Schmerz gesellte sich zu den anderen Schmerzen, die meinen Körper bereits erfüllten.

Ich taumelte zur Seite und schlug nach dem Bären, hin- und hergerissen zwischen zwei Pflichten. Nate stürmte herbei und fletschte drohend die Zähne vor dem Abtrünnigen, der sich möglicherweise von seiner Sippe abgewandt hatte. Er drehte seinen Kopf zu mir, als wollte er sagen: *Los.*

Mein verwundeter Flügel zitterte, als ich mich nach hinten stieß. Ich landete unbeholfen auf meinen Klauen und nahm wieder meine menschliche Gestalt an. Blutende Kratzspuren zogen sich über meinen rechten Arm, und eine brennende Wunde verlief über meine Rippen. Ich biss vor Schmerz die Zähne zusammen und schleppte mich zu meiner Gefährtin.

Serenity war auf allen vieren auf dem Pflaster aufgeschlagen, irgendwo zwischen Menschen- und Drachengestalt. Der Drachenteil ihres Körpers hatte sie vor dem schlimmsten Aufprall bewahrt. Sie war ein paar Meter vom Geländewagen entfernt zusammengesackt, als ich sie entdeckte, und mein Puls raste.

Bevor ich auch nur zwei Schritte auf sie zugemacht hatte, hob sie den Kopf. Aus einer Schusswunde sickerte Blut über ihren Unterarm, und ihr Kinn war von ihrem Sturz zerkratzt. Doch in ihren bernsteinfarbenen Augen loderte ein so intensives Feuer, wie ich es noch nie zuvor bei ihr gesehen hatte. Es raubte mir den Atem.

Ich ließ mich neben ihr auf die Knie sinken und zog sie an mich. Sie ließ sich in meine Umarmung fallen und legte ihre Wange an meinem Schlüsselbein ab. Ihr Brustkorb hob und senkte sich immer noch rasch, während sie um Luft rang.

„Du warst fantastisch", sagte ich und strich mit meiner Hand über ihr dunkles Haar. „Das Spektakulärste, was ich je gesehen habe." Mein Herz schwoll an, als ich daran dachte, wie sich ihre leuchtend roten Schuppen vom Himmel abgehoben hatten.

Meine Gefährtin. Meine Drachenwandlerin. Und sie hatte mich letzte Nacht als ihren Gefährten akzeptiert. Bei diesem Gedanken wurde ich von Ehrfurcht ergriffen.

Serenitys Hand strich über meinen verwundeten Arm und erstarrte. Sie richtete sich auf. Ihre Augen weiteten sich. „Du bist verletzt. Wir müssen dich verbinden. Geht es den anderen gut?"

„Wir sind alle am Leben", sagte ich. „Und ich werde heilen." Aber sie hatte recht. Ich hatte schon ziemlich viel Blut verloren. Unwillig, sie loszulassen, rappelte ich mich auf und ging zum Auto. Dort angekommen schnappte ich mir meine Hose und warf ihr mein Shirt zu, da ihr eigenes bei ihrer Verwandlung zerrissen war. Die Fetzen lagen nun auf der Straße neben der offenen Wagentür.

Im Handschuhfach befand sich eine Rolle steriler Verbände für genau diesen Fall. Ich verarztete meinen Arm und kniete mich neben Serenity, um ihre Wunde zu versorgen. Sie zuckte bei der Berührung zusammen.

„Verdammte Kugeln. So sind sie auch schon einmal auf meine Familie losgegangen. Ich habe die Schüsse in einer meiner Erinnerungen gehört. Ich habe das Geräusch nur bis jetzt nicht erkannt."

Ich presste die Lippen aufeinander. „Diese Grenze zu überschreiten ist absolut inakzeptabel. Jeder Gestaltwandler, der dieses Gesetz bricht und eine Waffe gegen seinesgleichen einsetzt, kann sich in der Zukunft nie wieder einer Sippe anschließen."

„Ich habe den Eindruck, dass viele mehr daran interessiert sind, unsere Sippen auseinanderzureißen, als sich ihnen anzuschließen", meldete sich Marco zu Wort und stützte sich auf der Motorhaube des Autos ab. Er hatte sein Hemd zusammengerollt und drückte es auf die Einschusswunde in seiner oberen Brust. Die Wunde hatte ihn nicht davon abgehalten, sich in seine Jaguargestalt zu verwandeln und den Luchswandler zu erledigen, der uns in einen Hinterhalt gelockt und angegriffen hatte. Nate hatte ihn anschließend zurück zum Geländewagen gedrängt.

„Abtrünnige werfen normalerweise nicht gern ihre anderen Möglichkeiten über Bord", murmelte ich. Serenity richtete sich auf, und ich mich mit ihr.

West und Nate hatten sich beide zurückverwandelt. Ebenso wie die schwarze Bärenwandlerin, die jetzt eine Frau war, die regungslos auf der Straße lag. Der leere Blick in ihren halb geöffneten Augen dämpfte meine Erleichterung. „Sie ist tot." Verdammt.

„Sie hat eine der Kugeln abgekriegt, die für uns bestimmt waren", meinte West mit einem Nicken in Richtung des blutigen Flecks auf ihrer Brust. „Trotzdem hat sie es relativ lange geschafft, zu kämpfen, als würde sie nicht sterben." Auf seinem Oberkörper befanden sich blutige Einkerbungen, direkt unter der glühenden kleinen Narbe, die, wie ich wusste, von Feenmagie herrührte. Er eilte zum Geländewagen, um seine Sachen zu holen, und warf mir im Vorbeigehen einen gequälten Blick zu. „Ich hatte gehofft, wir würden ein paar Antworten bekommen."

Unsere Drachenwandlerin starrte die Frau an. Sie biss sich auf die Lippe. Vor ein paar Minuten hatte sie mit ihrem Drachenfeuer Leben beendet, doch eine Leiche aus der Nähe zu sehen, war neu für Serenity.

„Ich habe ihren Anführer erwischt", sagte sie und

wandte ihren Blick ab. „Den Wolfswandler, der mich im Dorf angegriffen hat. Er ist jetzt ein Haufen Asche da oben." Sie deutete mit der Hand auf den Berghang. „Ich habe versucht, auch die anderen zu kriegen, die geflohen sind …"

Nates Miene verfinsterte sich. „Du hast alles getan, was du konntest, Ren. Ich habe noch nie gesehen, dass ein Gestaltwandler bei seiner ersten Verwandlung so lange in seiner Tiergestalt geblieben ist."

„Oh." Sie blinzelte. Dann erschien ein kleines Lächeln auf ihre Lippen.

Nate folgte West zum Auto. Wir mussten weiterfahren, bevor hier irgendwelche Menschen auftauchten. Die Straße war nicht stark befahren, und wir hatten die letzte Stadt schon einige Meilen hinter uns gelassen, aber das bedeutete nicht, dass niemand in der Nähe gewesen war, der die Schüsse gehört hatte.

Serenity zog mein Hemd enger um ihre Schultern. „Sie wollten mich tot sehen", sagte sie.

„Offenbar waren sechzehn Jahre Chaos nicht genug für sie", murmelte West.

Marco schürzte die Lippen. „Aber du hast sie in ihre Schranken verwiesen, Prinzessin. Du hast sie in Asche verwandelt."

Wir konnten nicht wissen, welche Abtrünnigen es da draußen noch so gab, die ebenfalls auf Zerstörung aus waren, doch das wollte ich nicht sagen. Nicht, als ich sah, wie Serenity ihren Rücken ein wenig aufrichtete. Als die anderen zurückkehrten, blickte sie sich um und in diesem Moment sah sie wirklich wie eine Prinzessin aus. Ein bisschen wie eine Königin. Dies war ein Sieg, und er gehörte ihr. Ich spürte in dem Summen der Energie, die zwischen uns floss, dass meine Alphakollegen auf ihre Macht reagierten.

Wir steckten alle da drin, bis zum Ende. Keiner von uns machte einen Rückzieher, nicht einmal West. Es fühlte sich gut an. Es fühlte sich *richtig* an.

„Dann lasst uns mit dem weitermachen, von was auch immer diese Abtrünnigen uns hier abhalten wollten", sagte Serenity. „Da ist nur eine Sache, die ich zuerst tun muss."

Sie drehte sich zu mir um, umfasste mein Gesicht mit beiden Händen und küsste mich. Ich erwiderte ihren Kuss mit all der Leidenschaft und Ehrfurcht, die ich in mir hatte, bis ihr Körper erzitterte. Die Gefahr und die Wunden, die gerade auf meinem Körper zu heilen begannen, waren das eindeutig wert gewesen.

Ren

Atemlos löste ich mich von Aaron, aber ich war noch nicht fertig. Als Nächstes ging ich auf Marco zu. Mein Jaguarwandler wehrte sich nicht und schlang seinen Arm um meine Taille, während er sein Gesicht zu mir neigte. Er küsste mich lange und leidenschaftlich, wobei er neckisch meine Zunge liebkoste. Natürlich kam bei Marco die Zunge zum Einsatz.

Nate wartete bereits auf mich, als ich mich von Marco löste. Ich legte meine Hände in den Nacken des

Bärenwandlers, und er zog mich mit seinen starken Armen an sich. Sein Kuss war fest, aber zärtlich, und er strich noch einmal mit den Lippen über meine, bevor er mich losließ.

Zuletzt drehte ich mich zu meinem Wolfswandler um. Wests Haltung war angespannt und er beäugte mich misstrauisch, aber in seinem Blick loderte Hitze. Er wollte mich, trotz allem. Wir spürten alle dasselbe Verlangen.

Ich hielt ihm meine Hand hin. „Es ist nur ein Kuss, kein Vertrag. Ich muss wissen, dass du zu mir stehst, das ist das Mindeste."

Er befeuchtete seine Lippen. Die Geste ließ Begierde in mir aufflackern. „In Ordnung, Flamme", sagte er. „Du kriegst deinen Kuss."

Ich erwartete, dass er mir nichts weiter als einen kurzen Schmatzer auf die Lippen hauchen würde. Er trat näher und brachte den Geruch des Waldes mit sich, feuchte Erde und herbe Kiefer. Mein Herz schlug ein wenig schneller. Er neigte den Kopf, und ich wippte auf den Zehenspitzen, um meinen Mund zaghaft auf seinen zu drücken.

Ein hungriger Laut hallte in seiner Brust wider. Seine Hand fand meine Taille, heiß wie Feuer, als er mich an sich zog. Er küsste mich so leidenschaftlich, dass mir der Kopf schwirrte. Einen Augenblick lang gab es nichts außer seiner Hitze und dem fordernden Druck seiner Lippen.

Ebenso abrupt, wie er mich geküsst hatte, ließ West mich wieder los. Er wich zurück und verschränkte die Arme vor der Brust in seiner gewohnt abweisenden Pose. „Na dann los", sagte er schroff und hielt meinem Blick einen Moment lang stand, bevor er sich abwandte.

Sein herber Geschmack haftete immer noch auf meinen Lippen. Ich atmete aus und fühlte mich, als hätte ich mich endlich in meinem Körper eingelebt. Dem Körper einer Drachenwandlerin, umringt von den vier Alphas, meinen Gefährten. „Ja", sagte ich. „Lasst uns gehen."

Nachdem Nate und West den zerschossenen Reifen gegen den Ersatzreifen ausgetauscht hatten, fuhren wir die Straße weiter entlang. Die Berge begannen zu weichen und vor uns tat sich ein breites Tal auf, durch dessen Mitte ein glitzernder Fluss floss. Am Südufer lag Sunridge, eine kleine Stadt mit ein paar tausend Einwohnern. Ich schaute aus dem Fenster, als wir die Hauptstraße entlangfuhren, und wartete darauf, dass ich mich an etwas erinnerte.

Aaron schaute mich erwartungsvoll an. Ich schüttelte den Kopf. „Nichts."

„Es gibt ein historisches Museum über die Geschichte der Stadt", sagte Nate und deutete aus dem Fenster. „Das könnte ein guter Anfang sein."

West parkte vor dem renovierten Gebäude. Die Frau am Empfang schaute uns neugierig an, als wir hereinkamen. Laut ihrem Ausweis war sie eine ehrenamtliche Mitarbeiterin der Sunridge Historical Society. Wie viel Geschichte konnte eine Stadt dieser Größe schon haben?

Wir schlenderten zwischen den Auslagen umher: verwitterte Zeitungsartikel, alte Schwarz-Weiß-Fotos, Kleidungsstücke, die einem besonders außergewöhnlichen

Bürgermeister gehört hatten, der, soweit ich das beurteilen konnte, nur eine neue Brücke über den Fluss gebaut hatte. Keine unbedingt fesselnden Artefakte. Ich wollte gerade vorschlagen, wieder zu gehen, als mein Blick auf ein Gemälde fiel, das einen Bereich der Rückwand ausfüllte.

Mein Puls stotterte. Ich ging darauf zu, und ein seltsames Gefühl von Vertrautheit durchzuckte mich. Ich hatte das Bild noch nie gesehen, aber irgendwie hatte ich das Gefühl, es zu kennen.

Es war ein einfaches Motiv, das die schneebedeckten Berge zeigte. Doch in der Mitte, zwischen zwei der Bergkämme, schoss ein Funke wie eine Flamme in den Himmel. Ich streckte meinen Finger danach aus und konnte mich gerade noch rechtzeitig zurückhalten, bevor ich die Leinwand berührte.

„Gefällt es Ihnen?", fragte die ehrenamtliche Mitarbeiterin, die hinter mir aufgetaucht war. Sie lächelte mich freundlich an. „Es ist eine Interpretation eines größeren Werks auf dem Stadtplatz, falls Sie sich das Original ansehen möchten."

„Ja", sagte ich so enthusiastisch, dass sie die Augenbrauen hob. „Wo ist es?"

„Von hier aus ist es nur ein kurzer Spaziergang", sagte sie. „Biegen Sie links ab, wenn Sie rausgehen, dann zwei Blocks weiter noch einmal links und Sie werden den Platz sehen."

„Danke!" Ich eilte zur Tür. Die Jungs liefen hinter mir her.

„Hast du was gefunden?", fragte Nate.

„Ich glaube schon. Kommt mit."

Ich rannte die Straße entlang und folgte dem Weg,

den mir die Frau erklärt hatte. Wir betraten einen kleinen Kopfsteinpflasterplatz, an dem auf beiden Seiten nur wenige Gebäude standen und an dessen Ende sich ein Gasthaus befand. In der Mitte des Platzes ragte ein Obelisk aus dunkelgrauem Stein empor, der mit einer schimmernden Schicht aus Glimmerplättchen bedeckt war. Er war mindestens anderthalbmal so groß wie ich. In seine flache Oberfläche war das gleiche Motiv eingraviert, das ich auf dem Gemälde gesehen hatte.

Wie magisch angezogen, ging ich darauf zu, bis ich ihn berühren konnte. Ich legte meine Hand auf die kühle Steinoberfläche. Sie schien unter meiner Handfläche zu zittern.

Dann fegte eine Erinnerung auf einen Schlag die Welt um mich herum weg.

Nein, keine Erinnerung. Denn ich hatte das Bild meiner Mutter, das vor meinen Augen auftauchte, noch nie zuvor gesehen. Sie stand vor dem Obelisken, ihr braunes Haar glänzte in der Sonne, und sie trug dasselbe Kleid, das sie getragen hatte, als ich sie das letzte Mal gesehen hatte. Meine Brust verkrampfte sich.

Sie hatte mir diese Nachricht vor sieben Jahren hinterlassen, als sie genau an dieser Stelle gestanden hatte.

„Serenity", sagte sie, ihre zarte Stimme drang direkt an meine Ohren. „Ich wünschte, ich hätte mehr Zeit, um dir alles zu sagen, was ich dir sagen sollte, doch ich weiß nicht, wie viel Vorsprung ich mir verschaffen konnte. Alles, was ich dir sagen kann, ist Folgendes: Ich möchte dir alles geben, was du brauchst, um die vielen Herausforderungen zu meistern, die vor dir liegen. Unser Volk hat vor Jahrhunderten eine Macht an diesem Ort hinterlassen. Falls ich nicht zurückgekehrt bin, um sie dir zu geben, besteht immer noch die Möglichkeit, dass du sie selbst zurückholen kannst. Wenn du es bis hierhergeschafft hast, musst du schon sehr stark sein."

Sie berührte das Bild der Flamme zwischen den Bergen. „Hier wirst du sie finden. Deine Drachin wird dir helfen, dem Weg zu folgen." Dann sah sie mir direkt in die Augen. „Ich liebe dich. Vergiss das nie."

Das Bild verflüchtigte sich. Ich stemmte mich gegen den Stein, meine Augen waren tränenerfüllt.

„Ren?", fragte Nate zaghaft.

Ich atmete zittrig ein und wischte mir über die Augen. „Mir geht's gut", erwiderte ich. „Ich weiß, was wir tun müssen. Ich weiß, warum meine Mutter uns hierhergeschickt hat. Hier ist etwas, das ich brauche, wenn wir den Schaden beheben wollen, den die Abtrünnigen angerichtet haben."

Ich trat einen Schritt zurück und betrachtete zuerst das Bild und dann die Bergketten um uns herum. Dort. Ich hielt inne, als mein Blick auf zwei gleich aussehenden Gipfeln hängen blieb. Im Moment stand die Sonne hoch über ihnen, doch wenn sie aufging, würde sie wie eine Flamme zwischen den Gipfeln schimmern. Ich hob meine Hand.

„Wir müssen auf diesen Berg."

ÜBER DEN AUTOR

Eva Chase ist eine Amazon Top 100-Bestsellerautorin für Urban Fantasy und paranormale Liebesromane. Sie ist mit Magie, Chaos und Herzschmerz aufgewachsen und bringt alle drei Elemente in ihre Geschichten ein. Aber keine Angst vor dem gefürchteten Liebesdreieck - Evas Heldinnen müssen sich nie entscheiden. Online findet man sie unter www.evachase.com.